Safehouse Anthology

차례

서문

최근 <놀면 뭐하니? - 유플래쉬>라는 TV 예능
프로그램을 흥미롭게 지켜봤습니다. 방송인 유재석 씨가
더듬더듬 연주한 8비트 드럼 연주를 바탕으로, 다양한
뮤지션들이 협업하여 음악을 만드는 과정을 보여 준
프로그램이었죠. 어느 정도의 훈련만 거치면 누구나(?)
연주할 수 있는 간단한 8비트 드럼 연주가 멋진
음악들로 완성되는 모습은, 그야말로 마법 같았습니다.
정말 놀랍더라구요.

앤솔로지를 기획하는 일은, 어쩌면 8비트 드럼 연주를
보여 드리는 것에 불과할지도 모르겠다는 생각을
합니다. 솔직히 '편의점'이라는 주제는 누구나 떠올릴 수
있는 거잖아요? 아마 8비트 드럼을 연주하는 일보다도
쉬울 거예요. 하지만 '편의점'이라는 단어를 가지고

<창조와 비밀>, <카라마조프 헤븐>, <여자의 얼굴을 한 방문자>, <마지막 퇴근은 손님들과 함께>, <잃어버린 삼각김밥을 찾아서> 같은 제목의 이야기를 만든다는 것은 완전히 다른 차원의 일이죠.

《편의점》은 안전가옥의 네 번째 앤솔로지입니다. '안전가옥 스토리 공모: 2019 여름 앤솔로지, 편의점'의 수상작 네 편과, 초대작 한 편을 모은 책이죠. 공모전 심사 과정에서 압도적으로 좋은 점수를 받은 네 편을 선정하였고, 남은 한 자리는 안전가옥의 파트너 멤버 이산화 작가님께 부탁드렸어요. 초대에 응해 주신 이산화 작가님께 다시 한번 감사의 인사를 드립니다. 정말 '이상하고 아름다운' 작품이었어요.

대한민국 최초의 편의점이 1982년에 생겼다고 하니, 편의점과 우리는 거의 40년을 함께한 셈입니다. 카세트테이프와 CD와 삐삐와 공중전화와 분명 존재했지만 이제는 기억나지 않는 많은 것들이 사라지는 동안에도 편의점은 살아남았죠. 어쩌면 아마도, 아니 분명히 우리보다 오래 살 것 같아요. 100년 후의 사람들도 삼각김밥은 좋아할 테니까요.

《편의점》을 읽는 동안, 부디 즐거우시기를 바랍니다. 다섯 편의 이야기가 독자 여러분들의 마음에 편의점만큼 오래도록 남을 수 있다면, 그건 또 그것대로 마법같은 일일 테죠.

안전가옥 스토리 PD
김신 드림

창조와 비밀

유기농볼셰비키

한국예술종합학교 극작과 졸업. 홍익대학교 대학원 예술학과 석사 졸업. 글도 쓰고 공연도 하고 현대미술도 한다. 청정 140% 유기농으로 재배한 플루토늄처럼 상큼하고 발랄하며 청순가련한 작품을 생산한다. 여러분의 가슴에 핵융합처럼 강력하고 사랑스러운 울림을 드리고자 진심을 다할 생각이다.

"말하자면, 인간은 지극히 정성스럽고
섬세하게 설계된 고도의 과학적 창조물이야.
우리들 하나하나가 바로 대단히 잘 만들어진
우주적 예술 작품인 거지."

 이 말을 하고서 남자는 내 이마에 입을 맞추고 머리를
쓰다듬었다. 나는 그의 팔베개 위에 누워 그의 눈동자를
바라보았다. 그의 눈에는 지적인 성취의 희열에 찬 듯이
총명하고 반짝거리는 기운이 가득 서려 있었다. 그는 다시
한번 내 뺨에 손을 올리고 입술에 가볍게 키스했다. 남자
는 희고 뽀얀 피부에 가느다란 선이 잘 어울리는 이목구비
를 갖고 있었다. 살짝 마른 뺨과 그 뺨의 깊이만큼 적절히
마른 몸까지 완벽히 나의 미적 취향에 들어맞았다. 무엇보
다도 완벽한 것은, 그가 지금 나를 더없이 사랑스런 눈길
로 보고 있다는 사실이었다. 모든 것이 로맨틱했다. 만일

이 상황이 로맨스 소설이나 영화의 한 장면이었다면 우리는 틀림없이 사랑에 빠지고 말았을 것이다.

한 가지 슬픈 점이 있다면, 이 남자가 두 시간 전부터 세계의 기원에 대한 고찰을 세상 진지하고 자연스럽게 내 머리맡에서 떠들고 있다는 사실이었다.

'처음부터 이런 놈인 줄 알았으면 따라오는 게 아니었는데.'

시작은 분명 평범했다. 바로 어제, 그러니까 만우절 파티를 마치고 돌아가는 길이었다. 한남동에서 110A번 막차를 타고 홍대입구역에 내려야 하는데 합정역에 내려 버린 나는, 창천동 언덕길에 있는 자취방까지 가기 위해 홍대 부근에서 가장 많이 '홍대'라고 불리는 중앙 큰길을 따라 걸어가고 있었다. 새벽 1시가 넘은 시각이었지만 홍대는 언제나처럼 술에 취해 무리 지어 다니는 사람들과 제멋대로 기타를 치며 몍따는 소리로 노래를 부르는 무허가 버스커들, 그리고 정신없는 사람들의 고성방가로 여전히 활기를 띠고 있었다. 겨울을 갓 벗어나 살짝 추운 공기에 술기운이 겹쳐서인지 슬슬 목이 말랐다. 나는 서교호텔 쪽으로 내려와서 근처에 보이는 가장 가까운 편의점에 들어가 2+1 행사 중인 트레비 라임 탄산수 세 병을 사 들고 나와 한 병을 벌컥벌컥 마셨다.

"목이 많이 마른가 보네요."

남자가 말을 건 것은 트레비 한 병을 거의 비워 갈 때쯤이었다.

"아, 네. 술을 좀 마셔서요. 제게 무슨 문제라도?"
"아뇨. 당신이 너무 예뻐서 말을 걸어 보고 싶었어요.

전 당신 같은 스타일을 좋아하거든요."

"저 같은 스타일이요? 미국 독수리 맨투맨에 성조기 그려진 레깅스 입은 여잘 좋아하신다고요? 완전 미국사랑 종북척결 애국보수시네요."

나는 수작을 거는 남자를 놀리며 스스로의 차림을 살펴보았다. 아무리 봐도 남자가 꼬일 만한 복장은 아니었다. 만우절 파티의 콘셉트는 평소라면 절대 시도하지 않을 콘셉트를 구현하는 것이었다. 대놓고 뻔한 거짓말을 하는 날이니까. 나는 사회주의 공공미술을 연구하는 대학원생이다. 그래서 만우절에 보수 애국당원 코스프레를 한답시고 미국 상징물이 제대로 들어간 옷을 입고 성조기를 흔들며 종북 척결 구호를 술자리에서 마구 외쳐 댔다. 문제는 술자리가 끝난 후였다. 귀찮아서 갈아입을 옷을 안 가져왔던 것이다. 나는 자정이 되어 만우절이 끝난 타이밍에 말도 안 되는 미국 사랑 메이크아메리카그레이트어게인 하는 복장을 입고 홍대 한복판을 걸어가게 되었다. 심지어 금요일 밤이었다. 새벽 시간이 아니었다면 쪽팔려서 독수리 인형 탈이라도 쓰고 싶은 심정이었을 것이다.

그러니, 그리 대중적인 취향이 아닌 몸매에 이상한 복장을 하고 걸어가는 여자에게 '자기 스타일'이라며 수작을 거는 남자가 순수한 성욕을 가지고 접근한 것으로 보일 리가 없었다. 당신 스타일이 제 취향이세요 하는 놈이 그동안 없었던 건 아니었지만 그땐 최소한 허리에 꽃무늬 치마라도 두르고 있던 때였다. 갑자기 배 속 장기들에게 안부를 묻고 작별 인사라도 해야 할 것만 같은 기분이 들었다.

"그런 거 아니에요. 하하. 미인에게 말을 거는 데 사상이 문제가 되나요?"

하고 눈웃음을 짓는 그의 얼굴은 꽤 준수하고 멀쩡했다.

더 무섭잖아? 멀쩡하고 이쁘게 생긴 게 확실히 장기털이일 것 같다고!

"어…. 제 간은 매일매일 보드카에 찌들어 있고 기름진 걸 하도 먹어서 쓸개는 엄청 오염됐어요! 아마 방사능도 나올걸요? 저 신장도 안 좋고 아무튼… 아무튼 제 몸에서 쓸모 있는 장기는 하나도 없을 거예요. 살려 주세요."

남자는 의아하다는 듯이 눈을 동그랗게 뜨고 다시 한번 웃으면서 말했다.

"전 살집 있고 통통한 여자가 좋아요. 그쪽의 몸매는 제 이상형이고요. 시간 있으시면 저랑 차나 한잔하실래요?"

"찔러 보시는 거예요? 저 그렇게 만만한 사람 아닌데."

"저 이상한 사람 아니에요. 그냥 동네 주민인걸요."

"그걸 어떻게 믿어요? 홍대에 얼마나 미친놈들이 많은데."

"그런 사람이면 이렇게 자전거를 끌고 다닐 리가 없죠. 스포츠카를 끌고 오지 않았을까요?"

듣고 보니 설득력이 있었다. 남자는 제법 사용감이 있는 자전거 한 대를 끌고 있었다. 저걸 타고 자기 몸무게의 1.5배는 넘을 나를 싣고 인천항까지 끌고 갈 확률은 지극히 마이너스에 수렴할 것이다. 그는 자전거 핸들을 쓰다듬으며 다시 한번 내게 눈웃음을 지었다.

"당신 진짜 너무 예뻐요. 완벽하게 제 스타일이신데, 우리 집 안 갈래요?"

딱 5초 동안, 그의 눈빛이 전설의 소련 로커 빅토르 초이(Victor Choi)와 닮아 보였다. 요즘 한창 유튜브에서 초이의 노래를 찾아 듣고 한글 가사를 찾아 헤매던 차였다. 홀린 것처럼 그의 자전거 핸들에 손을 올렸다. 나는 캄차트카 반도의 거센 바람에 떠밀리듯이 남자의 자전거 바구니에 가방을 싣고 그를 따라갔다. 우리는 복잡한 홍대를 벗어나 한적한 연남동 주택가를 나란히 걸었다. 남자는 자기 집이 연남동에 있다고 했다. 남자는 중간에 편의점에 들러서 네 캔에 만 원 하는 수입 맥주와 약간의 안줏거리를 샀다. 각자 고른 맥주 한 캔씩을 따서 마시며 우린 아주 시답잖은 이야기를 나눴다. 남자는 자신이 미대를 나와 디자이너 일을 하고 있다고 했다. 내가 사는 서대문구보다 월세가 1.5배는 더 비싼 마포구에 사는 걸 보니 그말은 어느 정도 사실 같았다. 간간이 남자가 보여 준 작업물들은 동그랗고 부드럽고 예쁜 선을 가지고 있었다.

사람이 빠져나간 연트럴파크를 적당히 서늘한 바람이 휘돌았다. 얕은 술기운으로 달아오른 얼굴에 찬바람이 기분 좋게 스쳤다. 여러모로 낭만을 즐기기에 좋은 초봄 밤이었다. 힙스터들의 거리를 벗어나 경성중고 방면으로 들어서자 바깥의 소음들이 차단된 것처럼 사방이 어둡고 고요했다. 그의 집은 빨간 벽돌 주택가의 끝자락 쪽에 있었다. 우리는 아까보다 조금 더 가까워진 모습으로 팔짱을 끼고 남자의 집 안으로 들어갔다. 그다음 과정은 누구나 예상할 수 있는 수순이었다. 아주 전형적인 클리셰처럼, 우리는 사 온 맥주를 마시고 간단한 안주를 먹으며 소파에 앉아 새벽까지 수다를 떨다가 침대에서 통상적인 의미의 뜨거운 밤을 보냈다. 잠자리는 그럭저럭 괜찮고 무난했다. 딱, 이 정도의 관계에서 얻을 수 있는 지극히 평균 수준의 만족감이었지만 남자의 얼굴이 미소년의 상이어서 내 호르몬은 만족의 사인을 나타냈다. 두 번의 사랑을 나눈 뒤 나는 평범하게 남자의 팔을 베고 잠이 들었다.

*

"창조는 일종의 본능이야. 지성의 증거는 바로 '창조력'이라 할 수 있거든. 인간이 창조력을 가진 이유도 바로 위대한 창조주 외계인들이 자신들의 모습을 본뜨되 더 아름답게 조형해서 만든 피조물이기 때문이지."

그가 처음부터 이런 이야길 꺼낸 건 아니었다. 우리는 두 시간 반 전까지만 해도 아주 평범하게 거사를 마친 남녀가 그러하듯이 서로의 몸을 터치하며 끌어안고 실없는 이야기를 나누고 있었다. 발단은 그가 내 머리를 쓰다듬은 데서 왔다. 나는 남자의 팔 안쪽에 새겨져 있는 팔각별 모양의 문신을 보고 아주 순수한 호기심에 그에게 어떤 의미가 있는 것이냐고 물었다. 그의 눈빛이 갑자기 엄청나게 초롱초롱해진 듯했다. 그는 아주 자랑스럽게 문신을 가리키며 말했다. 이때 빨리 끊어 버렸어야 했는데.

"이건 우주의 기운을 받는 표식이야. 우주가 가진 기

운의 정수인 생명 창조의 진리를 담은 문양이지. 사실 인류는 외계인들의 지적 설계로 만들어졌어. 이 문양은 창조주 외계인들이 우리에게 전달해 주시는 메시지를 받기 위한 일종의 게이트 같은 거야. 내가 믿는 신앙의 상징이지."

"신앙? 외계인이 사람을 창조했다는 신앙도 있어?"

"너, 오타리안 무브먼트(Otariian Movement)라고, 들어 봤니?"

저기요? 설마, 설마 그거였어? 설마? 아닐 거야 내가 아무리 지금까지 이상한 생명체들을 많이 만나 봤다 해도 어젯밤에 같이 잔 놈이 알고 보니 외계인 숭배자였다는 설정은 너무 황당하잖아?

나는 최대한 호기심 어린 눈망울을 연기하며 15년쯤 전에 봤던 신문 기사를 떠올렸다.

"그 혹시 전설의 영웅 잔 다르크의 유골에서 유전자 추출해서 복제 인간 아기를 만들었다는… 거기?"

"응, 맞아. 우리들의 아주 신성한 업무로 잘 알려진 일이지. 인간 복제는 지금도 계속 진행 중이야. 성녀 잔 다르크뿐만 아니라 그리스 철학자들, 한국의 이순신 장군과 유관순 열사까지 모두가 우리의 복제 위인 프로젝트의 대상자들이지. 인간 복제는 과학 발달을 통해 돌아가신 선조들의 위대한 지혜들을 더욱 생생하게 새기자는 아름다운 취지에서 진행되는 우리 교단 최고의 프로젝트야. 그리고 난, 오타리안의 가르침을 따르는 오타리안 무브먼트의 '수행자'이고."

"우와 신기하다. 나 오타리안 신도는 처음 봐."

"궁금하면 우리 세계관에 대해서 좀 들려줄까?"

망할 놈의 호기심. 나는 고개를 끄덕이고 말았다. 갑자기 그의 눈빛에 엄청나게 생기가 돌기 시작했다. 그는 내게 팔베개를 해 준 그 상태로, 더없이 낭만적인 포즈를 취한 채 나의 귓가에 지구 생명의 기원에 대한 일장 연설을 차분하고 스위트한 목소리로 속삭이듯이 하기 시작했다.

그가 들려준 교리는 대략 이러했다.

태초에 지구는 어떤 생명체도 살지 않는 빈 땅과 빈 바다를 가진 행성이었다고 한다. 그렇게 40억 년을 존재하다가, 어느 날! 과학기술로 못 하는 게 없는 안드로메다 은하의 오타리아 행성에 사는 외계인들이 고도의 과학을 자기 행성 안에서만 누리는 데에 질려서, 자기들 말고 다른 생물을 '창조'해 보기로 결심했단다. 인간의 예술처럼 잉여 시간을 때울 재밌는 유흥거리가 필요했던 거다. 그래도 나름 생명의 창조라는 신성한 업무인지라, 자기 행성의 작은 동물들부터 차근차근 복제하고 또 '특유의 우수한 예술적 감각으로' 새로 디자인한 동물들도 창조해 냈다.(이 부분에서 나는 '그렇게 우월한 예술 감각으로 만든 게 지구 생물들인데 세상에는 왜 바퀴벌레가 존재하는지'에 대해 묻고 싶었으나 그걸 묻기에는 그의 이두박근 쪽 피부가 가진 촉감이 너무 보드라워서 더 누워 있고 싶은 사심이 내 목구멍을 압도했다는 것을 밝히고 싶다.) 오타리아의 외계인들이 동물을 만드는 방식은 '지극히 과학적이고 완벽한' 지적 설계의 방식이었다. 생물의 모습을 정해 놓고 모형을 만든 뒤에, 그 생물의 유전자를 추출해서 모양을 갖춰 세상에 나오도록 지적 설계를 해 놓았다는 것이다. 굳이 왜 그렇게 복잡한 방법을 써 가며 뭔가를 만들어야 하는지 이유는 알 수 없지만 아무튼 그렇댄다. 그러다가 그들에게 도전 의식이 생겼는데, 도전 과제는 자신들을 닮은 '인간'들을 창조하는 것이었다. 인간을 창조해도 좋을지에 대한 찬반 의견이 오타리아 행성 내에서 상당히 팽팽하게 대립했다고 한다. 결국 찬성 측이 승리해서, 그가 말하길 "우리와 닮은 존재를 만들되 우리보다 더 아름답게 만들자."라는 주장이 힘을 얻어 최고의 과학자들이 인간을 아주 정교하게, 정성 들여서 디자인하고 설계했다고 한다. 하지만 막상 만들고 나니 왠지 생태계가 교란될 것 같아서 창조된 생물들과 인간들을 다른 행성으로 멀리 보내기로 했고, 그 결과 낙점된 곳이 지구이며 그러므로 이 지구 속 모든 생물들의 창조주는 오타리아의 외계인들이라는 것이다….

"아니 굳이 그런 정성을 들여서까지 만든 거였어? 그렇게 정성 들인 것치고 이 세상은 너무 막장이잖아?"
"그것은 인간의 의식이 아직 창조주 외계인들만큼 성숙하지 못했기 때문이야. 그래서~ 오타리아의 과학자들은 특별히! 우리 인간들에게 창조주로부터의 메시지를 전달하기 위해 대사들을 파견해서 지구에서 가장 지혜롭고 깨달은 인간에게 우리와의 가교 역할을 맡겼어. 그게 바로… 우리 오타리안 무브먼트의 가장 깨달은 자, 우리의 지도자 '무슈 오터튼(Monsieur Otterton), 퍼실론 푸리롱(Fursealon Furililon)' 님이시지!"

알아. 중학교 때 신문 해외 토픽란에서 본 적 있어. 마치 수컷 북방물개의 가슴털처럼 턱수염을 길고 북실북실하게 기른 뚱뚱한 프랑스 아저씨. "아마존의 청정한 기운과 오타리안의 과학기술을 합쳐서 인류의 시조인 아담과 이브를 되살리겠다."라고 주장하면서 브라질의 리우데자네이루에서 대규모 설교회를 하려다가 브라질 정부로부터 입국 금지를 당하셨다는 뉴스가 진짜 압권이었거든. 입국 금지 사유도 하필이면 '혹세무민'이었다지? 그 말을 들은 오터튼 교주가, 아무리 예언자는 고향 땅에서 환영받지 못한다지만 아마존강을 마음의 고향으로 삼는 저에게 이러실 수 있냐고 공식 성명까지 내면서 브라질 정부에 강력하게 항의했다는 후일담까지 기사화되었는데, 정말이지 지금까지 토씨 하나 안 틀리고 기억할 정도로 최고로 웃긴 해외 토픽 기사였다니까? 추억 속의 이야기가 웃음과 함께 튀어나오려는 것을 필사적으로 참으며 나는 이놈이 과연 어디까지 신나게 썰을 풀까 궁금한 마음을 온 얼굴로 뿜어냈다.

그렇게 베갯머리 교리 수업은 두 시간이 넘게 이어졌다. 나는 생전 처음 들어 보는 황당한 소리에 그저 눈을 동그랗게 뜨고 남자의 표정을 관찰할 수밖에 없었다. 3분만 들어도 영혼이 우주로 승천할 것만 같은 소리를 그는 세상 둘도 없는 진지한 톤으로 끊임없이 말했다. 거기에는 성경, 불경, 코란… 전 세계의 종교들이 묘한 방식으로 뒤섞여 있었다. 성경에 나오는 야훼는 지구의 이스라엘과 아랍 지역에 파견된 오타리아 과학자들의 리더인데 그 소속 과학자들이 자기의 피조물인 인간들하고 '사랑에 빠져서' 열심히 사랑을 나누다 보니 신과 인간의 혼혈인들이 대거 태어났고 그래서 걔들 먹고 살라고 아라비아 반도에 석유가 콸콸 나오는 유전을 신이 잔뜩 선물한 것이라느니, 사실 불교의 환생 개념은 인간의 유전자가 오타리아 외계인들의 데이터베이스에 등록되어서 오타리아 행성에서 부활해 영생을 누리는 것을 돌려 말한 것이라느니. 나는 지상의 모든 고등 종교들이 창조주 외계인이라는 이름하에 위 아 더 월드가 되는 이야기를 들으며 인간이 가진 스토리텔링의 경이로움에 우주적으로 감탄할 수밖에 없었다. 감탄하다 못해, 영혼이 우주를 이미 한 바퀴 돌아서 온 듯했다.

"그러니까 인간은 외계인들의 위대한 과학력을 본받아서 명상과 위인 복제와 유전자 데이터베이스 구축에 힘쓰고 그분들의 메시지를 받기 위한 외계 통신 기지국을 지구 곳곳에 세워야 하는 거야! 이것이 바로 우리들의 모토지!"

마침내, 두 시간 반이 넘는 교리 강의를 마친 그의 표정은 기묘한 고양감과 기쁨으로 물들어 있었다. 그는 "잘 들었어?"라고 묻더니 내 입술에 쪽, 하고 아주 귀엽고 낭만적인 뽀뽀를 했다. 나는 이 모든 것의 언밸런스함에 한 번 더 내적으로 "귀어억." 하고 괴성을 질렀다.

"그래서, 이걸 믿는 사람들은 오빠 말고 얼마나 더 있어…? 한국에도 있어?"
"그럼! 한국에도 꽤 많은 수행자들이 있는걸. 너도 관심 있으면 한번 알아봐. 진짜 재밌을 거야!"

저 순수한 웃음. 저것은 분명히 본인이 한 모든 말들을 진지하게 믿는다는 뜻이리라. 그는 삶이 가장 힘겨웠을 때 오터튼 교주의 말씀을 접하고 창조주 외계인들을 신봉하게 되어 그들의 진리에 다다르기 위해 수시로 명상과 수행을 한다고 했다. 창조주 외계인들이 언젠가 이 세상 모든 인간들을 구원하여 영생의 낙원 오타리아로 부를 날이 온다고 믿는 것이다. 확신에 찬 그의 눈과 목소리, 그런 일장 연설을 하고도 나에 대한(인지 그의 페티쉬를 만족시키는 내 몸에 대한 것인지 모르겠지만) 애착을 잃지 않은 저 시선. 저것은 신념이 확고하고 앞으로도 그 마음을 지켜 나갈 자들만이 가질 수 있는 특권과도 같은 눈빛이었다. 게다가 오늘은 만우절 당일도 아닌 만우절 다음 날이다. 거짓말이 통하지 않는 세상으로 돌아왔다는 뜻이다. 그러니, 저 남자가 하는 말은 모두 진실로 자신이 믿는 요소들인 거다.

세상에, 어떻게 이 지경까지 와 버렸단 말인가. 통탄을 금할 수가 없다. 바로잡아야 한다. 진실을 알려야 한다. 마음속 깊은 곳에서 강력한 용기와 결의가 솟아올랐다.

거부할 수 없는 본능이었다.

"저기, 있잖아 오빠. 나 할 말이 있어. 아주 중요한 거야."
"뭔데? 뭐든 말해 봐. 우리 귀여운 아가씨."
"오빠, 오빠의 말은… 다 틀렸어."
"뭐어? 야, 남의 믿음을 최소한 존중은 해 줘야 하는 거 아니…"
"아니, 믿음이고 자시고, 그건 진실이 아니야. 당신이 믿는 건 확실하게 틀렸어. 하나부터 열까지 하나도 안 맞아."

"그걸 네가 어떻게 알아? 너 우리 교주님 만나 본 적이라도 있어? 창조주님들 만나 본 적이라도 있냐고. 말이 너무 심한 거 아니니?"

"만나 본 적? 있지. 매우 많아. 지금도 맘만 먹으면 가서 생선에다 술 한잔할 수 있을 정도야. 내가 그들 중 하나였으니까."

"뭐?"

그의 동공이 매우 확장되었다. 눈이 휘둥그레졌다는 표현으로는 부족할 만큼, 그는 황당하다는 말을 얼굴에 가득 써 놓고 입까지 살짝 벌리며 심정을 표출 중이었다. 하지만 멈춰선 안 된다. 이놈을 두 번 다시 못 보는 한이 있더라도, 나는 진실을 알려야만 한다.

"못 믿겠지? 하지만 사실이야. 난 여길 만드는 데도 참여했거든. 그래서 당신들의 교주가 쓴 교리책 같은 선동과 날조가 이 우주에 퍼지는 것을 더는 두고 볼 수가 없어. 잘 들어. 진실을 알려 줄게."

그는 여전히 메두사의 얼굴을 본 행인 1처럼 굳은 표정으로 우주적인 당황을 나타내며 할 말을 잃은 모습이었다.

"우선, 지구는 일급 과학자들이 지성과 노력을 총동원해서 정성스럽게 만든 물건이 아니야. 뛰어난 과학자들은 이미 전 우주에서 활동 중이라 지구 같은 작은 행성에 뭘 할 시간이 없어. 시간이 있었다고 해도 단가가 너무 비싸서 우리가 모셔 오는 건 불가능했고."

"거짓말하지 마. 인간과 같은 고등 생명체는 정교한 설계가 없으면 못 만드…"

"사실, 지구는 조별 과제의 산물이야."

"뭐?"

"정확히는, 미술대학 학부 1학년 1학기 공통 필수 파운데이션(기본) 과정에서 조원 구성이 랜덤으로 편성된 조별 과제의 산물이고."

*

"그게 무슨 소리야? 미대 1학년 1학기 파운데이션 과정의 산물인 것만으로도 퀄리티가 끔찍한데 조별 과제라니, 아무리 그래도 설정이 너무하잖아! 너에겐 인간이 그렇게 형편없는 존재니?"

"역시 미대 출신이라 바로 알아듣는군. 그래 맞아. 미대 1학년 1학기 공통 필수 과목, 거기다가 조별 과제면 그 결과물이 고퀄리티일 확률이 매우 낮지. 미대 입학 후 첫 학기를 맞은 애들은 입시에서 벗어난 해방감에 날뛰는, 마치 금방이라도 위대한 예술가가 될 것처럼 비대한 자아를 뽐내는 학생들이잖아? 열정과 예술혼은 넘치는데 정작 전공에 대한 지식은 걸음마 단계라서 뭘 해도 새롭지만 뭘 해도 어설프고, 뭐 그런 상태란 말이야. 그래서 교수님들은 조별 과제를 자주 시키지. 거의 필수 코스일걸. 일일이 다 가르치기 귀찮다는 솔직한 이유에 동기들하고 우정을 쌓아 보라는 아주 선한 의도도 포함해서. 물론 대부분은 스승의 은혜로운 의도와는 달리 함께해서 더러웠고 다시는 보지 말자고 척을 져. 그 이유는 당신도 경험해 봤으면 알 거야. 그치?"

"틀린 말은 아니긴 한데, 너 아까부터 오빠라는 말을 안 쓰는 거 같다?"

"에휴, 이래서 마감 직전에 대충 만들어진 피조물들이란. 지금 눈앞에 창조주가 계시는데 그놈의 오빠 소리를 꼭 듣고 싶어? 내 나이가 우주 나이로 치면 벌써 ⸺ (인간의 언어로는 해독할 수 없는 모독적인 숫자)살인데. 창조를 과학적 사실로 믿을 거라면 창조주에 대한 예의를 갖춰 줬으면 좋겠어. 나도 이 행성에 있는 생명체의 반은 만들었어. 내가 우리 조 조장이었거든."

"이해되지 않아. 내가 배운 오터튼 님의 교리에서는 오타리아 행성의 외계인들은 지성적으로 완전한 존재이기 때문에 태어날 때부터 텔레파시로 힘 안 들이고 지식을 주입받아 최고의 지성을 이미 유년기에 갖춘다고 들었어. 그런데 학교가 대체 왜 필요해? 조별 과제는 왜 시키고?"

"창조가 지성체의 본능이라는 건 사실이야. 하지만 그 창조력도 일정 부분은 훈련에 의해서 개발되어야 해. 그렇지 않으면 말도 안 되는 걸 만들어 놓거나 남이 한 걸 똑같이 베껴 놓고 이건 내 작품이다, 나만의 독특한 창조물이다. ⸺ 이런 식으로 주장하는 아집만 가득한 놈이 되거나 양심 없는 놈이 되기 쉽거든. 그래서 우리에게도 교육과정이 있고 그에 맞는 학교와 전공이 다 있어. 그 텔레파시… 그거는 아주 일부분만 전달된 거야. 방식이 다를 뿐이지 어떤 창조든 끊임없는 연습과 훈련이 필요한 거라고."

"틀린 말은 아니네. 하지만 내가 듣기론 오타리아 사회에서는 일을 하지 않아도 완벽하게 의식주가 다 해결되기 때문에 모두가 유희와 창조만을 즐기며 살…"

그는 여전히 미심쩍다는 듯한 얼굴을 하고 나를 쳐다
보았다. 내 말을 믿는지 안 믿는지 확실하지 않지만 어
쨌든 이야기를 듣고 대꾸를 한다는 게 중요했다.

"시발. 그 새끼가 그런 구라까지 쳤어? 하아…, 미치
겠다. 그거 다 뻥이야. 세상에 그런 사회주의 낙원이
어딨니?"

"사회주의 같은 건 아니야. 오터튼 님은 그런 억압적
인 체제는 싫어하신다고."

"딱 봐도 '사회주의 락원'이구만 뭘. '님이란 사회주의
낙원을 말하는 것입니다!'의 그거. 그 형태의 '락원'은
사고실험을 위해 설계된 소규모 실험 행성에서나 가
능한 거라구. 그리고 그나마도 성공한 경우는 매우 드
물어. 내 지도 교수님도 그 프로젝트에서 디자인 관련
일 하셨으니까 이건 참여자에게 들은 확실한 사실이
야."

"뭐? 지도 교수도 있었어, 너?"

"우리 행성에서는 아직 대학교 학부생이니까. 지구는
지난 학기에 조별 과제로 만들었고, 지금은 수업 들으
면서 공공미술 관련 개인 프로젝트 준비하고 있어. 은
하계에다가 행성 설치하고 생명체 키우는 일도 일종
의 공공미술이라 관련 법령이 좀 까다롭거든. 졸업하
고 나면 로스쿨이나 갈까 생각 중이야."

"잠깐만…. 저기 차 한 잔만 마시고 찬찬히 얘기하자.
지금 네가 무슨 말 하는지 하나도 모르겠어. 뭐 마실
래? 허브차? 아니면 커피?"

"허브차로. 국화차 있어? 이왕이면 꿀도 한 숟갈 타 줘. 금상첨화일 거야."

그는 조신하게 부엌으로 가서 색색이 예쁘게 정리된 허브차 유리병들을 꺼내 컵에 찻잎을 담았다. 나는 살금살금 나와서 그가 차를 타는 모습을 바라보았다. 아, 저 조신하고 가녀린 뒤태. 국화 꽃잎을 잔에 하나하나 집어넣고 꿀 한 숟갈을 타는 손가락은 참으로 희고 어여뻤다. 남자는 정성스럽게 탄 국화차 두 잔을 방으로 가지고 들어왔다. 향긋하게 올라오는 노란 국화 향기와 꿀 냄새에 저절로 침이 고였다.

"국화차야. 유기농으로 재배된 걸 특별히 새로 뜯었어. 꿀도 유기농이고."
"창조주 특전이야? 괜찮네."
"아니 그, 창조주는 좀 너무하지 않니?"
"디테일한 걸 원한다면 창조 썰 좀 풀어 줄까? 워낙 지랄 같았던 조별 과제여서 썰 자체도 재밌을 거야."

그래. 어디까지 하나 한번 들어나 보자. 하는 대사가 얼굴에 쓰여 있는 것 같았다. 남자는 휴 하고 한숨을 쉬며 나를 쳐다보았다.

"이렇게 귀여운 걸 보면 '미의 여신'까지는 믿어 줄 수 있을 것 같은데."

차를 호로록 마시는 내 볼을 만지며 그는 내 턱을 쓰다듬었다. 국화차는 적당히 따뜻하고 오묘하게 달콤했다. 왠지 마음이 편안해지는 기분이었다.

"사실 조별 과제를 처음 받았을 때는 조원 모두가 열정이 넘쳤어. 대학 들어와서 첫 작품에, 게다가 주제는 '공공미술'이었다고. 때마침 '장소 특정형 예술'이라든가 '야외 설치'라든가 공공미술의 적절성이라든가 커뮤니티 아트라든가 하는 게 미술계에서 뜨고 있었거든. 지금도 행성 개척 테라포밍♣ 커뮤니티 아트가 엄청 유행 중인데, 한 학기 전에는 신문에 나고 <월간미술>에 실리고 난리도 아니었다니까?"

"뻥 치지 마. <월간미술>은 우리나라 잡지잖아. 내가 그 정도도 모를 것 같니?"

"지구에도 있는 거 알고는 있어. 하지만 원조는 우리야. 미술계가 있는 행성이라면 어디든 각자의 <월간미술>이 하나씩은 있어. 당연하잖아?"

"납득은 된다."

"그래서 두 달의 기간을 받았을 땐 정말 멋진 계획들을 세웠지. 모두가 말이야. 하지만 욕심 많고 자아 팽창된 미대생들이 각자의 세계관을 주장해 봐야 뭐가 나오겠어? 결국 계획은 계속 축소됐고 우리는 대부분의 시간을 서로 싸우면서 보냈어. 게다가 알잖아. 미대 1학년이 얼마나 과제들에 치여 사는지. 다들 다른 과목들 과제 하느라 조별 과제 같은 건 그냥 톡방만 만들어 놓고 아무도 신경을 안 쓴 거야. 어쩌다가 톡방에 들어오더라도 죄다 지들 힘들다는 넋두리 아니면 오늘 편의점 오징어구이 도시락 맛있더라 하는 시답잖은 얘기들뿐이었지. 과제를 어떻게 해야 잘할지 진지하게 얘기하는 건 그 방에서 나밖에 없었어. 아주 열정적으로 메시지를 올리던 다른 한 놈은… 아우 씨… 이 새끼에 대해선 내가 할 말이 참 많은데, 아니, 조별 과제 톡방에다가 학교 후문 앞 편의점 알바생 아

♣ Terraforming: 행성 개조. 외계 행성의 땅과 대기 등의 환경을 그곳에서 살기를 원하는 생명체가 살 수 있게 개간하고 변화시키는 작업. 본작에서는 창조의 과정을 포함한다.

가씨 어떻게 꼬시냐는 고민은 왜 그렇게 허구한 날 올리는 건데! 하루 이틀도 아니고 맨날 일과 보고하는 것마냥 오늘의 후문 편의점 알바생 씨 근황을 올리니 그분 얼굴이 꿈에까지 나오더라. 아이구."

"한창 연애하고 싶을 때잖아. 이해는 간다, 야."

"휴. 그래. 차라리 이때가 낫긴 했다. 아무튼, 그렇게 우리는 아주 가열차게 두 달의 준비 기간을 낭비했고 기말은 그 와중에도 아주 부지런하게 다가왔지. 어떻게 됐겠어. 발표까지 딱 8일 남았는데도 아무것도 해 놓지 못했으니 다들 멘붕에 빠졌지. 처음에 구상했던 거창한 은하 기지 조형물 모델은 도저히 만들 만한 시간이 없어서, 우리는 제일 간단하고 만만한 미개발 행성 하나를 구해서 거기다가 각자의 창작물을 넣고 테라포밍 프로그램을 돌리기로 합의했어."

"테라포밍? 대학교 1학년이 그 어려운 걸 한다고?"

"미대 입시 준비하려면 테라포밍 3급 자격증은 필수지! 미대 입학시험 통과 3대 요소가 테라포밍 프로세서 활용 능력 3급 자격증이랑 데생, 발상과 표현 스케치인걸? 좀 구식 전통 좋아하는 사립학교는 테라포밍 안 보기도 하는데, 우리 오타리아예술종합학교는 국립이거든. 나는 고2 때 땄지? 1급이나 2급은 무리더라도, 3급 정도면 우리 행성에선 고등학생도 딸 수 있는 수준이라고. 이 자격증은 근데 너한테는 도움 전혀 안 되는 얘기니까 집어치우고, 무튼, 테라포밍 돌릴 곳으로 어디가 좋을까 하고 땅을 찾아보니까, 우리 삐리빠리뿅 은하 쪽은 쓸 만하면 다 땅 주인이 있고 소유권자가 있고 그래서 건너편 은하로 갔어. 그랬더니 딱! 주인도 없고 소유권자도 없는 빈 행성이 하나 발견된 거야. 삐리빠리뿅의 공공미술 관련 우주법은 우리 은하 내에서만 적용되고 다른 은하계에서는 적용이 안 된다고 들었거든. 그 행성은 마침 공공미술 하기 딱 좋은 날씨도 갖고 있었지! 우리는 그럴듯하게 조별 과제를 한 티를 내기 위해서 다음 날부터 테라포밍 프로그램으로 하늘과 땅을 만들었어."

"뭐? 아, 잠깐만. 지금 8일, 아니 창조를 7일간 했다고?"

"말하자면 그렇지. 마감 8일 전에 적당한 행성을 발견해서 7일 전부터 프로그램을 돌렸으니까. 이렇게까지 해도 학점 안 나오면 재수강하자는 마음으로 진짜 내 지갑 탈탈 털어 가지고 유료 프로그램까지 샀다니까? 대학생 할인 프로모션 받아서 겨우 구했어. 다행히 쌩쌩하게 잘 돌아가더라. 기회 되면 한번 써 봐. 조작 인터페이스도 완전 쉽게 만들어져 있어서 진짜 퍼펙트하다니까? 하늘과 땅 분리하는 게 테라포밍에서 제일 복잡한 과정인데, 그걸 음성 명령어 한 마디로 한 방에 할 수 있는 거야. 명령어가 뭐였냐면… 빛이 있으라!"

"헤에…?"

"어때? 이 커맨드 하나면 복잡한 시공 분리가 한 방에! 빛과 어둠, 하늘과 땅을 한 번에 가를 수 있어! 초보자용치곤 정말 괜찮은 기능이지?"

"아니…. 너 방금 신성모독…, 아니 그 이전에 은하 이름이 뭐라고? 안드로메다 은하조차도 아니었어?"

"응! 삐리빠리빵 은하. 지구 말로는 안드로메다… 라고 부르는 것 같지만 우리 오타리아 고유 언어로는 삐리빠리빵이라고 불러. '축복받은 바다'란 뜻이야.

무튼, 우리 삐리빠리뿅 은하에 소속된 행성들은 고도로 발달한 통신기술로 서로의 과학기술을 교류하거든. 그걸 위해서 가장 기본적으로 배워야 하는 게 코딩과 테라포밍이야. 테라포밍이라고 하면 다들 어디 미개척 행성 가서 개간한답시고 실컷 삽질이나 하는 걸 생각하는데, 그런 원시적인 시대는 이미 5만 년 전에 지났지. 요즘 테라포밍은 기본 프로그램들이 잘 나와 있어서 진짜 간단해. 코딩 방법만 알면 천지 분리는 기본이고 몇 가지 아미노산 조합으로 진화 가능한 아메바 정도는 쉽게 창조할 수 있어. 웬만한 프로그램으로는 기후 조정과 식물 생장까지도 구현 가능하고. 더 복잡한 생명체를 창조하려면 그림 실력, 조형 실력, 코딩 능력과 미적 센스가 있어야 하는데, 거기에 더해 동물성 생명체의 기관 설정과 진화 설계 과정의 복잡성에 대한 이해까지 필요해. 이 부분을 배우려면 대학에 가야 하지.

아무튼, 이게 중요한 건 아니고. 둘째 날에는 바다에 아미노산을 풀고 '우리를 닮은' 해양 포유류들을 만들었어. 물개와 물범들 말이야. 그다음에 걔들이 먹이로 쓸 물고기들을 설정했지. 일단 모델링해서 한 쌍씩만 풀어놓으면 바닷속 아미노산이 그 모양대로 진화하거든. 우리 닮은 애들만 깔아 두긴 좀 민망해서 고래랑 바다코끼리도 몇 마리 갖다 놨고. 다행히 내가 산 프로그램은 특별 패키지라 해조류 팩이랑 산천초목 팩이 같이 들어있어서 작은 물고기들의 먹이를 미리 깔아 둘 수 있었어. 이 설계는 내가 했는데, 일단 남극에 한 쌍 북극에 한 쌍 놔두고 프로그램 돌리니까 종류도 금세 늘어나고 애들이 우리처럼 귀엽고 깜찍하게 만들어지더라? 무늬가 어찌나 다양한지, 날림으로 대충 나 닮은 애들 만든 것치고는 최고로 훌륭한 성과였어. 창조주의 기쁨이라는 게 무엇인지 제대로 깨달았지!"

"잠깐만, 둘째 날에 창조주 자신을 닮은 걸 만들었다고? 사람은 가장 나중에 만든 거 아니었어?"

"사람은 그랬지. 그건 우리랑 닮은 종족이 아니고 마감 직전에 코딩한 생물이니까. 창조주를 닮은 생물이 가장 마지막에 만들어진다는 건 헛소리야. 보통은 하늘과 땅을 분리한 다음에 가장 먼저 입력하는 게 자기 모습을 닮게 디자인한 생명체인데? 새 종족이나 고양이 종족도 테라포밍할 때 다 그렇게 해. 우리는 표면의 80%가 바다고 그에 맞게 수생 포유류들이 사는 행성 오타리아의 해양 포유류 종족이니까 당연히 둘째 날에 우리 닮은 애들을 풀어놓은 거였고. 혹시 이해가 안 돼?"

"그러니까, 어, 지금 이 지구의 생명을 창조한 게 물개들이고 너도 물개라는 소리 아냐? 그 말을 나보고 믿으라고?"

"지구인들의 체계에서는 물개로 분류되긴 하지. 정확히는 물범의 얼굴에 물개의 몸을 가진 종족이야. 나처럼 매우 귀엽고 사랑스럽지!"

"어…. 그러고 보니까 너 물개 닮긴 했어. 닮았어. 물개랑 진짜 많이 닮았어!"

남자는 별안간 눈을 초롱초롱하게 다시 빛내며 내 얼굴을 눈으로 훑었다.

"당연하지. 내 본체는 물개니까. 아니다. 내가 물개를 닮았다고? 내 몸체는 물개지만 얼굴은 물범이라고!"

"물개나 물범이나 그게 그거 아냐? 무튼, 너 정말 물개같이 생겼어!"

"뭔가 띄어쓰기가 이상한 거 같은데? 물개 앞발지느러미로 싸대기 한 대 맞아 볼래?"

"아니 아니. 귀엽다는 뜻이야. 그런데 바닷속의 생물들은 정말 다양하잖아? 걔들을 다 만든 거야? 시간 없다며."

"우리가 다 만든 건 아니야. 우리의 먹이들을 기반으로 몇 가지를 샘플링하고 진화 프로그램을 돌렸지. 그러면 지들끼리 알아서 종 분화가 다 되더라고. 디자인도 나 혼자만 한 건 아니었으니까. 왜, 지구의 생물들은 비슷비슷하게 생긴 애들끼리 한 속으로 묶여 있는데 종은 다 다르잖아? 그거는 각자가 환경에 따라 적응하면서 초기 모델링보다 진화한 결과야. 원래는 그런 부분도 다 철저하게 짰어야 되는데 조별 과제를 누가 그렇게 정성스럽게 해? 대충 하다 보니까 그렇게 되더라. 사실 좀 더 욕심부리고 싶긴 했는데 바다 쪽에 이틀 이상 할애하면 나머지 스케줄이 안 맞아서.

그러고 나서 3일째에는 육지를 프로그래밍했어. 지구는 특이하게 육지 비율이 높은 데라, 우리도 나름 머리 굴려서 육지 생물들을 디자인해야 했거든. 맨 처음에는 물고기 몇 마리를 끌어올려서 거기다가 팔다리를 다는 실험을 했고 그 결과를 바탕으로 양서류를 만들었어. 그러고 나서 파충류를 만들고, 산천초목 팍 깔고. 그것만으로도 하루가 다 가서 바로 뻗었어."

"설마 그거 공룡 얘기하는 건 아니지?"

"어? 어떻게 알았어? 맞아, 공룡. 급해서 프로그램을 최대 속도로 엄청 빠르게 돌렸더니 애네들이 진짜 상상도 못 했던 수준으로 커지더라? 물론 파충류 담당했던 애가 뭐랄까, 취향이 좀 기괴한 녀석이기도 했는데, 그렇다고 막 그렇게까지 큰 생물을 만들 생각은 없었거든. 원인은 산소 포화도였어. 산소를 너무 공급하니까 생물들이 너무 빠른 속도로 크게 자란 거지. 우리 입장에선 완전 대박! 금세 지구를 거대 물개들과 거대 파충류로 채울 수 있게 된 거야! 얼마나 기뻤는지, 우리 조원들은 그날 밤에 후문 편의점에서 네 캔에 만 골드짜리 맥주와 문어구이 꼬치를 잔뜩 사다가 파티를 했어. 이제 다음 날 과제 제출 페이지가 열렸을 때 좌표 찍어서 제출만 하면 되는 거였어. 그런데…"

"공룡은 멸종했잖아?"
"그래! 잘 알고 있네. 시발, 아니 내가 분명히 그 자리에 운석 안 지나가고 깨끗한 거 다 확인했는데! 와 진짜… 어떻게 하루 만에 그렇게 다 깨지냐?"

내가 공룡의 멸종에 대해 말하자 그의 눈길은 내게 더욱 집중되었다.

"그럼 공룡 멸종된 게 창조주들의 뜻이 아니라 사고였다고? 내가 배울 땐 인간을 창조하기 위한 밑바탕으로써 맹수를 제거한 거라고 들었는데…"
"휴. 하여튼 마감 직전에 만든 종족이란. 니네는 꼭 항상 니네 종족이 세상에서 제일 대단하고 완벽한 줄 알더라. 근데 한번 논리적으로 생각해 봐. 공룡 시대와 인간 시대 중에 어느 쪽이 더 부조리할까? 산소와 생명이 더 풍부하고, 덜 힘들게 먹고살았던 시대는 어느 쪽일까? 아니 상식적으로 생각했을 때, 크고 간지 폭발하는 놈들을 굳이 밀어 버리고 인간같이 작고 약하고 사악한 놈들을 그 자리에 심는 정신 나간 발상을 어떤 놈이 하겠어? 미학적으로나 철학적으로나 영 아니잖아?"

"어…. 듣고 보니 논리적이네. 납득이 좀 되는 것 같기도 하다."

"그래서 4일째에는 다 같이 특단의 대책을 세우기 위해 회의를 했어. 운석 충돌은 예상하지 못한 변수였거든. 이대로 제출했다가는 학점 폭탄 맞을 게 분명하잖아? 아니 어떻게 남극에 있는 기각류들만 남고 싹 다 멸종을 해? 부동산 사기도 이 정도면 고소 감이라고. 하지만 어쩔 수 없이 우리는 공룡들의 잔해를 모아서 비슷한 구조의 생명체를 만들었어. 외형은 조류 행성 종족들의 모양새를 좀 참고해서 깃털과 날개를 달았고, 행성의 산소 농도가 급격하게 낮아지는 바람에 크기는 많이 줄였고. 부족한 부분은 털 달린 종족들이 사는 행성의 생명체들을 카피해서 이리저리 변형해 모델링했지. 근데 시벌…. 아… 이걸 얘기를 해야 되나 말아야 되나 모르겠는데…, 아오…."

"뭔데? 포유류는 운석 충돌 같은 거 안 겪었잖아."

"한 새끼가 탈주했어. 편의점 알바 아가씨 꼬신다고 맨날 보고하던 새끼. 이 씹새끼가… 아… 떠올리니까 더 열 받네. 이 새끼가 갑자기, 지가 꼬시려고 노오오력했던 그 편의점 아가씨하고 연락이 안 된다면서, 그 아가씨를 잡으러 간다고 우리 톡방을 나가 버린 거야! 운석 충돌 사고 날 아침에! 아니 사고가 나면 다 같이 수습을 해야지 너무하잖아? 자그마치 이틀이나 연락이 안 되는데 얼마나 답답하던지! 아우! 원래 여섯 명이서 하루씩 맡아도 모자랄 양인데 다섯이서 해야 되잖아. 운석

잔해들 치우고 포유류랑 조류 시스템 구축하고 안정화 시키느라 이틀간 난리도 아니었어. 그놈 때문에 거의 이틀 밤새웠다니까? 그러고서는 글쎄, 마지막 날, 6일째 밤에 돌아온 거야. 발표 전날 밤에!"

"그런 놈들 나 학교 다닐 때도 있었어. 보통 그러면 이름 빼 버리잖아? 넌 안 그랬어?"

"휴…. 그놈이 와서 엉엉 우는데, 결국 '그녀'가 다른 숫놈의 하렘으로 가서 둘째 부인이 되는 걸 막을 수가 없었댄다. 그 숫놈의 '크기'가 압도적으로 컸다나 뭐래나. 고놈이 우리 물개족치곤 좀 작았거든. 여러모로. 내가 보기에 그 녀석은 신체적인 크기 말고도 문제가 매우 많은 놈이었는데, 그놈은 크기가 작은 것만 억울하다면서 펑펑 울더라고. 근데 어쩌겠어. 개인 사정은 사정이고 과제 문제는 확실히 해야지. 무단으로 뛰쳐나가서 이틀이나 안 돌아오다가 업로드 마감 10분 전에 와서 5분을 우는데, 그걸 어떻게 봐줘. 자기 연애하고 다른 과제 한다고 작업에 참여도 제대로 안 한 프리라이더를 조원 명단에 같이 넣긴 그렇잖아? 그래서 이름 뺀다고 통보를 하려는데, 이 새끼가…!!!"

"그 새끼가?"

"웬 이쑤시개에 찰흙 갖다 붙이고 털실 올린 것 같은 이상한 모형 두 개를 지구에다 투척한 거야. 자기가 만들었다면서! 우리가 만든 지구 생명체랑 전혀 조화가 안 되는 모양이었는데, 만든 이유가 더 가관이었어. 그녀가 구워 주던 문어구이의 맛을 사랑의 흔적으로 기억하기 위해 후문 편의점의 문어 핫바와 문어구이를 잘게 으깨서 흙 반죽이랑 같이 꼬치에 꿰고 겉에다가 자기 털을 깎아 붙였댄다. 자신의 절절한 '트루-

러브'를 담은 생명체라나 뭐라나. 아주 지랄하고 자빠졌지? 심지어 집에서 능력치랑 신체 스펙, 진화 메커니즘까지 자기 독단으로 다 코딩해서 던져 넣었다고. 과제 업로드 마감 3분 전에! 진짜 얼마나 열 받았는지 알아? 아무도 동의한 적 없었다구. 아니 조별 과제인데 지 혼자 프리라이딩 해 놓고 이름 석 자는 올리겠다고 그렇게 대충, 누가 봐도 한 시간 만에 뚝딱 만든 작업물을 공동 작품에 꾸겨 넣는데 누가 화나지 않겠어? 안 그래?"

"아, 잠깐만. 잠깐만 너 설마, 설마…."

"그 설마가 아마 맞을 거야. 그 프리라이더 녀석이 대충 빚어서 만든 거. 그게 '인간'이거든."

*

'진실'을 말하자마자 그는 갑자기 굳은 표정을 지으며 한참 동안 말을 하지 않았다. 자신의 믿음을 부정하는 말에 화가 난 것인지, 아니면 충격적인 진실을 마주하고 당황한 것인지는 알 수 없었지만 아마도 전자일 것이다.

항상 그랬다. 인간들은 자신들이 이 지구에서 가장 위대하고 섬세하고 똑똑하고 완전한 주체라는 것을 믿어 의심치 않았다. 그중에서도 인간 수컷들은 정도가 매우 심했다. 인간 수컷들은 자신들이 이 지구 위에서 유일하게 '이성적'이고 '지성적'이며 위대하게 창조된 존재라는 믿음을, 그들이 아닌 다른 모든 생물들 ─ 심지어 동족인 인간 암컷들까지도 ─ 은 그들을 떠받들고 보조하기 위해 혹은 그들에게 이용되고 유린되기 위해 태어나고 살아가는 존재라는 신앙의 체계를 대대손손 물려 왔다. 그들은 그것을 자연스러운 '역사'라고 불렀다. 그렇기에 인간 수컷들은 유난히, 세상의 진실을 쉽게 외면하고 자아도 취에 빠져들곤 했다.

"말도 안 돼…. 너는 어쩌면 인간을 그렇게 부정적으로 생각할 수 있어?"

이놈도 마찬가지였다.

"생각이라니. 사실이야. 아니다, 네가 믿는 '지적 설계'의 진실이라고 해 두지. 인간은 그렇게 정성스럽게 만들어지고 설계된 존재가 아냐. 애초에 만들 생각이 없었으니까. 총 8일 중에 하루는 프로그램 사는 데 쓰고 마지막 하루는 교수님하고 학우들 앞에서 작품 발표하는 데 썼으니 창작에 소요된 기간은 오타리아의 시간으로 6일인데, 6일 만에 뭐 그렇게 대단한 게 나올 리가 없잖아? 이 세상 자체가 졸라 허술한 거야. 어쩔 수 없어. 받아들여."
"네 말이 진실이라는 증거가 어디 있는데?"
"증거야 많지. 당장 닐 타이슨이 출연한 <코스모스> 최신판의 4화만 봐도 진화론자들이 밝혀낸 생물의 진화 과정에 대한 이야기가 나와. 생물들이 바다에서부터 진화했다는 사실을 증명하는 화석들이 세계 각지에 얼마나 많은데?"
"진화론은 거짓말이야! 이 세상의 생물들, 특히 인간은 우연이나 조별 과제 따위의 성의 없는 과정으로 만들어질 수 없는 존재야. 인간의 메커니즘이 얼마나 정교하고 섬세한데. 어떻게 인간이 우연의 산물이라느니, 망한 조별 과제에서 마지막 3분 전에 얼렁뚱땅 만들어진 결과물이라느니 하는 말을 할 수가 있어? 네 말이 진실일 리가 없어!"

와, 이놈 진지하게 말하고 있어. 진심으로 인간의 위대함을 믿고 있다고.

나는 인간 수컷이 가진 스스로의 존재에 대한 아집에 혀를 내둘렀다.

"'정교하고 섬세하게 설계되었다.'라고 스스로 믿고 자기 자신을 세뇌할 수 있는 수준의 지능이 있는 존재가 인간이겠지. 인간들 하는 꼬라지 보면 그 지능이 왜곡되고 부조리하게 쓰이고 있는 것 같긴 하지만."

"야, 너 진짜!"

"그럼 창조론, 당신 말대로 지적 설계론이 제시하는 증거는 뭐가 있지? 골수 기독교인이나 오타리안 신도들이나 창조의 증거물이랍시고 제시하는 건 인간의 혈관과 신경계가 얼마나 복잡한지에 대한 인류 자화자찬과 미발견된 과정 화석, 그러니까 미싱 링크 말곤 딱히 없잖아? 과학자들이 열심히 발굴한 화석들은 제쳐 두고 '완벽한 증거가 없다.'라는 이유만으로 인간이 흙으로 빚어졌다는 주장을 믿는 놈들이라면 빚고 남은 흙덩어리들이 어디로 갔는지까지 증거를 완벽하게 제시할 수 있어야 해. 하지만 그 누구도 인간을 빚고 남은 재료들이 어떻게 되었는지, 그 많은 동물들을 빚고 남은 재료들을 어디에 처리했는지 말하지 않지. 미술을 조금이라도 배워 본 사람이라면 이 정도 수준의 작업물을 만들고 난 뒤에 산처럼 쌓였을 쓰레기를 어떻게 처리해야 할지를 가장 먼저 고민할 텐데.

지적 설계도 마찬가지야. 만약 당신 말대로 인간이 최고의 과학자들에 의해 설계되었다면, 그렇게 아름답고 소중하게 만들어진 존재라면 지금 이렇게 끔찍하고 부조리하게 돌아가는 세상은 무엇으로 설명할 수 있을까? 차라리 조별 과제물로 대충 6일 만에 후다닥 만들어져서 지금까지도 시스템 에러와 특정 종 생명체의 폭주로 인한 부작용이 일어나고 있고, 그 때문에 유지 보수 비용이 너무 많이 들어서 어디 팔리지도 못했고, 전시 기간 끝나자마자 폐기 처분 위기에 몰려 있다는 설명이 더 합리적으로 들리지 않아? 어때, 이 사실을 반박할 증거가 있을까?"

"증거 있어. 우린 창조주들을 직접 만났어. 지도자 오터튼 님께서는 프랑스의 솜 해변(Baie de Somme) 근처에서 밤 산책을 하시다가 바다 위로 착륙하는 UFO를 보셨고, 거기에서 우리와 닮은 외계인이 나와 직접 물 위를 걸어와서 계시를 주셨다고 하셨어! 그 계시를 통해 우주의 진리와 창조의 비밀을 들으시고, 진리를 따르는 인간들을 오타리안의 신성한 인명부에 올려서 데이터 복제를 통해 부활시켜 오타리아 낙원 행성에서의 영원한 기쁨을 누리도록 이끄시기 위해 오타리안 무브먼트를 만드신 거야. 알아듣겠어?"

"푸, 푸흡하하하하! 아 씨발ㅋㅋㅋㅋㅋ 잠깐만요 저 길ㅋㅋㅋㅋ 그때 그게 '물 위를 걸어가는' 액션이 된 거였어? 아나 미치겠닼ㅋㅋㅋㅋ 진짝ㅋㅋㅋㅋㅋ 그게 어떻게 신성한 강림이 된 거얔ㅋㅋㅋㅋ 와 시발 이걸 어떻게 수습해야 돼? 와씩ㅋㅋㅋㅋㅋㅋ 앜ㅋㅋㅋㅋ"

"왜 웃어? 이거 진짜 진지한 얘기야. 너 지금 오터튼 님 무시하니?"

"아니 아니, 무시하는 게 아니라…. 그 상황을 내가 알아서 그래."

"오터튼 님은 계시 장면에는 신비한 오타리아 성인 단한 사람밖에 없었다고 말씀하셨어. 네가 그걸 봤을 리가 없잖아."

"진짜… 아…. 내가 미쳐, 푸크하하학ㅋㅋ 교수님께 이걸 뭐라고 말씀드려야 되냐곸ㅋㅋㅋ 그거 절대로 그렇게 신성한 장면 아냐. 내 얘기 좀 더 들어 봐…. 그러니까 8일째 되는 날에 발표를 다 마치고 전시장에다가 홀로그램 띄우고 우주선 타고 구경 갈 수 있는 웜홀 좌표까지 다 세팅을 했단 말이야? 파운데이션 과정의 과제전은 학점을 받기 위한 필수 요건이거든. 시키는 게 왠지 졸라 많은 거 같지만 우리 학교는 오타리아에서도 제일 좋은 미술대학이라 과정이 좀 빡세. 아무튼, 근데 전시한 지 하루 만에 교수님께서 수정을 명령하신 거야. 바로 그 망할 프리라이더 놈이 맨 마지막 날 던져놓은 '인간' 때문에. 저 허약한 놈들이 지들이 최고로 잘났다고 자연을 다 파괴하면서 너네를 숭배하기 시작했는데 빨리 어떻게든 수습하라고 매우 화를 내시는 거있지? 수습 안 하면 과제 점수를 팍 깎아 버리겠다고하시는데 어쩌겠어. 나에게는 성적 우수 장학금이 필요했다고. 휴…. 안 그래도 특정 종의 지능 스탯을 너무높게 찍고 몸을 너무 허약하게 만들었다고 지적받는데. 그래서 우리 조원들은 우주선을 타고 인간들에게 진실을 알리러 내려왔어. 그런데…."

"그런데?"

"하, 이미 인간 놈들은 자기네들처럼 생긴 생명체만이 최고로 잘난 존재라 생각하고 물개와 물범들은 가죽과

고기를 얻기 위한 사냥감으로 여기고 있더라고. 그래
서 우린 급하게, 인간을 창조한 그 프리라이더 개새끼
를 인간 모습으로 변신시켰지. 자기가 한 짓은 스스로
수습하는 게 맞잖아? 근데 이 새끼가… 푸흡, 인간으
로 변신한 걸 까먹고 지 버릇 고대로 바다에 뛰어든
거야. 와씨, 물개 망신 혼자 다 시킬 정도로 허우적거
리는데 어쩌겠어? 우린 변신 모드 적용할 시간도 없
이 물에 뛰어들어서 그놈의 발밑을 받쳐 줬어. 지구
행성 크기를 감안해서 줄였다고 해도 우리 몸이 꽤 크
거든? 그러니까 그놈은 우리를 타고서 해변까지 온
건데, 그 해변에 실연당해 가지고 질질 짜면서 맥주를
네 캔째 까고 있던 니네 교주 양반이 있었던 거야. 뭐,
얼큰하게 취해 있던 교주님의 눈에는 '물 위를 걷는
성자' 같아 보였을 수도 있겠군."

"잠깐만 너 뭔가 우리 오터튼 님을 모독한 거 같
은…."

"에이, 실연당해서 해변에서 맥주 깐 거? 그게 무슨
모독이야. 야, 우리도 진짜 좀 당황했어. 아무도 없을
거라고 생각해서 내렸는데, 얼굴은 웬 아마존 큰수달
같이 우락부락하게 생기고 몸은 불곰마냥 산만 한 놈
이 지구가 떠나가라 울고 있길래 놀랬다구. 일단 인간
형인 건 한 놈밖에 없었으니까 그놈이 가서 등 좀 두
들겨 줬어."

"그때 그 창조주가 했던 말 기억해?"

나는 음성을 살짝 변조해 '그때'의 대사들을 시험 삼
아 재연해 보았다.

"어이 피조물, 왜 우느냐?"

"히이익! 살려 주세요! 저는 돈이 없어요! 편의점에서 이 맥주와 안주를 산 돈이 지금 제가 가진 돈의 전부예요!!"

"나는 강도가 아니니라. 나는 너를 만나러 왔도다."

"사… 살려 주세요 형님! 혹시 제 장기를 털어 가려 하신다면 저는 적합한 인간이 아니에요!! 제 장기는 지금 술에 절어 있어서 하나도 쓸모가 없어요! 흐엉엉…. 실연한 것도 서러운데 이렇게 아프게 죽을 순 없다고요. 흐어엉…."

- (텔레파시 모션을 취하며) 야 빠랑뽕, 이 피조물 녀석 뭐라고 하는 거야? 너 그 짧은 시간에 피조물한테 이상한 옵션 갖다 붙였냐?

- 아, 조장, 그게… 내가 설계한 시스템에는 없는 건데 인간 놈들 사회에는 아픈 인간한테 안 아픈 인간의 장기를 이식해서 그걸로 돈을 버는 사업이 있다 카더라고.

- 거참 별짓을 다 하고 사는구만. 대충 빨리 말하고 끝내. 전달할 건 전달해야지.

"반짝이 옷을 입으신 걸 보니 아주 이상한 사람이거나 나이트클럽 쌍송 가수이신 거 같은데, 저 노래도 못하고 싸움도 못해요…. 저는 그냥 이별을 당한 슬픔이 너무 커서 이 편의점 맥주들만 다 마시고 저 바다로 뛰어들려고 했어요. 제발 절 좀 내버려 두세요. 저는 곱게 죽고 싶다고요…. 흑흑…."

"피조물이여, 잘 들어라. 나는 너의 창조주니라. 자폭 옵션 같은 건 고지능 팩에나 있는 거라 굳이 안 넣었는데 니놈들은 며칠 사이 셀프 업데이트를 참 안 좋은 의미로 거창하게 해 놓았구나…. 하아…. 역시 교수님 말씀이 옳은 건가."

"네에? 잠깐만요. 창조주요? 당신이 제 창조주라고요?"

"그렇다…. 나는 우주의 사명을 가지고 온 존재…. 너를 창조한 자! 삐리빠리뽕 은하의 오타리아 행성에서 온 빠랑뽕이라고 한다!"

"그러고 나서 우리는 우주선의 발광 버튼을 눌러서 불꽃을 퓨우웅! 하고 펼친 다음 빵빠레를 울렸지! 무려 창조주들의 손으로 직접 친 축제용 물개 박수가 곁들여진 빵빠레였다구?"

"계… 계속해 봐…."

그의 눈빛이 흔들렸다. 아무래도 오터튼 교주가 너무 솔직했나 보다. 아니다. 실연당해서 바다에 뛰어들려고 했던 건 말했을 리가 없으니 아마도 자기를 '선택받은 자'로서 점찍은 창조주 외계신이 바다 위를 걸어와서 빵빠레와 빛을 선사했다고 퍼트렸겠지.

"우린 텔레파시로도 소통이 가능해서 물개인 상태로도 빠랑뽕 녀석하고 소통이 되었어. 우리의 목적은 단 하나, 피조물들에게 '진실'을 알리고 그들이 알아서 문명의 남은 부분을 기록하고 정리할 수 있도록 도와주는 거였지. 근데 시발, 이 학점 날로 처먹은 새끼가… 그 인간 놈한테 존나 공감을 해 버린 거야! 자기도 차여 봐서 안다면서 둘이 아주 짝짓기 철의 코끼리물범 수컷들처럼 엉엉 처울더라. 그러더니 막, 어우, 내가 민망해서 못 살아…. 그 새끼가, 우리가 전하려던 진짜 메시지가 아니라 '그래 너희 인간들은 참 소중한 존재야…. 서로 사랑하렴….'이라고, 아니 시발 무슨 500년 전의 싸구려 힐링책에도 안 나올 개소리를 해 대는 거야! 근데 그 인간 놈은 창조주가 오셔서 말씀해 주시니 아주 찰떡같이 알아듣다 못해서 셀프 미화를 시키더라?"

"피조물이여…. 너는 소중한 존재다아아…. 우주의 어떤 생물도 짝에게 까이는 것은 막을 수 없도다…. 흑흐극… 흑흑…. 하지만 너는 아주 소중하게 창조되었다. 인류는 모두… 집단적 창조의 산물이야. 아주 정성스럽고! 멋지게 설계되었지!"
- 야 이 미친 새끼야!!! 그딴 소릴 왜 해!!!
"그러니 내가 신의 권능으로 너에게 선물을 주노라…. 아마존 큰수달을 닮은 너는 오터튼이라는 새로운 이름을 얻을지니… 우리의 위대한 창조 질서 속에서 너의 데이터는 앞으로 영원할 것이고, 너는 복제를 거듭하여 인류의 영광을 지키리니…."
- 무슨 짓을 하는 거야!!! 개새꺄 넌 이따 뒤졌어!!! 앞발싸대기 300대 맞을 줄 알아!!!

"그런 대사를 뱉어 놓고서 그 개새끼가 뭘 했는지 알아?"
"뭘 하셨는데?"
"손가락으로 그 아마존 큰수달같이 생긴 놈 하반신을 가리키더니 걔 고추를 왕수달 꼬리마냥 존나 크게 키워 주드라."
"… 뭐?"

"그래. 허튼 생각 하지 말고 새 짝이나 만나서 잘 살라는 뜻으로 거시기 키워 주고 갔다고. 인간의 창조주라는 새끼가."

일순간 매우 조용해졌다. 그는 별안간 자기 고추에 두 손을 올리더니 조금은 부끄러운 듯한 표정을 지었다.

약 30초간의 침묵 후, 운을 뗀 그가 말한 것은 정말로 '인간적인' 문장이었다.

"내 거, 작았어…?"

"응? 갑자기 왜?"

"아니 그… 혹시 내 물건이 작아서 네가 만족을 못 했나 싶어서…"

"별 상관없어. 글로벌 스탠다드로서는 좀 작은 편이긴 하지만 한국인으로서는 평균이고, 글로벌 1등 먹을 정도로 창조주에게 보정받은 느네 교주님도 결혼 못… 아니 안 하시고 종교 차렸잖아?"

"그건 오타튼 님의 교리가 자유로운 사랑과 쾌락을 독점 없이 추구하는 것이기 때문이…"

"하렘 만들려다가 여덟 여자에게 다 들키고 뒤지게 후려 맞은 일이 동네에 다 소문나서 어쩔 수 없이 선택한 교리겠지. 우리 물개들도 하렘 만들려면 얼마나 완벽을 기해야 되는데? 우리 오타리아에서는 일부다처제, 일처다부제 다 법적으로 보장되긴 하지만 실제로 그걸 실현하는 애들은 아주 드물어. 수컷이나 암컷이나 얼굴도 잘생기고 정력도 좋고 능력도 꽤 좋아야 한다구? 수많은 파트너들을 만족시킬 수 있는 교미 스킬은 기본이고! 일처일부제 세계에 익숙한 피조물

따위가 따라갈 수 있는 수준이 아니야. 그 빠랑뽕 놈은 지 콤플렉스를 느네 교주 양반한테 투사해서 거시기만 무식하게 키워 놓은 거고."

"그… 창조주 빠랑뽕 님은 왜 차였대?"

"지 말로는 자기 키와 물건이 작아서. 라고는 했지만 내 생각엔 그놈의 문제는 신체적인 크기 말고도 꽤 버라이어티해. 사랑을 나누는 데에 있어서 크기가 중요하지 않은 건 아닌데, 걔는 좀… 그냥 총체적으로 노력이 부족했다고."

"나… 진짜 괜찮은 거지? 나 안 작은 거 맞지? 아까 억지로 느끼는 척 연기하고 그랬던 거… 설마 아니지?"

측은하여라 인간 수컷이여. 어째서 수컷들은 거시기에 자아와 인생을 투사하는 것인지.

물론 뭐, 큰 편은 절대 아니기에 충분한 크기였다는 거 짓말을 할 순 없다.

"당신이 평균적인 한국인으로 태어난 걸 어떡하겠어. 대신 스킬은 좀 키울 필요가 있겠더라. 좀 재밌게 해 봐. 특히 그 어설픈 손가락 컨트롤 좀 개선하고. 인간들 문명도 그쪽 방면으론 나름 잘 발달했던데? 꼴통 같은 가부장제의 잔재 때문에 여자한테 성적 욕구를 감추고 소극적인 척을 하라고 가르치는 문화가 아직도 남아 있다는 점이 좀 거슬리긴 하지만, 요즘 나오는 도구들 보면 그렇게 나쁘지도 않아."

"아. 그, 그래…. 어… 응…."

"그래도 너한테는 개선하려는 의지라도 있잖아? 축복 받아서 무식하게 커진 '앞꼬리'만 믿고 설치다가 종교 만들어서 멍청한 프리라이더 놈이 즉석에서 지어낸 얘기에 뻥 더 붙여 가지고 퍼트리는 느그 교주님보다 이쪽 면에선 좀 나은 거야."

"너 우리 종교에 그렇게 반감이 심하게 드니?"

"아니? 난 창조의 진실을 말할 뿐이라니까? 나도 너네 교주님 그렇게 나쁘게 생각하진 않아. '신의 축복'을 제대로 쓰기 위해 노력하던 중에 몰랐던 본인의 성적 지향성을 잘 깨달아 커밍아웃도 했고, 너희 신도들이 퀴어 퍼레이드에 참여하도록 가르치기도 했잖아? 야, 그건 진짜 괜찮더라. 우리 오타 족, 그러니까 물개들도 그렇거든. 우리는 개체의 성적 지향이나 성 정체성이 어떻든 그 누구도 이상하게 생각하거나 차별하지 않아. 파트너를 만족시켜 주기 위한 노력을 진심을 다해서 열심히 한다면 누구라도 사랑의 행복을 누릴 수 있다고 배우지. 인간이 세상 제일 잘났다 생각하고, 조별 과제를 '위대한 과학자들의 지적 설계적 창조 과정'이라고 퍼트리는 건 좀 웃기긴 한데, 그래도 인간이 신의 선택을 받아서 제일 잘났다고 주장하는 종교들 중에서는 가장 타인 혐오 안 하고 깨끗하잖아. 신의 뜻을 따른답시고 혐오 발언을 해 대는 물-개보다 못한 보수 종교인들 보면 정말 이 행성은 하루라도 빨리 폐기해야겠다 싶긴 한데, 그래도 너희는 창조주의 말씀과 축복을 직접적으로 받은 애들이라 그런가 다른 애들보단 착한 편이야."

"그, 그래…. 고마운데… 우리 오터튼 님의 소중한 곳 크기를 네가 어떻게 알아? 근거 있어?"

"느그 교주님 항상 치마만 입으시지 않든? 왜 그럴 거라고 생각하냐?"

"듣고 보니 어… 틀린 말은 아니네? 네가 한 말들, 솔직히 아예 이해가 안 되진 않아. 심지어 어느 정도 수긍이 가. 너는 우리 오타리안의 문양을 처음 봤으면서도 지도자 오터튼 님에 대한 정보를 대부분 맞혔어. 인간이 그렇게 거지같이 만들어진 존재라는 건 아직도 못 믿겠지만서도…."

"그래. 그렇게 생각해 준다니 다행이네."

"그런데, 네 말이 다 맞다고 치면, 너 아까 폐기 처분이라는 표현을 두 번 정도 쓴 거 같은데… 대체 그건 무슨 소리야?"

"하아…. 이걸 얘기를 해야 하나 말아야 하나. 너 정말 한 마디도 들은 거 없어?"

"혹시, 지구 멸망을 말하는 건… 아니겠지?"

*

남자는 꿀 국화차를 한 잔 더 타서 내게 내밀었다. 역시 적절하게 조신한 맛이었다. 나는 불안해하는 남자의 시선을 받으며 말을 이었다.

"너희는 너희가 사는 세상이 완벽하다고 생각하니? 이런 세계가, 이렇게 허술하고 부조리하고 차별과 불평등, 폭력이 넘실대는 세계가, 가장 뛰어난 이들이 사랑과 정성을 담아 창조한 조화로운 곳이라고 생각하는 거야?"

그는 다시 입을 다물었다가 강한 어조로 소리쳤다.

"그건 우리 인류의 의식이 아직 창조주들만큼 진보하지 못해서야! 이 땅은 원래 조화로운 곳이고, 조화롭지 못한 부분은 명상과 수행을 통해 고차원적인 존재와 접촉하고 외계 통신 기지국을 세워서 창조주들의 지혜를 받아들이면 보완이 가능해! 오터튼 님이 인류의 창조자 님께 받은 메시지도 그거였고, 너도 같이 있었다는 게 사실이면 들었을 거 아니야?"

"야, 외계인 기지국 얘긴 안 했어. 데이터 백업하라는 이야기만 했지, 명상이니 수행이니 하는 것도 말한 적 없다고. 애초에 그놈은 그렇게 참을성 있는 행동을 할 위인이 못 돼. 그리고 데이터 백업, 당신이 생각하는 만큼 그렇게 긍정적인 거 아니야. 우리 포트폴리오에다가 언제든지 구현 가능한 시뮬레이션을 만들기 위해서 데이터를 모아 두는 거야. 이 작품 폐기하면 문명 데이터들이 다 사라지는데, 그러면 우리 작품집에 들어갈 내용이 없어지잖아? 그래서 지구의 정보들을 최대한 많이 백업하라고 시키는 건 우리들의 의무였어. 빠랑뽕 놈은 순 거짓말을 해 댔고, 너네 교주 양반은 종교를 만들어서 자기를 믿는 인간들만 백업하려고 하니 그 프로젝트조차 애를 먹고 있지만."

"아니, 그러니까 지구를 왜 폐기하려는 건데? 이 정도면 충분히 잘 돌아가고 있잖아? 문명은 날로 발전하고 곧 외계인들과도 교신할 수 있게 되는데! 왜 지금껏 해 온 노력을 무시하고 파괴하려는 거야?"

"전시 기간 거의 끝나 가니까. 원래 과제전에 쓰인 작품은 어디 팔리지 않는 이상 대부분 전시 끝나고 폐기돼. 우리 같은 경우에는 공공미술이었으니까 작품 제작 이전 상태로 싹 돌려놓고 데이터만 백업해서 필요할 때 재생하는 거고. 특별히 잘 만든 작품은 학교에서 소장하기도 하지만, 지구는 불안정한 시스템과 특정 종이 발생시키는 지나친 에러 때문에 소장했을 때 유지 보수 비용이 너무 많이 든다고 소장 심사에서 떨어졌어. 작품 폐기는 교수님께서 직접 말씀하신 거야. 어기면 나도 곤란하다고. 그래서 안전한 폐기법을 연구하기 위해 이 인간의 몸을 빌리고 있는 거야. 나도 딱히 지구를 없애야만 한다고 생각하진 않아. 리셋용 폭탄을 조금 설치해 놓긴 했지만 아직 기폭 장치는 안 눌렀으니까."

"아니, 테라포밍을 했으면 생명이 살 수 있는 땅인 건 너도 알잖아? 우리들의 생명이 그렇게 하찮니?"

"테라포밍이 왜 공공미술 영역에 들어가는지 알아?"

"어어? ………………."

"우리 오타 족의 인구를 감당할 수 있는 새 땅을 찾아 개간하는 프로젝트이기 때문이야. 우리 세계에서는 과학력이 너무 발달한 나머지 개체들이 한 번 태어나면 잘 죽지 않아. 주요 먹이인 문어 생산량을 증량시킨 끝에 식량 문제를 해소했고 그 결과 '문어 물고 싸대기 때리기'라는 스포츠가 생기기까지 했지만, 사는 땅이 좁아져서 생기는 불쾌감까지 해결할 순 없지. 그래서 오타리아 시간으로 35년 전부터 유능한 과학자들이 시험 삼아 몇 개 행성을 개척하고, 아이들에게 과학과 미술을 가르치면서 테라포밍 프로그램을 개발한 거야. 우리에게 공공미술은 단순히 조형의 의미만을 지니지 않아. 더 나은 환경에 대한 디자인, 우리가 먹을 생명체들에 대한 디자인, 기존 생명체들과 함께 잘 살 수 있는 방법을 모색하는 '커뮤니티 아트'까지를 포괄하지. 하지만 지구는 여러 면에서 좋은 공공미술의 요건에 심각하게 어긋나는 작품이야. 일단 지구의 대기는 급속으로 만든 만큼 매우 불안정하고, 피조물들이 그걸 계속해서 파괴하기까지 하잖아? 피조물들이 문명 발달시킨답시고 지랄 좀 한다고 해서 행성 전체의 기후가 변한다는 게 상식적으로 말이 되는 소리겠니. 제대로 만들려면 대기 농도 맞추는 작업부터 전부 다시 해야 돼. 이런 연습용 행성은 애초에 우리가 이주할 수 있는 환경 후보에도 못 끼는 학생 작품이지만, 그걸 감안한다고 해도 오류가 너무 많이 발생하잖아. 그것도 한 종의 생명체가 발생시키는 오류가 대다수라니 이건 그냥 제거해야 하는 악성 코드 바이러스 수준이라고."

"인간들은 물개를 좋아해. 얼마나 귀여워하는데? 오타 족한테 우호적인 우리를 그렇게 쉽게 없앨 수 있어? 너희 종족은 여기 살아 보지도 않고 너무 성급히 판단하는 거 아니야? 그거 정말 네 결정이야? 너 스스로 내린 결정이냐고."

"왜 맨 처음에 만든 생물이 물개와 물범들인지 알아? 우리랑 비슷한 애들을 풀어놓고 걔네가 이 환경에 맞게 잘 진화하고 적응해서 살 수 있는지 실험하기 위해서였어. 근데 인간들, 우리 실험체들을 정말 장난 아니게 사냥하더라? 심지어 몇 종은 멸종 위기로 몰아넣었고, 어떤 애는 아예 멸종시켰잖아? 너 같으면 안 그래도 어설픈 환경을 막 파괴하고 우리 종족의 생존까지 위협하는 놈들을 그냥 살려 두고 싶겠어? 내가 독도바다사자♣랑 카리브해몽크물범♣♣만 생각하면 아직도 열 받아! 맞다, 요즘에는 수험생들 두뇌 발달에 좋다고 귀여운 북극 하프물범들까지 잡아먹는다며? 어떻게 적당히라는 걸 모르니, 너네는?"

"모든 인간이 물범과 물개를 사냥하는 건 아니야….

♣ 독도바다사자: 독도 강치라고도 불린다. 학명은 Zalophus japonicus. 독도를 중심으로 동해에 수만 마리가 서식했으나, 19세기부터 일제43)까지 일본의 남획으로 인해 수가 급감했다. 공식적인 마지막 목격 보고는 1951년의 것이며, 1994년에 국제자연보전연맹(IUCN)이 절멸을 선언했다.

카리브해몽크물범: 인간의 남획으로 인해 멸종된 최초의 물범이다. 1950년대에 마지막으로 관찰되었고 이후 자취를 감추었다. 카리브해에 살던 몽크물범(수도사물범)의 일종. 학명은 Neomonachus tropicalis.

우리는 얼마든지 선량해질 수 있어!"

"생물 종을 바꿔 보자면 인간 수컷들이 인간 암컷들에게 자주 하는 소리지 그거. '모든 남자들이 다 그런 건 아니야. 세상에는 선량한 남자도 많아.' 그렇게 선량해서 그 구닥다리 같고 개 구린 여성 착취 체제와 가부장제를 수천 년이나 유지시켰니? 정말로 선량하고 평화롭게 공존하고자 했으면 뿌리부터 뜯어고쳤겠지! 같은 종족끼리도 그렇게 차별해 대고 학대하는, 외모나 성 지향성, 성 정체성이 조금만 달라도 들입다 물어뜯는 니네가 우리 오타 족을 잘도 받아들이겠다. 한 번 리셋하고 존잘 과학자님들이 새로 시스템 짜는 게 훨씬 효율적이야."

"하지만 너희 교수님도 이 지구 작품에 학점을 주셨잖아! 진짜 실패작이라면 아예 학점을 안 매기셨겠지. 그 정도면 살려 둘 가치는 충분한 거 아냐?"

"학점!! 아우 씨!!! 겨우 B+ 맞은 게 뭐가 그렇게 대단해? 진짜 빠랑뽕 그 새끼만 아니었어도 이런 개 같은 점수는 안 나오는 거였는데!!!! 괜히 인간 같은 걸 만들고 수습도 못해서 점수만 왕창 깎였어!! 장학금도 겨우 받았다고!!!"

"뭐? 이 정도 퀄리티인데 B+라고…? 공통 필수 파운데이션 과목이? 교수님이 점수 너무 짜게 주신 거 아냐?"

"그러게 시발!!! 아니 무슨 회식에 나온 문어랑 산 낙지랑 오징어들 모아다가 자기네 테라포밍 행성에 던진 새끼가 나보다 학점이 높아! 무슨 순 이상한 문어 머리에 도마뱀 같은 몸통을 한 초록 생물이랑 이상한 오징어로 채웠으면서 뭐? 그레이트 올드 원, 올드 원…. 이름은 어찌나 거창한지…. 근데 그게 '환경과 생물이 조화를 이루었고 식량 자원이 풍부하며 창의력이 넘치는' 실험 행성을 만든 좋은 공공미술이라고 AO를 받은 거 있지? 와씨, 인간 따위만 아니었어도 우리 조가 최소 AO는 받았을 텐데!!! 으아아!!!!!"

"효율적이긴 하네. 행성 하나를 양식장으로 만들었다면 식량 걱정은 없겠다. 하지만 지구도 그 행성처럼 양식장 역할을 할 수 있어! 지구인들도 물개들, 아니 너희 오타 족처럼 문어와 오징어를 먹고 산다고! 충분히 너희하고 공존할 수 있을 거야."

"이미 늦었어 인마. 간에 기별도 안 가는 걸 먹고 니들한테 물개 쇼 재주나 부리면서 살라고? 어림없는 소리! 전시 디스플레이 기간은 우리 행성 시간으로 이제 3일 남았고, 여기 시간으로는… 아 계산하기 귀찮아. 아무튼 우리가 그때 UFO를 타고 와서 알려 주려고 했던 건 너희 교주 오터튼이 말하는 한가하게 명상하기, 숭배하기, 신앙생활 하기, 그런 게 아니었어. 조별 과제전의 산물인 지구는 유효기간이 다해 곧 폐기될 것이며 다른 생명체라면 몰라도 생태 파괴의 근원인 인류만큼은 싹 리셋될 것이다—!
이게 바로 우리가 인류에게 전하고자 하는 메시지였어. 창조주로부터의 메시지."

남자는 한참 입을 다물고 손톱을 물어뜯었다. 두렵다는 뜻을 담은 몸짓이었다. 그는 내가 한 얘기의 대부분을 납득하고 수긍한 것 같았다. 남자는 떨리는 목소리로 5분 만에 다시 입을 뗐다.

"정말, 아무런 방법이 없어? 우리가 창조주인 너희들

을 숭배하고 존경하는 제대로 된 종교를 만들면 되지 않을까? 그 종교를 세상에서 제일 크게 키우고! 그러면 너희들도 편안하게 살 수 있을 거야. 피조물들과 함께…."

"그런 말로는 나를 설득할 수 없을 거야. 종교와 사상, 인종 같은 아주 사소한 이유로 동족들을 학살하는 종족이 너희 인류인데, 그런 짓을 합리화하는 수단으로 우리를 이용한다고 해서 우리한테 좋을 건 없지 않겠어? 어떤 종교든 거대해지기 시작하면 걷잡을 수 없이 잔인해져. 믿음이라는 수단으로 사람들을 괴롭히고 눈을 가리는 건 예사고, 결국은 종교의 이름으로 죽음을 강요하기까지 하지. 우리는 그런 걸 즐기지 않는 평화로운 지적 생명체들이야. 가장 치열한 짝짓기 싸움을 할 때조차도 서로 목숨은 해치지 않으려고 정해진 룰에 따라 스포츠 경기를 한다고."

"아냐! 우리 오타리안은 평화와 자유를 추구해! 절대 잔인해질 일 없을 거야."

"네 교주를 봐. '창조자'와 직접 소통을 한 녀석도 결국 자기 종교를 만들고 자기 신도들한테 돈을 걷잖아. 물론 그 창조자가 등신 새끼인 것부터가 큰 에러였지만. 이 정도로 이기적인 종족이 우리를 숭배한다고 해서 지구의 상황이 좋아질 것 같진 않은데."

"그, 그 인간을 만드셨다는 창조주! 빠랑뽕 씨한테 우리를 전부 맡기는 건 어때?"

"걔 이미 여기서 손뗀 지 오래야. 교수님한테 호되게 혼나고도 가끔씩 내려와서 한다는 짓거리가 겨우 미국 샌프란시스코 해안가에서 바다사자 모습으로 다른 바다사자들이랑 자리 뺏기 싸움이나 하거나 물고기랑 게 잡아먹으면서 꿰억대고 뒹굴어 대는 건데. 포트폴리오에 쓸 인간 데이터만 있으면 리셋 정도는 쉽게 수긍할 걸?"

"신이… 설마… 인간을 버린 거야?"

"버린 것도 가진 것도 아니야. 애초에 잘 돌볼 생각으로 만든 게 아니었거든. 음, B+ 맞은 조별 과제의 부속물이 되게 한 점에 대해선 조금 미안해."

"그, 그렇다면 어 음…. 어떡하지…. 아아… 아아아…! 맞다, 너도 일단 사람 몸을 쓰면서 살고 있는데, 이 지구에 즐겁거나 맛있거나 마음에 드는 게 하나라도 있지 않겠니? 내가 그걸 너에게 줄게! 아니, 너희 행성을 위한 공물로 바치도록 모두를 설득해 볼게!"

녀석, 귀엽네. 역시 수컷이란 이래야지.

얼굴에 미소가 저절로 떠올랐다. 지금이라면 내 장기를 털리기는커녕 이 바보 녀석이 오히려 자기 내장으로 순대를 만들어서 내게 바칠 수도 있을 것 같았다. 말을 많이 하다 보니 당이 땡겼다. 꿀 국화차에 들어간 감질나는 양의 당분으로는 채워지지 않는, 아주 풍성하고 기름진 단맛을 입안 가득 넣어 맛보고 싶어졌다. 사실 지구의 운명 따위, 어떻게 되든 상관없다. 게다가 지구 바깥에는 인간이 살 수 있는 땅이 얼마든지 널려 있다. 아직 인간의 기술이 불완전하여 그곳을 찾지 못하고 있을 뿐이었다. 남자는 내가 내일이라도 지구를 멸망시킬까 봐 두려워하는 눈빛으로 내 허벅지에 고개를 파묻었다. 눈물이 고인 것 같기도 했다. 단순한 놈이었다. 하긴, 단순하니까 인류가 세상에서 제일 정교하게 설계된 위대한 창조물이라고 굳게 믿을 수 있었겠지.

"모두를 설득할 필요까진 없어. 그게 가능할 거라고 생각하지도 않고."

"그, 그럼 어떡하면 되는 거야? 네? 제발요, 창조주님…. 제발…."

"오늘 할 수 있는 것을 해. 하늘 위 존재 말고 땅 위의 사람들을 소중하게, 평등하게 여기고. 아, 나는 창조주니까 나한테는 좀 더 베풀어도 돼. 혹시 알아? 교수님을 설득할 때 당신의 정성을 잘 말씀드려서 하루라도 철거 기한을 미룰 수 있을지?"

"미, 미루는 방법이 있었어? 정말로?"

"아니면 철거할 때 좌표만 조금 움직여서 전시장에서는 안 보이게 할 수도 있긴 해. 과정이 좀 복잡해서 귀찮긴 하지만…. 그러면 우리 집에서만, 그리고 나만 여기를 볼 수 있게 되지. 우리 조원들이 보고 싶다고 하면 보여 줄 수 있긴 한데, 글쎄…. 걔들도 다 너무 바빠서 전시 이후로 지구는 돌아본 적도 없다, 야."

"그럼 우리들의 종교적 수행은…."

"해서 마음이 편해진다면 그렇게 해. 다만 상위 존재가 아닌 스스로를 위한 것이어야 해. 미대 신입생들이면 안 그래도 바빠 죽을 판인데 자꾸 불러 대면 귀찮다고. 너희가 와서 과제 도와줄 것도 아니고 레포트 써 줄 것도 아닌데. 납득이 가지?"

그는 고개를 끄덕였다. 나는 그의 머리를 헝클며 쓰다듬었다. 허벅지에 닿는 볼의 체온이 따뜻했다.

"아직 우리 시간으로 3일 정도 더 남았으니까 너무 울지 말고. 나도 이 지구가 리셋되길 원하진 않아. 왜냐면 여긴 맛있는 게 너무 많거든."

"맛있는 거? 창조주의 입맛에 맞는 대단한 음식이 역시 지구에 있었구나?"

"그래. 특히 달달하고 살짝 느끼한… 튀김소보로! 성심당의 튀김소보로는 정말 예술적이야. 고소하고 달달하면서 바삭하다니 어쩜 그런 환상의 조합을 만들어 낼 수가 있지? 이건 전 우주에 퍼트려야 하는 레시피라구!"

"튀김소보로? 그거 되게 단순한 빵이잖아. 흐흑…."

"단순하지만 그 조화가 예술이지. 튀김소보로뿐만이 아냐. 지구의 음식들은 정말 맛있어. 대충 만든 종족이 어떻게 그런 정성스럽고 맛있는 식사를 만들 수가 있지? 마라샹궈, 튀김소보로, 치즈 케이크, 블루베리 타르트…. 아니 왜 편의점 디저트까지도 달콤하고 맛있는 걸로 한가득인 거야? 나 오타리아에서는 되게 날씬한 물개였는데 지구 와서 물범처럼 살이 찐 거야. 시발, 왜 맛있는 건 다 살 찌는 음식인 건데!!!"

"너희는 인간을 창조할 정도로 발달한 문명 속에서 산다면서. 오타리아엔 더 맛있는 게 많지 않아?"

"우린 물개잖아. 기본적으로 육식동물이고 육식성 외의 먹거리에는 관심이 없어. 먹이라고는 문어와 게, 새우, 생선, 뭍 생물의 고기밖에 없지. 탄수화물은 거의 먹지 않고, 동물에서 얻는 단백질과 해초들에서 얻는 비타민과 무기질 정도를 섭취할 뿐이야. 애초에 달고 고소한 음식에 대한 수요 자체가 없는 데서 디저트가 어떻게 발달하겠어? 우리 행성에는 단맛을 잘 내는 존재가 아직도 없고, 그나마 있는 단맛은 너무 어설 프다구. 해양 육식동물들의 슬픔이지. 그러니까 지구의 단맛은, 내가 이 행성을 교수님 말씀 나오자마자 파괴 하지 않고 그럭저럭 유지하고 있는 이유이기도 해! 좌 표 옮기는 방법 공부하려고 이번 학기엔 컴공과 수업도 엄청 들었다구. 그러니까 말야."

"으응?"

"지금이… 아침 시간이지? 그럼 신촌 지 씰레븐(G Sealeven) 편의점에서 한정판 튀김소보로 두 박스만 사다 줄래?"

그는 눈을 동그랗게 뜨고 고개를 들어 나를 바라보았 다. 마치 무슨 구원의 목소리라도 들은 듯한 표정으로.

"튀김소보로 두 박스? 그거면 되겠어?"

"지금은. 달달하고 바삭하고 기름진 게 오늘따라 유난 히 땡겨서 말이야. 빨리 가 봐. 대전 성심당서 하루에 딱 100개씩 직송 받아 파는 한정판이라 늦게 가면 못 먹는다구!"

"아니 나는, 네가 창조주라면 조금 더 거창한 걸 요구할 줄 알았어."

"충분히 거창하지 않아? 한 박스는 내가 다 먹을 거고 다른 한 박스는 텔레포트로 교수님께 보내 드릴 거야. 그러면 튀김소보로를 맛보신 교수님이 철수 기한을 하 루 정도는 미뤄 주실 수도 있겠지? 와, 내가 생각해 낸 계획이지만 증말 친환경적이다! 그치? 어서 다녀와. 지 구를 지키기 위한 거야. 아주 성스러운 행위라고?"

그는 고개를 갸우뚱거리다가 이내 미소를 지었다.

그 모습이 꼭 갸웃거리는 작은발톱수달 같아서 푸흡, 하고 흐뭇한 웃음이 터져 나왔다.

"그럼 같이 나가자. 나 안 그래도 이따가 클라이언트 미팅 있거든."

"뭐야. 지구를 지키고 싶다면서 빵 셔틀은 싫다는 거야?"

"신촌 쪽에 내가 진짜 자주 가는 케이크집이랑 마라탕집 있는데, 같이 나가면 튀소, 마라탕, 케이크 풀코스로 쏠게. 편의점 빵은 편의점 커피랑도 잘 어울리니까 커피도. 어때?"

"창조주 특전이야? 이왕이면 마라탕보단 마라샹궈가 더 좋은데."

"그럼 그렇게 하지 뭐. 지구를 지키는 일이니까."

우리는 웃으면서 옷을 갈아입고 나란히 바깥으로 나섰다. 푸른 풀이 돋아나기 시작하는 연트럴파크는 왠지 어제보다 더 싱그러웠다. 미세먼지 섞인 봄바람에 코가 막혔지만 왠지 튀김소보로의 기름으로 다 씻어 낼 수 있을 것만 같았다. 우리는 지구에 얼마나 맛 좋은 탄수화물과 당질이 가득한지에 대해 열변을 토하며 동교동삼거리의 언덕을 넘었다. 세상 그 어떤 종교나 철학보다도 심도 있는 토론이었다.

튀김소보로는 맛있었다.

당분간 지구는 평화로울 것이다. 아마도.

카라마조프 헤븐

류연웅

안전가옥과 함께 연작소설 <못 배운 세계>를
개발 중이다. Coming soon.

이야기의 시작

12월 중순, 안개비 섞인 바람 부는 밤. 새하얀 거리에 '덜덜' 거리는 소리가 퍼진다.

잠시 후, 한 남자가 안개 사이에서 나타난다.

그는 우산도 없이 쏟아지는 비를 맞으며 걷는 중이다. 그의 오른손은 캐리어 손잡이를 쥐고 있다. 캐리어는 작은 아이만큼 무겁다.

이 광경, N버스도 끊긴 시간, 비를 맞으며 걷는 남자에게도 사연이 있겠지만, 아직은 그다지 중요치 않다. 하지만 또 다른 남자가 나타나면 헷갈릴 수 있으니, 이 남자를 편의상 '편의상'으로 부르자.

D-4

다시 12월 중순, 눈이 내리는 밤, 의상은 걸음을 멈춘다.

'잠깐만, 방금 전만 해도 비였는데….'

거리에는 눈이 쌓여 있고, 눈 위에는 발자국이 찍혀 있다. 섬뜩함을 느낀 의상은 뒤로 돈다. 그리고 그 순간, 편의점 안에 있는 아주머니와 눈이 마주친다.

편의점 안.

아주머니는 의상을 알아봤다. 한때 자신의 가게에서 일하던 여자의 남편이다. 대기업에서 회계 쪽 업무를 맡는댔지. 그런 사람이 목요일 밤, 캐리어를 든 채 거리를 방황하고 있는 건 긍정적 징조는 아닐 테다.

처음에는 부부싸움으로 추리했으나, 아주머니는 이내 실직으로 결론을 내렸다. 의상이 편의점에 들어왔기 때문이다. 한참을 기웃거리는 걸 보면 딱히 살 물건도 없을 테지. 눈이 마주친 게 신경 쓰인 거야. 혹시나 아내에게 "그때 댁 남편이 캐리어 들고 가던데…." 하고 일러바칠까 봐.

하지만 아주머니의 추리와 달리 의상은 "이 캐리어 본 거 비밀로 해 주세요."라는 말은 꺼내지 않았다. 대신 미니 보드카와 손난로를 들고 카운터로 왔다. 삑-. 고요한 편의점에 바코드 찍는 소리가 울렸다. 그 소리가 한 번 더 울리기 전, 목소리가 끼어들었다. 아주머니가 "그 짐은 뭐야?" 하고 물었다.

의상 (화들짝 놀라며) 네? 무슨 짐이요?

아주머니 나한텐 얘기해도 돼. 내가 설마 일러바치겠어?

의상 (캐리어를 처음 본 것처럼 놀라며) 아…. 이거….

아주머니 나도 잘나가는 회사 다녔어. 누가 편의점
　　　　　좋아서 하게?
　　　　　근데 살다 보면 다 하게 돼. 어떻게든 살아져.

　　의상이 침묵으로 발뺌하자 아주머니는 모든 걸 되짚
었다.

아주머니 나 지금 진지해. 지금은 몰라도, 언제까지나
　　　　　아내한테 숨길 수는 없어.
　　　　　하지만 오늘만큼은 맘 편해도 된단 거야.
　　　　　당신도 우울할 테니까.

　　아주머니의 얘기를 듣고 나니 더욱 집으로 돌아가고
싶지 않았다. 차라리 지금의 몽롱한 정신 상태가 유지됐
으면 했다. 그래서 멍하니 있었다. 삑-. 아주머니가 인상
을 찌푸리며 창고로 들어갈 때까지.

　　잠시 후, 의상은 정신을 차리고 편의점을 나왔다.

　　'이제 어쩌지.'

　　눈 위에 찍힌 발자국을 보며, 의상은 고민했다. 일단은
걸으면서 목적지를 생각할까? 아니야. 집으로 돌아가는
게 먼저인데….

　　결국 의상은 걷는 쪽을 택했다. 서울역을 향해 걷다가

카라마조프 헤븐

여의도교회를 향해 걷다가 반포한강공원을 향해 걸었다. 이윽고 해가 떴고,

의상은 뭐가 뭔지 모르는 상태로 눈을 떴다.

걷다 지쳐 상가 앞에 주저앉았다가 깜빡 잠든 것까진 기억난다. 그런데 지금, 자신의 뒤에 사람들이 줄 서 있다. 고개를 들자, 줄지어 선 모두가 원망 어린 눈빛을 보낸다.

뭐지?

그렇게 실업자 의상은 술 처먹고 강남역 근처에 누워 있다가 얼떨결에 한국 최초 플랫폼형 편의점 '카라마조프 라이프' 대기 줄의 첫 번째 사람이 된다.

카라마조프 라이프

카카오, **라인**, **마리텔**, **조선일보**, **프로듀스** 시리즈를 뛰어넘는 콘텐츠를 생산하는 플랫폼 기업이 되겠다는 야망하에 설립된 주식회사 카라마조프는 도스토옙스키가 한참 전에 세상을 떠난 관계로 저작권 소송에 걸릴 일도 없이 대성공을 거뒀다.

비결은 세 명의 카라마조프 프렌즈였다.

카카오프렌즈, 라인프렌즈, 펭수 등에 익숙해져 있던 대중들에게 수염 달린 카라마조프 캐릭터의 외모는 신선한 깜찍함이었고, 덕분에 '카라마조프 프렌즈샵'은 전

국 각지로 퍼져 나갔다.

하지만 전성기는 오래가지 못했다.

카라마조프의 산업 주도가 계속되니 대중들은 금세 또 싫증을 냈고, 기껏 지어 놨던 전국 각지의 매장은 1년 반 만에 파리만 날리게 되었다. 카라마조프 경영진들의 얼굴은 민음사 세계문학전집 154번 《카라마조프 가의 형제들》의 표지에 실린 도스토옙스키의 말년 초상화처럼 야위어 갔다.

'벽지 도배한 거 마르지도 않았을 텐데 임대료를 걱정해야 하다니….'

오랜 고심 끝에 마련한 대책은 '인수', '합병'이었다. 최근 떠오르고 있는 벤처기업의 캐릭터, 인수와 합병이를 카라마조프 프렌즈로 영입했다.

"우와! 새 캐릭터다!"

하지만 마치 뭐 축구팀처럼, 새로운 플레이어 영입 효과는 두 달도 가지 못했다. 카라마조프 재무제표의 수익률은 다시 원래의 자리로 돌아왔다. 변덕스러운 대중들. 인기가 많아졌다 하면 금세 질려 버리니. 이젠 어쩌지, 굿이라도 벌여야 하나? 잠깐만,

굿?

바로 그거야!

경영진들은 자기 객관화를 통해 해결 방안을 마련할 수 있었다. 직원들 월급 올리는 데에는 며칠을 고민하지만, 몇천만 원짜리 굿판은 고민도 없이 진행하려고 했던 모습을 보라.

이것이 인간이다.

우리는 믿음을 팔아야 한다.

그렇게 '카라마조프 프렌즈샵'은 '카라마조프 라이프'로 재탄생한 것이다. 이 시대의 종교는 오디션이고, 신은 캐릭터이며, 편의점은 교회가 될 것이다. 우린 물건이 아닌 느낌을 팔아야 한다. 사람들은 10원을 쓰는 데에도 의미가 있길 바라거든. 편의점을 통하여 캐릭터 오디션을 열자. 그런 두서없는 계획과 함께

카라마조프는 우선, 인기 있는 이모티콘 캐릭터들의 저작권을 모조리 사들였다. 4차 산업은 서비스를 초월한 문화 경쟁의 장이다. 그 시장의 점유율은 캐릭터가 결정짓는다. 그러한 예측에 따라

다섯 명에 불과했던 카라마조프 프렌즈를 101명으로 늘렸고, 그 사이 '카라마조프 라이프'에 대한 기사를 각종 포털 사이트에 내보냈다. 최초 공개 당시 여론은 폭망이었다.

베댓 삼성공화국에 이어 카라마조프공화국 만드는구나.

하지만 그딴 돈도 안 되는 주절거림은 101명의 카라마조프 프렌즈 캐릭터가 공개된 이후 깡그리 묻혔다. 카

라마조프 월드를 보았니. 101명의 천사가 함께한~.

Q. '카라마조프 프렌즈'의 리더가 될 캐릭터를 골라 주세요!
인수와 합병이
갈기 없는 사자
흐리멍덩 다람이
아재개그곰
헐리우드 토끼
말라깽이 펭귄
서민이와 국봉이
옷핀과 케이크의 어드벤처 타임
(스크롤을 내려 주세요.)

예상치 못한 접속자 폭주에 서버는 투표 첫날부터 터졌다.

그건 '1대 카라마조프 프렌즈 리더' 발표 날에도 마찬가지였다.

19분 뒤 복구된 홈페이지에 접속한 α의 인원은 '카라마조프 라이프' 나무젓가락&비닐봉지에 '인수와 합병이'의 얼굴이 새겨지게 됐음을 알았다. α-β의 인원은 분개했다. 과거 첵스초코 부정선거 사건을 들먹이며 탄핵을 요구했다.

회원1 어차피 '인수와 합병이'로 내정돼 있었네.
회원2 이승만라이프 불매해야 된다.

아이러니하게도, 말은 그렇게 했지만 다들 오픈하는

날을 기다렸다. 커뮤니티마다 "우리가 1호~100호 손님 먹어서 몰표 주자.", "다음 번 카라마조프 리더 ___로 만들자." 같은 글이 도배됐다. 물론 그건 단체로서의 입장이고,

개인으로서는 다들 1호 손님이 되고 싶어 했다. 커뮤니티 사람들은 개점 열 시간 전부터 줄을 서기로 약속했으나, 대다수는 하루 전에 줄을 서는 뒤통수치기를 감행할 작정이었다. 1호 손님의 영광을 위해서라면 의리쯤이야. 그 정도 배신이면 충분할 줄 알았다. 그런데,

회원3 세상에 3일 전부터 줄 서는 미친놈이 있을 줄이야.
회원4 캐리어까지 가져와서 아예 통으로 밤낮을 보낼 준비를 하다니.

D-3

벌써부터 1호점 앞에 누군가 와 있다는 트윗이 올라왔다. α-β-γ의 사람들이 부랴부랴 강남역으로 몰려들었다. 그곳에는 연차 낼 필요도, 처방전 조작할 필요도 없는 아저씨가 있었고

덕분에 카라마조프 직원들은 울상이 되었다. 분명 사무직으로 입사했는데, 왜 이러고 있지? 본래는 월요일 아침에 배부할 예정이었던 번호표를 챙기며, 그들은 슬픈 눈으로 서로를 쳐다봤다. 하지만 보이는 건 동글동글한 인형 탈의 눈뿐이었다. 귀여운.

그들이 번호표와 팸플릿을 나눠 주기 시작하고, 사람들은 실사판 '인수와 합병이'에 열광했다. 그 선두에서, 의상은 '1'이 적힌 번호표를 받았다. 뒷면에는 규칙이 적혀 있었다.

말없이 자리를 뜨면 즉시 자격 박탈입니다.
식사는 직원에게 말한 뒤, 한 시간 안에 끝마치고 옵니다.
어떤 경우든지 짐은 자리에 놔둡니다.

지금의 의상에게는 어렵지 않은 규칙이었다. 기다림의 제일 큰 적은 심심함이다. 그러나 5분에 한 번씩 한숨이 나오니, 심심함을 느낄 여유가 없는 것이다.

어떻게 살아가지.

아내에게 뭐라고 설명하지.

후우우. 한숨을 쉬며, 의상은 팸플릿을 살폈다. 표지에 그려진 '카라마조프 라이프'는 아들의 방과 다를 바 없는 모습이다. 그걸 보니 더 우울해졌다. 주말마다 아들을 카라마조프 프렌즈샵에 데려가곤 했던 날들. 10만 원어치씩 인형을 사던 날들.

이제는 불가능한 일이니,

엊그제 외출 전, 아이에게 화냈던 걸 다시 한번 후회했다. 생각해 보면 아이러니하다. 아이가 카라마조프 편의점 함께 가 달라고 한 말에 화를 냈는데, 지금 이렇게 그

앞에 와 있다니.

카라마조프 마을은 오늘도 시끌벅적합니다.
101명의 친구들은 서로에게 무슨 장난을 칠지 궁리합니다.
이번 크리스마스, 카라마조프 라이프가 여러분을 만나러
갑니다.

어느새 의상은 아이가 그랬던 것처럼 유튜브로 '카라마조프 라이프' 단편영화를 보기 시작했다. 갈기 없는 사자의 미용실 방문기. 아재개그곰의 웃음 참기. 흐리멍덩 다람이의 시력검사. 멍하니 그걸 보면서… 무의식적으로 다음번 리더로 누구를 뽑을지도 생각했다. 자기도 모르는 새에 '카라마조프 라이프'의 가치를 믿기 시작했다.

불쑥불쑥 의심이 샘솟기도 했으나, 그럴 때면 의상은 팸플릿과 번호표를 꺼냈다. 내 순서는 첫 번째이고, 등 뒤에 있는 사람들은 닥쳐온 현실을 미뤄도 되는 정당한 명분이다. 그렇게 집에 들어가지 않았고,

결국 전화가 왔다.

장미 당신 웬일로 애랑 같이 나갔어?

잠시 후.

장미 애 혼자 나갔나 봐. 당신한테 말 안 했어?

의상의 머리가 욱신거렸다. 순식간에 '카라마조프 라이프'는 사라지고 지긋지긋한 일상이 대신 자리 잡았다. 일. 청소. 인간관계. 배신. 어차피 죽으면 무의미한 것들.

무섭다.

정말, 정말 무섭다. 그 공포감에 휩싸여 의상은, 어쩌면 근 2년 만에 처음으로 자신의 의견을 피력했다.

의상 나 계속 여기 있게 해 줘….
장미 뭐, 뭐…? 당신… 울어?

눈물, 콧물을 범벅으로 흘리면서 말했다.

의상 나 열심히 살았잖아. 여기 있게 해 줘잉….

D-1

아이가 사라졌다. 익숙한 일이다.

하지만 남편이 운 건 처음이다. 갱년기인가. 벌써? 그런 생각을 하며 장미는, 의상의 아내는, 밤거리에 서 있다.

물론 그녀는 의상의 아내로만 소개될 사람이 아니다. 육아를 도맡고 편의점 아르바이트를 하면서도 9급 공무원 시험에 응시해 1년 반 만에 합격한 사람이다.

직장 MT에서 돌아온 오늘도 쉬지 못하고 있지만, 장

미는 지친 기색이 없다. 다만 걱정하는 중이다. 이렇게 긴 시간 동안 아이를 기다린 건 오늘이 처음이다.

그래서 장미는 지금 이곳, 이틀 전 의상이 서 있던 자리에 있다. 이내 장미는 아주머니와 눈이 마주치고

편의점에 들어간다. 공무원은 할 만하냐는 말을 시작으로 쏟아지는 아주머니의 수다를 듣고 있으려니, "애가 혹시 편의점에 안 왔나요?"라는 말을 했다간 온갖 추궁을 받겠다 싶어 결국 물병 하나만 카운터에 올려놓았다.

삑-.

그런데 아주머니의 표정이 의미심장했다. 무언가 고민하는 눈치였다. 장미는 침묵으로 추궁했고,

아주머니 내가 솔직히…
　　　　　신랑보다 자네가 믿음직해서 하는 말인데…
　　　　　내가 말했다고 하진 말고….

편의점을 나온 장미의 머릿속은 더욱 복잡해졌다.

무슨 일이 벌어지고 있는 건가.

아들은 사라졌고 남편은 어울리지 않는 짓을 벌인다.

별다른 방법이 없지만, 벌써부터 경찰에 연락하고 싶지는 않았다. 장미는 다시 한번 의상에게 전화했다.

텔렐ㄹ렐ㄹㄹㄹ

소리를 들으면서, 장미는 아이가 돌아오면 다시 휴대
폰을 사 줘야겠다고 생각했다.

D-730

장미는 밤마다 화장실을 들락거리는 아이가 걱정됐다.
처음에는 몰래 게임을 하는 건가 싶었다. 하지만 아이의
아이폰은 멀쩡히 식탁 위에 놓여 있었다. 몸이 아픈가?
내과와 소아과 중 어디에 가야 할지 파악하기 위해 장미
는 화장실 문을 열었고,

화장실 바닥에 앉아 웃고 있는 아이를 발견했다. 아이
는 놀란 표정의 장미를 보고는 행복한 듯 실실 웃었다.

D-729

의사는 본격적인 대화를 하기 전부터 장미를 나무랐
다. 아까 대기할 때 애가 계속 만화영화 보는 거 봤다고.
여덟 살 애한테 무슨 스마트폰을 사 주냐고. 집에 돈이
그렇게 많냐고 따졌다.

걱정을 가장한 권위였다.

장미는 의상이 다니는 회사 이름을 얘기했다. 집에 돈
많으니 그런 걱정 해 줄 필요 없다는 말까지 덧붙였다.
의사의 얼굴은 익힌 토마토처럼 붉어졌다. 곧바로 억지
웃음을 지어 보였지만, 그 켄터키 할아버지 미소는 아무
리 봐도 서글펐다.

D-728

의사는 아이에게 '잠재적 반사회성 성격장애 위험군'이라는 진단을 내렸다. '전인습적 도덕성' 단계에서 벗어나지 못하고 있다고 지적했다.

의사 얘가 왜 이렇게 이모티콘이랑 하트를 써 대겠어. 사랑해서? 아니야. 부모가 자기한테 집착하고 자기를 붙잡아 둔다는 걸 확인하려는 거지. 이런 애들이 공격성을 터득하는 순간 사이코 되는 건 순간이야.

장미 원인이 뭔데요?

의사 이쪽 분야는 확답하기 쉽지 않지만, 유전적 영향도 원인 중 하나지.

장미는 처음엔 그 말을 믿지 않았다. 무능력한 의사의 자격지심으로 인한 화풀이 정도로 생각했다. 언제나 아이를 키우는 일은 어려웠다. 그래도 잘해 왔다고 생각했는데, 사이코패스라니. 니가 사이코다 이 새끼야. 하지만.

D-666 (이야기의 중간)

안개비 섞인 바람이 불던 날.

장미는 거리에 앉아 있는 의상의 모습을 보고 섬뜩함을 느꼈다. 의상은 캐리어를 옆에 두고 주저앉아 비를 맞고 있었다. 그때 장미는 아이와 함께 산책을 하던 중이었다. 놀란 장미와 달리, 아이는 아빠에게로 달려갔다. 그러고는 귓속말을 했다. 장미는 아이가 무슨 말을 했는지 묻지 않았다.

D-665

다음 날 아침. 장미는 의상이 전날 밤, 집에 들어오지 않았던 이유를 알게 됐다. 부하 직원이 공금횡령을 했는데 의상도 책임자라는 이유로 같이 잘렸다. 실업자가 된 사람은 큰방에서 나오질 않으니 이사 준비는 오로지 장미 몫이었다.

D-606

이사를 갔다. 의상은 작은방에서 나오지 않았다. 그건 괜찮았다. 다만 멍하니 있는 남편을 볼 때마다 '유전적 영향'이라는 말이 계속해서 신경 쓰였다. 의상은 무서울 정도로 침착해졌다. 저게 본모습인 건가. 그동안 사회적 지위에 가려졌던.

D-2

기자들이 질문을 퍼부어 댄다. 의상은 애써 웃으며 대답한다. 아이가 카라마조프 프렌즈를 정말 좋아하거든요. 아이에게 미안해서 이 자리에 있습니다.

D-530~D-8

다행히 얼마 지나지 않아 의상은 방을 나왔다. 덕분에 장미는 조금은 편해진 마음으로 출근할 수 있었다.

하지만 의상이 향한 곳은 일터가 아닌 교회였다. 집에

돌아오면, 거실에서 울고 있는 아이를 보기 일쑤였다. 아이는 방 문 너머로 들려오는 아빠의 기도 소리를 무서워했다.

"힝, 엄마, 왜 전화 안 받아."

때문에 장미는 잘나가던 학원 강사 노릇을 관두고 편의점으로 이직했다. 아이와 함께할 수 있는 곳은 그곳밖에 없었다.

다행히 점주 아주머니는 좋은 분이었다. 아이를 귀여워해 주고, 본인 젊을 때 생각하면 눈물 난다면서 장미의 일도 도와줬다.

가끔 쓸데없이 오지랖이 넓은 게 흠이었지만.

이를테면 아빠는 어디 갔냐고 묻는다든가. 엄마랑 아들이 열심히 일하는데 한 번을 안 보러 오냐고 말한다든가.

장미는 거짓말을 했다. 그 사람 대기업 다니느라 바빠요. 아니, 곧 현실이 될 테니까 거짓말이 아닌 거라고 생각했다. 그때는 의상이 1년 넘게 실직자로 살 줄 몰랐다. 금방 기운을 차리고 직장을 구하고, 퇴근길에 편의점에 들러 아이와 자신을 데리러 올 줄 알았다.

정말로 얼마 지나지 않아, 남편이 편의점에 찾아오긴 했다. 하지만 여전히 우울에 빠진 상태였다. 의상은 혼자 있기 싫다며 아이를 데려갔다.

"아빠 혼자 점심 먹어야 하겠니?"

그 순간 아주머니의 표정을 기억한다. 장미는 급하게 "남편이 새 발령을 기다리고 있어서요."라고 둘러댔지만, 이미 허세를 들켰다고 생각했다. 아무튼 그날 이후, 아주머니는 더 이상 도와주러 오지 않았다.

집 안의 풍경은 다시 예전처럼 돌아갔다. 편의점에서 돌아오면, 제일 먼저 보이는 건 거실에서 울고 있는 아이였다.

"엄마, 왜 답장 안 해 줘, 힝."

편의점 일은 힘들다. 셋이 하던 일을 혼자 하니 더욱 고됐다. 왜 아이는 내가 힘든 걸 몰라주지. 정말로 남의 감정에 공감 못하는 사이코일까. 걱정돼서, 혹은 지쳐서, 결국 장미는 의사의 처방대로 아이의 휴대폰을 해지했고,

D-7

"엄마, 카라마조프 편의점 같이 가 주면 안 돼요?"

MT 갈 준비를 하느라 짐을 싸는데 아이가 갑자기 물었다. 순간 확 열이 뻗쳤다. 그깟 편의점이 뭐라고. 장미가 대꾸하지 않자 아이는 애써 웃으며 설명했다. 캐릭터가 있는 편의점이에요. 물건을 사면 투표를 할 수 있대요. 저랑 엄마랑 같이 투표를 하는 거 어때요.

"아빠한테 가 달라 그래."

아이는 멍하니 있었다. 장미의 단호한 목소리에 놀란 듯했다. 초연하게 "엄마까지 나한테 이러면 속상해요."

라고 했고,

D-6

장미는 MT 자리에 있는 내내, 그 얼굴을 떨쳐 내지 못했다. "엄마가 같이 가 줄게."라고 전화하고 싶지만, 아이의 휴대폰을 해지한 지 오래다.

그러지 말았어야 했는데.

자신은 육아에 대해 잘 모른다. 결혼을 하지 않고 계속해서 학교를 다녔다면 유아교육과 수업을 들을 수도 있었겠지만 제적되어 버렸다. 왜 나는 지금 졸업장을 갖고 있지 못하지…. 아이가 하루에도 수십 번씩 사랑한다는 메시지를 보내는 휴대폰을 해지한 이유 중에는 그런 억울함도 포함되어 있었다.

아이는 부쩍 어두워졌다. 안 보던 눈치를 봤다. 저녁 식탁에서 "같이 편의점에서 일하면 안 돼요?"라고 말했다가 아빠에게 욕을 먹은 뒤론 더욱 그랬다.

그런가 하면 남편은.

[신은 견디지 못할 시련은 주시지 않는다.]

그런 문장을 벽에 써 붙여 놓고, 집 가득 울리는 읊조림으로 자신의 처지를 합리화하는 남편의 모습은 장미도 보기 싫었다. 동시에 사건 이전, 착했던 그를 기억하는 만큼 장미는 양가감정에 휩싸였다. 부하 직원의 횡령은 그가 어쩔 수 없는 일이기는 했으니까. 충격에서 쉽게 벗어나지 못할 법도 했다. 언젠가 좋아질 거라 믿었다. 서로를 이해하게 될 거라고. 현실이 너무 바쁘기에 그런 믿음을 품는 것 외에는 할 수 있는 일이 없다고 생각했지만, 이제 집에 돌아가면 내가 힘을 내야겠다. 남편과 아이에게 먼저 다가가리라.

D-2

거실에 아이가 없었다. 작은방에 남편이 없었다. 그게 기뻤다. 기대는 점차 커졌고 남편이 "그게… 카라마조프… 줄 서 있는데…"라고 했을 때는 과분한 충족감을 느꼈다. 장미는 의상에게 웬일로 아이와 함께 나갔냐고 물었고

D-1

텔렐ㄹ렐ㄹㄹㄹㄹ (뚝)

12월 말.

눈이 쌓인 밤거리의 장미는 이제 전화기를 주머니에 집어넣는다. 손도 함께 집어넣고 한때는 자신의 직장이었던 편의점으로부터 멀어진다. 그렇게 걷다가 아무도 없는 횡단보도 앞에서 멈춰 선 장미는, 문득 고개를 들어 적색 불빛의 근원지를 바라본다. 수십 개의 십자가를

바라보고 있노라니 도시 전체가 악몽을 꾸고 있는 것만 같다.

한 가지만 믿으면 모든 게 해결된다니, 얼마나 편한 생각인가.

그래도 아직까지 아들을, 세상을, 기적을 믿는 장미는 경찰서로 향했다. 가능성을 확인하려 했다.

경찰들은 친절했다. 아이의 사진을 갖고 있느냐고 물었다. 장미는 핸드폰을 꺼냈다. 그리고 카라마조프 프렌즈 인형들을 꽉 안고 있는 아이의 사진을 보여 줬다.

경찰 우리 애도 지금 이거 때문에 난리인데요.
장미 애들이 다 같죠.

잠깐의 동질감이 오간 뒤, 경찰서는 다시 경찰서의 분위기로 돌아갔다. 문제는 아이의 실종 시점이 명확하지 않다는 거였다. 장미로서는 받아들이기 힘들었지만, 사실 단순 가출일 가능성도 분명 존재한다.

그렇다 해도 전단지 정도는 만들 수 있었다. 집을 나왔을 당시 아이의 인상착의를 알기 위해 경찰들은 장미의 집으로 향했다. 빌라 입구에 CCTV가 있었다. 빌라 주인과는 연락이 안 됐다. 경찰들은 경찰서로 돌아갔다. 장미도 굳이 따라갔다. 그곳 불편한 의자에 앉아서 기다리다가 깜빡 졸았고,

아침. 교회에 가기 위해 일찍 일어난 빌라 주인의 동의를 구해 경찰들이 CCTV 메모리를 확보하는 동안에도 계속 잠들어 있었다. 경찰들은 CCTV 영상을 뒤로 돌렸다. 그런데 왜… 안 나오지?

몇 번을 확인해도 아이는 집을 나오지 않는다. 터덜터덜 집으로 걸어 들어가는 모습이 마지막이다. 그 영상을 본 장미는 발언권을 스스로 잃었다.

경찰1 남편분이 아드님을 죽였을 가능성이 있습니다.
경찰2 의도적이든, 우발적이든 간에요.

한 경찰이 장미에게 설명했다. 나머지 경찰들은 휴대폰을 뒤적이며 막내 경찰을 기다렸다. 그중 누군가 포털 사이트 메인에 있는 '카라마조프 라이프' 기사를 클릭했다. 사진 속에서 의상은 몇백 명의 사람들 앞에 선두로 자리 잡고 있다. 그의 옆에는 캐리어가 누워 있다.

그는 왜 3박 4일이나 기다려 편의점에 가려는 걸까요?
"아이에게 과자를 사 주기 위해서입니다."
역시, 아버지는 위대합니다!

경찰3 근데 이거… 사람들 진짜 충격받을 거 같은데…
　　　　감당할 수 있을까요?
경찰4 굳이 먼저 알릴 필요는 없지. 가능한 동화는
　　　　동화로 남겨야지. 근데… 이 새끼 진짜….

경찰들은 '사이코패스'라는 단어를 얘기하다가 장미의 눈치를 봤다. 그 순간, 막내 경찰이 문을 열고 들어오며 준비됐음을 알렸다.

'대체 뭐가?'

장미는 궁금했다.

9시가 다가오고 있었다.

D-DAY

크리스마스. 신성한 아침.

카라마조프 직원들이 미니 벨을 들고 돌아다니며 사람들을 깨운다. '카라마조프 라이프' 개점까지 30분 남았다. 3일간의 기다림을 보상받을 시간이다. 누군가는 사진 찍힐 것을 대비해 화장을 고쳤다. 누군가는 아침을 먹기 위해 강남역 12번 출구 앞 맥도날드로 달렸다.

의상도 눈을 떴다. 잠에서 깬 순간의 일시적 사고 정지. 이윽고 의상은 직원들이 입고 있는 후드티에 그려진 '인수와 합병이'를 보고 서서히 지난 며칠 동안의 일을 기억해 냈다. 직원 중 하나가 자신의 앞으로 다가왔다.

직원 축하드립니다. 드디어 기다리시던 시간이 왔어요.

그가 설명했다. 1호 손님에게는 '단독 쇼핑'을 할 수 있는 영예가 주어집니다. 그 모습을 촬영해도 괜찮을까요? 그는 양해를 구하기 위해 의상을 기다리고 있던 것이다. 딱히 거절할 이유는 없는 제안이었다. 의상은 고

개를 끄덕였고,

그 즉시 카메라 부대가 등장했다. "편하게 계세요."라고 직원은 말했지만, 말이 쉽지. 정작 그렇게 말한 직원이 제일 부담스럽게 의상을 쳐다봤다.

잠시 후.

직원이 팔짱을 풀고 시간이 됐음을 알렸다. 사람들이 환호성을 지르며 쇼핑을 준비했다. 의상도 등 떠밀리듯 자리에서 일어났다. 캐리어를 끌고 앞으로 나가려 했다. 직원이 그의 앞을 막아섰다.

직원 쇼핑은 편하게 하셔야죠.

아주 잠깐의 시간 동안, 의상은 고민했다. 고개를 들어 앞을 바라봤다. '카라마조프 라이프'의 유리창은 코팅돼 있어 내부가 보이지 않는다. 잠시 후, 의상은 캐리어를 꽉 쥐고 있던 오른손의 힘을 풀었다. 언젠가는 한산했을 번화가의 거리를 가로질러 가며, 사람들의 이목과 집중을 뚫고 나가는 의상은, 마치 타임머신 속으로 걸어가는 듯하다. 편의점 안으로 들어간 그의 모습은 이제 거리에선 보이지 않는다.

그 순간,

갑자기 사복 경찰들이 등장했다. 순식간에 나타난 그들은 의상의 캐리어를 들고 자리를 피했다. 사람들은 당황했으나, 수많은 인파를 통제하는 과정이라 생각하고 다시 자신들의 차례를 기다렸다.

경찰들은 확신했다.

하지만 상황의 특성상, 다른 경우의 수 또한 대비해야 한다. 그래서 줄을 거슬러 올라갔다. 인파가 잠잠해질 때까지.

마침내 줄이 끝난 부분에서 경찰들은 멈췄다. 장미도 함께 멈췄다. 경찰들은 근처 골목으로 캐리어를 가지고 들어갔다.

장미는 차마 골목에는 함께 들어가지 못했다. 가만히 서서 부디 최악의 경우가 아니길 바랄 뿐이었다. 장미가 서 있는 자리는 '카라마조프 라이프' 줄의 맨 뒤였고,

지금, 맨 앞에 있던 사람은 아무것도 모르는 채로, 악수를 하는 중이다. 문 뒤에서 기다리고 있던 '카라마조프 라이프' 점장은 의상의 목에 꽃목걸이를 걸어 주며 "잘 왔습니다. 뒤를 돌아보지 마세요, 카라마조프 라이프를 만끽하세요." 하고 속삭였다. 직원들은 박수를 쳤다. 비록 찰나일지라도 그 순간 의상은 모든 걸 다시 시작할 수 있고, 해 볼 수 있다는 용기를 얻었고

그렇게 '카라마조프 라이프'로 입성했다. 그곳은 웅장했다. 밖에서 봤을 때는 분명 몇십 평짜리 매장이었는데, 지금 이곳에는 강이 있고 하늘이 있고 동산이 있다. 이게 물리학적으로 가능한 일인가? 그 무한한 공간 속

에서 의상은 넋을 놓았다.

하지만 '카라마조프 라이프'는 미술관이 아니다. 편의점이다. 돈을 써야 하는 공간이다. 의상은 무얼 사야 할지 고민했다. 뱉어 둔 말이 있으니 우선 과자를 집어야 할 것이다. 그 순간, 전화가 왔다.

목사님 형제님, 안 오세요?

그 일요일 아침을 알리는 목소리를 듣는 순간, 갑자기 세상이 흔들렸다. 드넓은 동산과 푸른 하늘, 깨끗한 강은 벽 속으로 빨려 들어가고, 카라마조프 프렌즈 역시 가격표 붙은 상품으로 변했다. 그걸 두 눈 뜨고 지켜볼 수밖에 없었던 의상은 어느새 매장에 있었다. 그 안에서, 이제 모든 건 끝났고 이 절망감은 앞으로 영원히 지속되리란 걸 깨달았다. 의상은 현실을 자각했다.

아이가 죽었다.

내가 죽였다.

지금 생각해 보면 고작 함께 카라마조프 편의점에 가 달라고 했을 뿐인데, 그걸 "아빠, 돈도 못 벌면서 일도 없으면서 집에 혼자 있기 무안해서 밖에 나다니는 걸 텐데 같이 놀아요."라고 오해했다. 그 피해망상이 3일 전, 집 문을 열던 순간, 축 늘어진 아이의 몸을 보게 만든 것이다. TV나 영화에선 그럴 때 곧장 주저앉던데, 의상은 이것이 현실이라는 자각조차 할 수 없었다. 인형을 보는 것 같았다. 하지만 그건 인형이라고 부를 수 없는 몸뚱이였다.

의상은 책임을 지려 했다. 아이와 함께 한강에 뛰어들려 했다. 같은 상태가 될 계획이었다. 헌데 무서웠다. 꼴에 무서웠다. 걷다 보면 무서움을 떨쳐 낼 수 있을 줄 알았다. 그러다가 얼떨결에 사람의 홍수 속에 있게 됐고,

목사님 형제님, 듣고 계세요?

만약 지금이라도 기적을 만들어 주신다면, 시간을 돌려서, 안개비 내리던 날로 갈 수 있다면, 다시는 삶을 낭비하지 않겠다. 엿같이 굴고 난 다음 기도로 도피하지 않겠다.

뒤늦게 깨달았어도 하늘엔 하늘뿐이었다. 의상이 믿는 신은 끝내 그를 구원하지 않았다. 현실로 돌아올 시간이었다. 현실은

카메라.

카메라는 기록.

기록은 영원.

카메라는 갑자기 부들부들 떨어 대는 1호 고객을 촬영하는 중이다. 카라마조프는 원했다. 뒤를 돌아보지 않는 의상의 모습. 카라마조프 판타지에 동화된 어른의 모습. 하지만 의상은 뒤로 돌았다. 영원한 공포로부터 도

망치려 했다. 그래서 뒤로 돌았는데,

'카라마조프 라이프'의 문이 열려 있었고,

의상은 인파 가운데에 서 있는 사람을 봤다. 그리고 그 자리에 얼어붙었다.

카라마조프 헤븐

선생님은 내가 죽으면 천사가 데리러 온다고 했다. 아무래도 그건 아빠가 아니라 천사였나 보다. 그리고 나는 죽어서 지옥에 온 거 같다. 나쁜 어린이였던 것이 후회되고 죄송하다.

엄마가 보고 싶다. 안 울려고 했는데 주변이 깜깜해서 눈물이 난다. 다시는 못 본다고 생각하니 옛날 생각이 난다. 옛날에 잠이 안 왔다. 안 자면 혼나니까 자는 척을 했는데 오줌이 너무 마려웠다. 방금 깬 척 하품하면서 거실로 나가는데 아빠가 엄마 손톱을 잘라 주고 있었다. 엄마, 아빠가 거실에 있으면 즐겁다. 그게 나한테 사실 천국이다. 그걸 보려고 밤마다 화장실에 가는 척했다.

나는 다시 가족이 모였으면 했다. 꼭 거실이 아니라도 좋다. 엄마가 바쁘니까 아빠랑 내가 편의점에 갔으면 했다. 아빠는 "내가 겨우 편의점 따위에 있을 사람 같아? 나 존경받는 사람이야."라고 화를 냈다. 나는 아빠랑 친구가 되고 싶은데 아빠는 존경받는 사람이 되고 싶나 보다. 오늘도 아빠는 "네가 안 태어났으면…."이라고 말하고 집을 나갔다. 그 말이 진짜일까 봐 무서웠다. 나는 태어나지 말았어야 한다는 말. 이런 순간마다 엄마는 내가 강해져야 한다고 했다. 아빠가 바뀌지 않으니까 내가 바뀌어야 한다고 했다.

누군가는 엄마처럼 이게 내가 모자란 탓이라고 다그칠 거다. 약한 마음을 가지고 태어난 사람도 있다. 그런 사람들에게 바보라고 화내는 것도 당연하지만 작은 배려도 부탁드린다. 그런데 내가 정말 죽은 게 맞나? 노력은 했지만 잘 됐는지 모르겠다. 나는 TV에서 본 것처럼 넥타이를 묶을 곳을 찾았다. 처음에는 행거 철봉에 매듭을 묶었다. 그 고리 안으로 목을 욱여넣었다. 하지만 내 몸무게를 이기지 못한 행거는 넘어지고 말았다. 나는 더 튼튼한 걸 찾아야 했다. 운동기구 손잡이, 문고리 등에 걸었지만 마찬가지로 실패였다. 하지만 아빠 방문은 달랐다. 윗부분에 넥타이를 건 뒤, 의자를 발로 차자 후회가 들 정도로 목이 조여 왔다. 이게 아닌데, 라는 생각이 들었다. 아빠가 나타나서 나를 구해 주기를 바랐다. 아빠가 슬퍼하는 걸 보고 싶어 했으면서 아빠를 간절히 찾았다.

그런데 잠깐 몸이 가벼워지더니 아픈 느낌이 다 사라졌다. 나는 가만히 떠서 오래오래 있다가, 문이 열리는 걸 봤고, 아빠의 얼굴도 보게 됐다. 아빠는 현관에서 신발도 벗지 않고 덜덜 떨었다.

그게 마지막 기억이다. 곧 주변이 어두워지고 나는 갇혔다. 처음에는 아빠가 나를 관에 넣은 줄 알았다. 지금 생각해 보니 아빠가 아니라 천사였나 보다. 그리고 나는 죽어서 지옥에 온 거 같다. 천국에 가고 싶었는데 슬프다.

그런데 갑자기 지옥이 찢어졌다. 그 구멍이 점점 커지더니 거기로 빛이 들어왔다. 나는 그 빛을 잡고 벌려서 밖으로 나갔다. 처음 보는 어른들이 나를 둘러싸고 있었다. 아주머니, 아저씨들이 내 손을 잡았다. 함께 골목을 빠져나가니

엄마가 서 있었다. 왈칵, 눈물이 날 줄 알았는데 이상하게 눈물이 안 났다. 이렇게 될 줄 알고 있었다는 듯이 마음이 편했다. 엄마는 우는 것 같기도, 웃는 것 같기도 했다. 그런데 여기 왜 서 있어요? 물어보고 싶었지만 이상하게 목소리가 안 나왔다. 엄마도 말이 없었다. 희미하게 웃으면서 어딘가를 가리킬 뿐이었다. 그러자 거기 서 있던 사람들이 일제히 고개를 돌려서 나를 봤다. 웃는 듯, 우는 듯한 표정을 한 사람들이 양쪽으로 갈라졌다. 순식간에 길이 만들어졌고 나는 앞으로 걸었다.

걷는 동안 내게 어떤 생각들이 뿌리내리기 시작했다. 나는 살고 싶다. 사실은 한 번도 죽고 싶었던 적 없다. 그래서인지, 양쪽으로 갈라져 있는 사람들을 지나치는 내내 불안했다. 이야기가 끝나 간다는 느낌이 들었다. 막다른 길에 도착했을 때는, 내 앞에 있는 문이 세상의 끝처럼 느껴져서 손잡이를 당기기가 두려웠다. 끝은 언제나 슬프다. 끝이기 때문에 슬프다. 하지만 끝이 있어야 한다는 걸 안다. 내가 선택한 일이니까 끝이 있어야 한다는 것도 안다. 손잡이를 잡고… 열었다.

카라마조프 헤븐

안에는 카라마조프 프렌즈들. 내가 좋아하는 것들. 하늘, 바람, 별. 그리고 그 가운데에 과자 봉지를 든 아빠가 있었다. 아빠 또한 우는 것 같기도, 웃는 것 같기도 했다. 이상하게 그 표정을 보니, 이제야 아빠가 나를 사랑하고 있다는 사실을 알 것 같았다. 과자를 사는 건 어려운 일이다. 돈을 벌기 위해 일하기가 얼마나 어려운지 안다. 사는 게 힘든 걸, 힘든 상황에선 사랑이 다 식는 것도 안다. 하지만 엄마, 아빠는 그 모든 걸 내가 알고 있다는 점을 가끔 잊는 것 같다. 내가 기다리고 있다는 걸 알아줬으면 했다. 엄마, 아빠가 이제라도 알게 돼서 기쁘다. 과자를 보니까 그렇다. 하지만 사실 과자가 없어도 됐다. 그래서 나는 아빠한테로 갔다. 내가 먼저 다가갔다. 아빠를 안았다. 그리고 얼기설기한 빛 속에서 나는 말했다.

이야기의 끝

"아빠, 이제 집으로 가요."

여자의 얼굴을
한 방문자

이아람

1995년 서울에서 태어났다. 대학에서 국문학
과 사회학을 전공. 글을 쓰며 사는 삶에 대해
생각 중이다.

이건 이 세상에 사는 모든 사람들이 이미 알고 있는 이야기다. 밤에 고개를 들어 하늘을 보면 알게 되는 이야기. 그는 사실 별로 할 말이 없었다. 그해 제주도에서 있었던 일에 대해 모두가 이미 알고 있었다.

그가 남들이 모르는 부분을 조금 알고 있는 건 사실이었다. 하지만 모든 비밀을 꼭 밝힐 필요는 없으니까. 그래도 꼭 말을 해야 한다면 그는 이렇게 시작하고 싶었다.

이 이야기가 어떻게 끝날지는 모른다. 하지만 어디에서 비롯되었는지는 알고 있다. 모든 것은 그날 밤, 제주도의 인적 드문 한 편의점에서 시작되었다.

여자의 얼굴을 한 방문자

1. 편의점, 야간

삶에 일시 정지 버튼이 있었더라면 일이 이렇게까지 꼬이진 않았을 것이다. 일이 유난히 힘든 밤이면 선은 그렇게 생각했다. 유튜브 영상의 일시 정지 버튼을 누르 듯 빠르게 자전하는 세상을 잠시 멈추고 생각해 볼 시간을 가질 수 있었다면 얼마나 좋았을까.

하지만 세상은 유튜브가 아니고 유튜브조차 월 7900 원을 내고 프리미엄으로 업그레이드를 하지 않으면 중간중간 광고가 끼어드는 판이니 이건 실없는 공상일 뿐이다. 선은 피곤한 표정으로 고개를 흔들고 편의점 매대에서 폐기 제품을 골라내는 작업으로 돌아갔다.

선이 제주도에 온 지 한 달째 되는 날이었다. 일이 엉망으로 꼬여 버린 지 한 달째 되는 날이기도 했다. 어쩌면 제주도로 내려오겠다는 결정을 너무 섣부르게 내린 것일지도 몰랐다. 하지만 더 이상 서울에 머물 수 없다는 생각이 든 상황에서 간만에 만난 학교 선배에게

"우리 누나가 제주도 식당에서 주방장으로 일하고 있거든. 혹시 내려가서 일 한번 안 해 볼래? 믿을 만한 여직원이 필요하대. 생각 있으면 소개해 줄게."

라는 제안을 받는다면 흔들리지 않을 사람이 어디 있겠는가? 너무나 서울을 떠나고 싶었다. 아무도 자신을 보고 수군거리지 않는 곳으로 가고 싶었다. 아무도 자신에게 일어난 일, 자신이 저지른 일을, 자신을 모르는 곳으로. 되도록 멀리, 가능하다면 땅끝까지. 제주도는 완벽한 선택지였다. 한 1년 틀어박혀 열심히 일하면 돈도

제법 모일 것 같았다.

하지만 기껏 도착한 식당 앞에서 들은 소식은 이미 다른 직원을, 더 낮은 페이를 받고도 그만두는 일 없이 오래 일할 수 있다는 사람을 구했다는 것이었다.

낙담해서 바닥에 주저앉은 선의 모습이 안되어 보였는지, 아니면 동생이 추천해 준 사람에 대한 책임을 져야겠다 생각했는지, 선배의 누나라는 주방장은 당장 서울로 돌아갈 수 없는 상황이라면 파트타임 자리라도 알아봐 주겠다며 근처 관광지 편의점의 야간 아르바이트 자리를 소개해 주었다.

그 결과 선은 제주도까지 내려와 계산대 뒤편에 앉아 핸드폰을 보며 도시락을 까먹는 중이었다. 김포에서 출발하는 항공권을 끊을 때 그리던 미래의 자신의 모습과는 많이 달랐지만 어쩌겠는가. 세상은 사람이 계획한 대로 흘러가는 법이 없으니.

종이 딸랑거리는 소리가 나자 선은 급히 도시락 뚜껑을 덮고 자리에서 일어났다. 휴가 중인 사람 특유의 느긋하고 들뜬 기색의 중년 여성이 편의점으로 들어왔다. 매장 근처에 호텔이 있어서인지 관광객과 외국인들이 심심찮게 찾아왔다.

편의점 사장과의 면접 자리에서 선은 서울에 있을 때 편의점 아르바이트를 2년 정도 해 보았다는 점을 보여주기 위해 애를 썼는데 정작 사장은 선이 영어와 중국어를 약간 할 줄 안다는 사실에 좀 더 높은 점수를 주었다. 허나 외국인 손님은 그리 다루기 까다롭지 않았고 휴가 내려왔다는 기쁨에 마냥 마음이 너그러워진 관광객도 마찬가지였다. 그리고 어느 쪽이든 취객보다 나았다. 선은 서울에서 본, 편의점으로 비틀거리며 들어오던 취객들을 떠올리며 몸서리를 쳤다. 단순한 행패보다 견디기 힘들었던 건 아르바이트생들을 은근히 훑어보던 시선과 모욕적인 희롱이었다.

'… NASA에 따르면 근접하고 있는 혜성의 밝기는 맨눈으로도 관측이 가능할 정도이며, 지구에 위협은 되지 못한다 합니다. 이 혜성은 아마추어 천문가들의 큰 관심을 끌고 있습니다. 다음 소식은…'

선은 서둘러 핸드폰 전원을 끄고 도시락 통 옆에 엎어 두었다. 중년 여성은 이해한다는 듯 선에게 미소를 지어 보였다. 선은 어색하게 웃었다.

종이 딸랑이며 또 다른 손님이 들어왔다. 30대 후반의 남성이었다. 그는 중년 여성과 달리 전혀 느긋하지 않은 걸음으로 물건을 고르기 시작했다. 선은 불안하게 남자의 뒷모습을 좇았다.

남자는 이제 계산대에 물건을 산더미처럼 쌓아 두고 있었다. 선은 초조하게 손가락을 꼼지락거렸다. 가끔 이런 손님들이 있다. 편의점 계산대를 장바구니처럼 쓰는 사람들. 물건을 계산대에 잔뜩 쌓아 놓고는, 선이 바코드를 찍는 순간 다른 물건을 가지러 매장으로 휙 돌아서가 버린다. 절대 장바구니를 쓸 생각을 하지 않는다. 분명 신문 가판대 옆에 어젯밤 선이 깨끗이 닦아 둔 장바구니가 잔뜩 쌓여 있는데도! 손님이 하나일 때야 큰 문제는 아니지만….

중년의 여성은 이제 남자의 물건이 잔뜩 쌓인 계산대 앞에서 인상을 찌푸린 채 발을 탁탁 구르고 있었다. 휴가가 나온 사람 특유의 여유는 계산대 앞에서 기다린 지 3분 만에 사라져 버렸다. 선은 조심스럽게 말했다.

"손님, 먼저 계산해 드릴까요?"
"어휴, 고마워요. 종일 기다리는 줄 알았네."

중년 여성은 기다렸다는 듯 애들이 먹을 법한 과자와 딸기 요플레를 서둘러 계산대 위에 올려놓았다. 선은 물건을 받아 바코드를 찍었다. 삑, 삑. 그때 선은 어느새 돌아온 남자가 중년 여성 뒤에서 자신을 쏘아보고 있는 것을 발견했다. 마치 '내가 먼저 왔는데, 왜 이 아줌마 물건을 먼저 계산해 주고 있는 거냐?'라고 항의하는 것 같았다. 선은 따끔거리는 시선을 애써 무시하며 과자를 봉투에 담았다. 중년 여성은 빠른 걸음으로 편의점을 나갔다. 선은 계산대에 쌓여 있는 손님의 물건을 계산하기 시작했다.

"다 해서 5만 7천 원입니다."
"마쎄."

손님이 툭 던지듯 말했다. 선은 멈칫했다가 돌아서 담배 매대를 훑었다. 손님이 뒤에서 말없이 선을 보고 있었다. 마쎄… 마쎄…? 마쎄가 뭘 줄인 말이었더라? 선의 등 뒤로 식은땀이 흘렀다.

"안 꺼내 줘?"

그때 선의 머릿속에서 잊으려 했던 목소리가 들려왔다. "… 마일드 세븐은 '메비우스'로 이름이 바뀌었거든. 근데 꼴초들은 여전히 '마쎄'라고 부른다니까…. 그것 때

여자의 얼굴을 한 방문자

문에 헷갈려 죽겠어…. 야, 근데 너 진짜 담배 안 끊을 거야?" 선은 고개를 잘게 흔들어 목소리를 떨쳐 내며 담배 한 갑을 꺼내 계산대에 올려놓았다.

"다 해서 6만…"
"아 씨 진짜…."
"네?"
"이거 갑이네."

손님은 굳은살 박인 커다란 손가락으로 메비우스 갑을 짜증스럽게 툭툭 쳤다.

"이거 아니라고요. 갑 말고, 난 팩으로 피워. 맛이 다르다고. 마일드 세븐, 팩으로 안 줘요?"
"네, 죄송합니다."

선은 서둘러 담배를 새로 꺼냈다.

"여기 알바 한 지 얼마 안 됐나 봐?"

손님이 선을 사납게 쏘아보았다.

"여기 사장님이랑 아는 사이라서, 전에 일하던 알바랑도. 그래서 전에는 백이면 백, 딱딱 꺼내 주셨거든."
"죄송합니다. 봉투 필요하신가요?"

손님은 선을 한 번 쑥 훑어보았다. 머리끝에서 발끝까지.

"그럼 내가 이걸 손으로 들고 가?"

선은 입술을 잘근거리며 말없이 눈을 아래로 내리깔고 봉투를 꺼냈다. 딸랑 하고 문이 열리는 소리가 났다. 또 다른 손님, 또 다른 일거리였다. 제발 이번에는 골치 아픈 사람이 아니길. 선은 속으로 바라고 또 바랐다.

"사장님, 물건 다 사셨어요? 지운이가 그러는데 마트 이번 주까지 닫는다고…!"

새로 들어온 손님이 마지막 말을 미처 끝내지 못하고 느낌표를 붙인 것은 그의 눈이 고개를 든 선과 마주쳤기 때문이었다. 그리고 선 역시 말을 하고 있었더라면 놀라서 말을 멈추었을 것이다.

아, 이런.

*

새로 들어온 '손님'의 외형을 살펴보자. 사람은 시각의 동물이라, 상대의 외형에 지대하게 휘둘리곤 하니까. '첫 인상'이라는 것도 실은 8할이 외모일 것이다. 나머지 2할은 아마 목소리일 것이고.

이 '손님'의 이름은 혜은이다. 김혜은. 혜은 언니. 나이는 스물아홉. 키는 중간 정도. 얼굴은 희고 둥글며 이목구비는 오밀조밀한 데다. 무엇보다 봉선화처럼 웃음을 터뜨리고 맞장구치는 듯한 손짓을 하기에 실제 나이보다 어리게 보인다. 적갈색 머리카락은 부드러워 보이고 실제로도 부드럽다.

입고 있는 옷은 하얀 원피스였는데 그것이 선이 평소에 알던 언니의 모습과 다른 점이었다. 언니는 평소 저렇게까지 새하얀 옷은 잘 입지 않았다. 아마 언니가 아이들을 돌보는 대학 연합 봉사 동아리에서 활동한 것이 그 이유였을 것이다. 흰옷에 얼룩이 튀면 지우기 힘든데 아이들을 돌보다 보면 옷에 뭔가 묻을 일이 많았다. 마

찬가지 이유로 움직이기 불편한 높은 굽도 신지 않았지
만 지금 언니는 통굽 슬리퍼를 신고 있었다.

언니와 선의 눈이 마주친다. 언니의 뽀얀 얼굴이 놀라
움과 반가움으로 밝아진다. 긴 속눈썹으로 감싸인 눈동
자가 당혹스러움으로 커진다. 선은 자기도 모르게 이를
악문 입을 손바닥으로 감싼다.

"혜은아, 아는 사람이야?"

남자가 물었다. 언니는 선에게서 시선을 떼지 않고 고
개를 끄덕였다.

"서울에서 알고 지내던 동생이에요."

그리고 언니는 성큼 다가와 미처 피할 틈도 없이 선의
손을 마주 잡았다.

"세상에, 이게 얼마 만이야. 선아, 잘…. 어떻게 지냈
어?"

선은 대답하지 않았다. 선의 입안에 맴도는 것은 "잘
지냈어요." 혹은 "오랜만이에요. 언니." 같은 인사말보
다는 흐릿하고 혼란스러운 이미지와, 당혹감에 가득 찬
외마디 비명에 가까웠고 그것을 굳이 말로 옮기자면

'아니 이게 말이 돼? 아무리 세상이 좁다지만… 어떻
게 서울에서 450km나 떨어진 데서 가장 만나고 싶
지 않은 사람이랑 마주치냔 말야….'

였다. 그는 간신히 고개를 끄덕이는 걸로 대답을 대신
했다. 하지만 실은 선도 이게 그렇게까지 말도 안 되는
일은 아니라는 사실을 알고 있었다. 비슷한 나이에 비슷
한 사회적 위치, 거기에다 같은 나라에 같은 지역 출신

인 두 여자의 인생 궤적이 살면서 몇 번 교차하는 건 그리 이상한 일도 드문 일도 아니었다.

남자는 둘을 번갈아 가며 보다가 불쑥 이렇게 물었다.

"혜은이 후배면… 몇 살이죠?"

존댓말이었고 살짝 누그러진 목소리였다. 선은 망설이다가 대답했다.

"제가 두 살 어려요."

언니와 언니가 사장이라 부른 남자는 잔뜩 산 물건을 비닐 봉투에 쑤셔 담고 편의점을 나갔다. 언니는 잠시 머뭇거리다가 선에게 전화번호가 바뀌지 않았냐 물었고 바뀌지 않았다는 대답에 안심한 듯 미소를 지었다. 남자는 나가기 전 봉투에서 오로나민C 한 병을 턱 꺼내 계산대에 올려놓았다.

"그… 밤늦게 수고해요."

그리고 선을 흘끗 보며 덧붙였다

"좀 찡그리지 말고 웃고 다녀요. 계속 인상 쓰면 오던 복도 나간대요. 여자애들이 웃으면 얼마나 예쁜데."

선은 문에 매달린 종이 딸랑거리는 것을 지켜보다가 계산대에 놓인 오로나민C를 내려다보았다. 차가운 음료수 병에는 물방울이 맺혀 있었고 아래에 5만 원짜리 한 장이 슬며시 깔려 있었다. 선은 고작 이런 것에 기분이 나아지는 자신이 놀라우리만큼 한심했다.

타인의 공간에 얹혀사는 경험은, 그것도 자신이 아쉬운 상황이라면 결코 유쾌할 수 없었다. 누구에게나 혼자

여자의 얼굴을 한 방문자

만의 방이 필요하다. 얹혀사는 기간이 길어지자 선배의 누나는 슬슬 눈치를 주기 시작했고 그날도 선은 눈치를 보다가 담배를 피우러 밖으로 나간 참이었다. 막 불을 붙였을 때 언니에게서 전화가 왔다. 선은 망설이다가 통화 버튼을 눌렀다

"선아! 잘 지냈어?"

핸드폰 너머로 언니의 목소리가 들려왔다. 예전과 똑같았다. 살짝 들뜬 어조에 과장된 말투, 은은하게 묻어 나오는 정말 기쁜 듯한 웃음기. 언니는 아무런 일도 없었다는 듯 선을 대했다. 좋은 징조인지 나쁜 징조인지는 몰랐지만 선도 일단 언니를 평범하게 대하기로 했다.

"오랜만이에요, 언니."

선은 그렇게 말하는 자신의 목소리가 떨리지 않는 것에 안심했다. 언니는 마치 오랫동안 잠들어 있다가 다시 터진 화산처럼 반가움과 기쁨을 토해 냈고 그들은 안부를 주고받았다.

선이 서울에서 마지막으로 들었던 언니의 소식은 어느 출판사에 들어갔다는 것이었다. 선은 언니에게서 그 뒤의 이야기를 들을 수 있었다. 기껏 취업했지만 끔찍한 상사와 매일 같이 이어지는 야근에 시달리다가 이러다 죽겠다 싶어 뛰쳐나왔고, 다시 취업할 때까지 힐링이나 하며 쉬자 싶어서 제주도로 내려왔다는 것이었다.

"그럼… 지금 어디 있어요? 호텔?"
"아냐! 내가 무슨 재주로 그런 비싼 데 들어가! 나 지금 스타스카이 게스트하우스에서 스태프로 일하고 있어."

언니 말로는 기왕 제주도까지 내려온 김에 넉넉하게 한 두어 달 있고 싶은데, 호텔이나 리조트 같은 곳은 언감생심 꿈도 못 꾸겠더란다. 알아보니 게스트하우스 같은 곳에서 스태프로 일하면 일주일 중 3일 근무에 숙식도 제공받고 한 달에 10~20만 원이나마 돈도 받을 수 있다 해서 지원해 내려왔다 했다. 그날 편의점에 같이 왔던 남자는 언니가 지금 일하는 게스트하우스의 사장이었다.

"너무너무 잘 내려온 것 같아. 여기서 친구도 만났고, 하우스에선 주말마다 바비큐 파티도 해. 사장님도 좋은 분이고."

'좋은 분'. 선의 생각은 "이거 갑이잖아." 하는 싸늘한 목소리와, 차가운 오로나민C 병에 맺혀 있던 물방울 사이 어드메에 멈추었다.

"그나저나 너 편의점 야간 알바 하고 있는 거야?"
"어쩌다 보니 그렇게 됐어요."

선은 쓰게 말했다. 정말 어쩌다 보니 이렇게 되었다.

"맨날 나가?"
"아뇨, 주중에만 몇 번."
"그래? 그럼 만약 이번 주 일요일에 시간 되면 하우스에 놀러 올래? 바비큐 파티 할 거야. 몸만 와. 와서 실컷 놀다가 하룻밤 자고 가. 사장님도 괜찮대. 재미있을 거야."

선은 잠시 아무 대답도 할 수 없었다. 목구멍이 뻑뻑한 뭔가로 꽉 틀어막힌 것 같았다.

"선아?"

"네, 생각해 볼게요."

그리고 선은 서둘러 전화를 끊었다.

*

편의점 야간 일은 손님이 적을 뿐 고되지 않은 건 아니었다. 들어온 물류를 정리해 창고에 쌓아 놓는 일은 몇 시간씩 걸렸고 사장은 유통기한이 지난 폐기를 알바생에게 주지 않아 배가 고프면 돈을 주고 사 먹어야 했다. 선은 잔뜩 지친 채 닭꼬치의 말라비틀어진 살점을 멍하니 뜯어 먹었다. 신제품 출시 이벤트 대상이라 300원을 더 내면 캔 콜라를 같이 주는 상품이었다. 문득 에라 모르겠다, 싶은 마음이 들었다. 무슨 생각인지 몰라도 먼저 초대한 건 언니였다. 선은 문자를 보냈다.

[언니, 이번 주에 갈게요. 어디로 가면 돼요?]

언니가 일한다는 스타스카이 게스트하우스는 선이 일하는 편의점에서 그리 멀지 않았다. 바다가 보이는 예쁜 이층집 앞에서 선은 이렇게 가까운 곳에 언니가 있었다니, 하는 생각이 들어 묘한 기분에 사로잡혔다. 언니는 환한 얼굴로 뛰쳐나와 선을 반겼다.

파티 분위기는 즐거웠다. 사장은 테이블을 돌아다니며 요령 있게 분위기를 띄웠고 바비큐 고기가 불 위에서 지글거리며 익어 갔다. 테이블마다 맥주와 한라산이 있었다. 스태프들은 게스트 사이를 돌아다니며 서로 자연스럽게 어울려 놀 수 있도록 유도했다. 언니는 활짝 웃는 얼굴로 자연스럽게 사람들 사이에 녹아들어 있었다. 어떤 대화 주제가 나오더라도 모르는 것은 모르는 대로, 아는 것은 아는 대로 능숙하게 이끌었다.

선은 테이블 한쪽 구석에서 과분한 음식을 먹고 마시는 데 집중했다. 게스트들은 선이 새로 온 스태프라고 생각했고 스태프들은 그가 말수 적은 게스트라고 생각했다. 양쪽이 서로 오해해 준 덕분에 선은 딱히 입을 열 필요 없이 파티의 분위기만 즐길 수 있었다. 서울을 떠난 뒤 오랜만에 재미있게 노는 자리였다. 맛있는 음식, 사람들, 멋진 경치까지. 거기에다가 술, 시원한 술도. 선이 기억하는 파티의 마지막 장면은 안경 렌즈를 만드는 일을 한다는 키 큰 게스트가 자신의 옆에 붙어 앉아 열변을 토하는 모습이었다. "결국 망원경 렌즈와 안경 렌즈는 크게 다르지 않죠. 제가 천문학을 취미로 둔 데에 그 점이 영향을 안 끼쳤다고는 못할 거예요. 오늘 밤 지구에 근접하는 NEO는, 아, NEO는 Near-Earth Object 라는 뜻인데 뉴스에는 혜성이라고 번역됐을 거예요. 한국 방송에서 하는 외신 번역은 항상 이런 식이라니까요. 제가 가입한 카페가 있는데 정보를 얻으려면 차라리 거기가 더 나아요. 아무튼 뉴스에서는 오늘 새벽에 혜성을 맨눈으로 관측 가능하다고 발표했지만 예상 밝기가 겉보기 등급 +4등급이면 맨눈에 제대로 보일 리가 없죠. 선이 씨. 아, 이름이 '선이'라고 했죠? 이름이 예뻐요. 처음 뵙는 분이네요. 저 3번 방에 묵거든요. 오늘 새벽에 관측하러 나갈 건데 혹시 관심 있으시면 같이…"

그리고 선은 새벽에 웅크린 채 깨어났다. 옆에서는 혜은 언니가 반듯하게 누워 자고 있었다. 선은 머리가 깨질 듯이 아파 앓는 소리를 내며 일어났다. 그가 있는 곳은 컨테이너를 개조해 만든 숙소였다. 갖출 것은 다 갖추고 있었지만 그리 크지 않았고 사방에 언니의 물건이 널려 있었다.

어제 언니는 하우스를 방문한 선을 과장되게 반기며 시설을 안내해 주었다. 사장님이 육지에서 직접 좋은 원두를 받아 커피를 끓여 준다는 1층의 작은 카페와 파티 준비가 한창이던 가든을 소개해 주었고, 하우스에서 조금 떨어진 작은 해변까지 내려갔다. 이곳을 보여 준 건 맨 마지막이었다. 하우스에서 조금 떨어진 빈 건물과 그 옆에 붙어 있는 컨테이너를 개조해 만든 건물. 이곳이 바로 언니의, 정확하게는 여성 스태프의 숙소라고 했다.

아마 언니가 술 취한 선을 이곳 숙소까지 데려왔을 것이다. 하우스에서 좀 떨어진 곳이라 옮기기 쉽지 않았을 텐데. 선은 욱신거리는 관자놀이를 문지르며 잠시 숨을 고르다가 밖으로 나갔다. 아직 사방이 깜깜했지만 서늘한 바깥 공기를 마시니 두통이 조금 가라앉았다. 선은 뒤를 돌아 컨테이너 숙소를 올려다보았다.

어젯밤 선은 오랜만에 남의 눈치를 보지 않고 깊이 잠들 수 있었다. 언니의 숨소리, 고요한 들숨과 날숨, 곁에 존재하기에 공기 중으로 전해지는 온기를 느끼며.

선은 한숨을 푹 내쉬고 고개를 저었다. 그리고 후들거리는 걸음을 옮겼다. 아직 머리가 띵했다. 바람을 좀 더 쐬면 좋을 것 같았다. 바닷바람이면 더 좋고. 선은 기억을 더듬어 어제 언니가 소개해 준 해변으로 걸어갔다.

작은 해변은 그리 멀지 않았다. 언니는 용케 이런 좋

은 곳을 찾아냈다. 엎어지면 코 닿을 곳에 바다가 있고 그림으로 그린 듯한 푸른 지붕에, 벽에는 조개 껍데기가 붙어 있는 게스트하우스라니. 아직 팔다리에 힘이 들어가지 않아 해변으로 내려가다가 계단에서 발을 헛디뎌 굴러떨어질 뻔했지만 무사히 해변가에 도착할 수 있었다. 파도 소리가 들렸다.

"안녕하세요."

뒤를 돌아보자 하우스의 사장이 가까이 다가와 있었다. 선은 어색하게 고개를 숙였다.

"안녕하세요." 선은 눈을 굴리다가 덧붙였다. "일찍 일어나셨네요?"

"손님이 혜성 보러 나온다고 해서 같이 나왔어요."

그가 가리킨 쪽에는 어제 파티에서 렌즈를 만든다고 소개했던 게스트가 있었다. 게스트는 망원경을 설치하다가 선에게 손을 흔들었다.

"어제 파티는 괜찮았어요?"
"아, 재미있었어요. 초대해 주셔서 감사합니다."

사장은 손사래를 쳤다. "아니 혜은이 친구라는데, 뭐 그 정도 가지고. 요즘 비수기라 사람도 부족한데, 인원이 적으면 파티도 재미없어요."

사장은 선의 옆에 털썩 주저앉았다. 선은 불편한 기색을 드러내지 않도록 애썼다. 새벽녘 해변의 고요는 순식간에 깨어졌다. 게스트는 망원경을 든 채 해변을 배회했고 사장은 옆에 바짝 붙어 앉아 주절주절 신변잡기를 풀어놓기 시작했다. 게스트하우스를 차리기 위해 은퇴 후

여자의 얼굴을 한 방문자

퇴직금이랑 모은 돈을 가지고 내려왔다. 건물을 사고 단장하니 돈이 얼마 안 남더라. 여기 사람들, 아무래도 섬 사람들이라 그런지 텃세가 너무 심해. 나 같은 서울 사람은 처음엔 자리 잡기 너무 힘들었는데….

"서울 분이셨어요?"

"왜요?"

"아…. 제주도 분인 줄 알았어요."

사장은 약간 기분이 상한 것 같은 표정으로 웃었다.

"무슨 소리. 그, 서울에서 금융 일 하다가 내려왔어요. 여의도에서 좀 잘나갔는데 워낙 살기 빡빡해서 내려오자 싶었죠. 지방 사람 같아 보여요?"

"그냥, 이것저것 잘 아시길래요. 저희 사장님이랑도 안다고 하셨고…."

사장은 이해 간다는 듯, 한결 풀어진 얼굴로 고개를 끄덕였다.

"그거야 뭐…. 그래도 1~2년은 살았으니까. 그런데 이 새벽에 바닷가엔 어쩐 일로? 선이 씨도 혜성 보러 나왔어요?"

"술 깨려고요."

선은 턱을 괴고 대답했다. 사장은 알겠다는 듯 웃음을 터뜨렸다.

"어제 좀 마시긴 하더라."

사장은 밤바다를 보다가 갑자기 선에게 혹시 무서운 이야기 좋아하냐며, 하나 들어 보겠냐고 입을 열었다. 그렇게 시작된 이야기는 시시한 인터넷 괴담이었다. 사장은 클라이맥스마다 선에게 위협적으로 "왁!" 하고 소리를 질러 놀래려고 들었다. 선은 집주인에 대한 일말의 예의로 불쾌한 티를 내지 않으려 애썼다.

"이런 얘기 좋아하세요?"

"조금? 심심할 때 옛날이야기나 무서운 이야기 찾아 보면 재미있잖아."

사장은 바다 쪽을 바라보며 여전히 웃음이 걸려 있는 입으로 하품을 쩍 했다. 선은 반대 방향인 한라산 쪽을 흘끗 보았다.

"저도 아는 얘기가 하나 있는데."

사장이 흠, 하는 기색으로 눈썹을 추켜올렸다.

"들어 보실래요?"

*

"… 아, 재미있었어요."

사장은 기지개를 켜며 자리에서 일어났다. 옆쪽에서는 게스트도 슬슬 망원경을 거두어들이며 들어갈 준비를 하고 있었다. 표정이 밝은 걸 보니 혜성을 볼 만큼 본 모양이었다.

"아, 맞다. 그래, 어제 얘기해 보려 했는데. 괜찮으면 하우스에 계속 머물러도 돼요."

사장은 그렇게 말하며 컨테이너, 하우스의 여성 스태프 숙소가 있는 방향을 가리켰다.

"네? 하, 하지만 저긴 이미 언니가 있잖아요…?"

여자의 얼굴을 한 방문자

뜻밖의 말에 선은 말을 더듬었다. 사장은 어깨를 으쓱하며 말했다.

"뭐 어때, 내 집인데. 그리고 지금이야 혜은이 혼자 있지만 거기 원래 여자 스태프들 다 같이 쓰는 데예요."

하지만 선은 여전히 머뭇거렸다.

"전 여기서 일하는 것도 아닌데…."

"아, 내가 괜찮다는데 뭐 어때. 그냥 가끔 일 좀 돕고, 혜은이 따라서 파티에 얼굴이나 좀 비춰 줘요. 지금 여자 스태프가 없어서 파티에 선이 씨 하나 껴 있는 것만으로도 수질이 향상돼. 밥도 아침 정도는 꼽사리 껴서 먹게 해 줄게요."

믿을 수 없을 만큼 좋은 제안이라 오히려 선뜻 대답할 수 없었다. 사장은 선의 어깨를 툭툭 두드렸다.

"천천히 고민해 보고, 생각 있으면 얘기하고 짐 옮겨 놔요."

"말씀은 감사해요." 선이 조심스럽게 말했다. "그리고… 말… 놓으세요."

"그럴까?"

사장은 기다렸다는 듯 반색했다. 그는 선의 어깨를 툭툭 치며 선이 아까 넘어질 뻔했던 계단을 가리키며 말했다.

"그래, 그럼 먼저 올라갈게. 그리고 저 계단 조심해. 되게 미끄러워. 난간이라도 박을까 봐."

그리고 그는 게스트와 함께 하우스 쪽으로 올라갔다.

사장의 제안은 종일 선의 생각을 사로잡았다. 집으로 돌아가 눈칫밥을 먹으면서도, 저녁에 옷을 갈아입고 편의점으로 향하면서도 컨테이너의 모습은 선의 머리를 떠나지 않았다.

그 컨테이너는, 비록 컨테이너라고는 하지만 그리 좁지 않아 지낼 만한 데다가 낮에는 창밖으로 바다가 바로 보였다. 게스트하우스와 좀 떨어져 있어서 식객으로 얹혀산다고 해도 그다지 눈치가 보일 것 같지도 않을뿐더러 근무하는 편의점과 그리 멀지 않았다. 다만 여자 스태프가 지금은 언니 하나라니 언니와 단둘이 지내야 하는데…. 선은 대걸레에 몸을 기대며 마른세수를 했다.

자신은 괜찮았다. 하지만 언니가 문제다. 언니가 불편해할 것이다. 그때 터진 일을 제대로 마무리하지 않았으니까. 자신은 괜찮다. 아니, 자신도 괜찮지 않았다. 괜찮은 사람은 아무도 없었다. 선은 신경질적으로 바닥을 문질렀다.

선은 어느 때보다도 대충 청소를 마무리하고 계산대 뒤편에 주저앉았다. 피곤함이 물밀듯 밀려왔다. 날카로운 신경이 졸음을 막고 있었지만 그것도 이제 한계였다. 손님이 없는 시간이니 괜찮겠지. 눈을 감자 시간이 정말 느리게 흐르는 것 같았다. 마치 유튜브의 영상을 느리게 틀어 놓은 것처럼. 어쩌면 이곳이 서울이 아니라서 그런 걸지도 모른다. 거기선 모든 게 숨 쉴 틈 없이 바쁘게 돌아갔는데.

얼마나 그렇게 있었는지 몰랐다. 야간 근무가 익숙하지 않았던 초반에 몇 번 졸았던 적이 있다. 그때 졸던 선

여자의 얼굴을 한 방문자

을 깨운 것은 손님의 점잖은 헛기침 소리나 선의 어깨를 흔들며 불만스럽게 "이봐요." 하고 부르는 다음 타임 아르바이트생의 목소리였다. 하지만 이번에 선을 깨운 것은 빛이었다. 감고 있는 눈꺼풀 사이를 파고들 만큼 강렬한 빛. 천지창조 당시 최초의 빛이 이랬을까 싶을 만큼 밝고 강렬한 녹색 섬광이었다. 선은 저도 모르게 소리 지르며 튀어 올랐다. 계산대가 부르르 진동하고 과자 몇 개가 매대에서 툭 떨어졌지만 알아차리지도 못했다.

선은 아픈 눈을 비비며 사방을 둘러보았다. 숨이 위험할 정도로 가빴다. 바깥이 사물을 간신히 분간할 수 있을 정도로 어슴푸레하게 밝아져 있었다. 그때 핸드폰에서 섬뜩한 삐- 소리가 났다. 화면을 확인해 보니 긴급 재난 문자였다. 해당 지역은 제주도. '지역 주민들은 사고 발생에 대비하여 건물 등 안전한 시설로 대피하시길 바랍니다.' 선은 문자 발송 사유를 보고 눈썹을 찌푸렸다. 익숙한 '미세먼지'나 '폭염', 혹은 '호우주의보' 따위가 아니었다. '우주 물체 추락'. '우주 물체 추락'? 대체 무슨 뜻이지?

그 순간 선은 불현듯 무언가를 깨달았다. 깨달았다기보단 알아차렸다. 마치 꿈속에서 자신을 둘러싸고 있는 모든 것이 현실이 아니라는 점과 자신이 꿈을 꾸고 있다는 것을 홀연 눈치채듯이.

선은 밖이 밝은 것이 해가 떴기 때문이라고 생각했다. 하지만 보통 자연광이 은은한 녹색을 띠던가? 선은 비틀거리며 편의점 문을 열고 나갔다가 너무나 기이한 장면을 보고 다리에 힘이 풀려 주저앉고 말았다. 선은 멍하게 중얼거렸다.

"세상에…."

제주도의 모든 곳에서는 한라산을 볼 수 있었다. 선은 제주공항에서 내려 시내로 들어오며 한라산을 보았고, 소개받은 식당으로 가면서도, 편의점에서 일하고 나와 머무는 집으로 가면서도, 게스트하우스의 해변에서도 계속 거대한 산의 모습을 볼 수 있었다. 그리고 한라산의 모습은 언제나 같았다. 산은 산이고 금세 변할 리가 없었다. 하지만 지금은 뭔가 달랐다. 단순히 크다는 말로 표현하기엔 부족한, 거대한 물체가 한라산을 베고 누워 있었다. 물체는 진한 녹색을 띠고 있었는데 도무지 정체를 알 수 없었다. 찌그러진 타원형이었고 색은 반투명해서 깔아뭉갠 숲과 산허리의 실루엣이 어렴풋이 비쳤다. 아주 단단해 보였지만 동시에 아주 부드러워 보이기도 했다.

오랫동안 선은 자리에서 일어날 엄두를 내지 못했다. '세상에'라는 표현이 딱 맞았다. 살면서 한 번도 저런 걸 본 적 없었다. 저게 무엇이든 간에, 저건 이 세상의 것이 아니었다.

2. 게스트하우스

그때를 떠올리면 선은 아직도 반쯤은 꿈을 꾸는 기분이 들었다. 어쩌면 그때 잠든 채 지금까지 깨어나지 못하고 있는 게 아닐까. 눈을 뜨면 그날 밤, 제주도의 작은 편의점에 혼자 앉아 있을지도 모른다. 그곳에선 시간이 아주아주 느리게 가고, 꿈속에서는 시간이 더 느리게 가기에, 잠깐 든 선잠 속에서 기나긴 꿈을 꾸는 게 가능할

지도 모른다. 그만큼 현실이라고 믿기 어려운 일이었다. 제주도 한가운데에 한라산만 한 운석이 떨어지다니.

혼란스러운 와중에 정부는 그 녹색 물체의 정체가 지구에 근접한 혜성에서 갈라져 나온 운석의 조각이라고 발표했다. 공식 발표가 그리 빠르게 난 데에는 아마 혼란을 예방하려는 목적도 있었을 것이다. 섬 한가운데에 거대한 녹색 물체가 떨어진 것은 충분히 공포스러운 상황이었다.

사람들은 그것이 운석이라는 설명을 받아들였다. 하지만 돌이켜 생각해 보면 왜 그때 사람들이 그 설명을 순순히 납득했는지 이해하기 힘들다. 아무리 보아도 일반적인 돌은 아니었던 것이다. 그것은 반투명하고 은은한 녹색 빛을 냈으며 너무 거대했다. 정말 그만 한 크기의 돌덩어리가 우주에서 떨어졌다면 제주도가 통째로 증발했어야 정상이다. 그리고 무엇보다 늦은 밤 숨을 죽이고 귀를 기울이면 그것이 숨을 쉬는 소리를 들을 수 있었다. 아주 나지막한 들숨과 날숨. 제주도의 모든 나뭇가지와 돌을 떨리게 만드는 미세한 진동이었다.

하지만 그 진동이 숨소리라고 생각하게 된 것은 훗날의 이야기였다. 그때는 선과 제주도에 급파된 연구진, 제주도에서 오래 살아온 이들을 포함한 모든 사람들이 그 진동을 바람이라고 생각했다. 바다와 섬을 드나드는 평범한 바람. 이러니저러니 해도 제주도는 섬이고 바람이 많이 부는 곳이었으니까.

모두가 정부의 발표를 믿지는 않았지만 연일 쏟아지는 가짜 뉴스와 루머, 음모론들 사이에서 그나마 믿을 만한 건 정부 발표를 전하는 지상파 뉴스였다. '한국의 어느 외딴섬에 나타난 것은 사실 지구의 내부 공동(空洞)에서 올라온 거대 슬라임'이라는 황당한 레딧 음모론 번역글보다야 뉴스가 훨씬 믿을 만했다. 허나 사람들이 정부 발표를 믿는 것과 별개로 공포가 확산되는 것은 어쩔 수 없었다. 공식적으로는 저 은은한 녹색 빛이 나는 운석에서 방사능이나 기타 사람의 몸에 해로운 물질이 배출되지 않는다는 조사 결과가 나왔지만 '방사능'이라는 단어가 언급된 것만으로도 사람들이 겁을 먹기엔 충분했다.

참고로 그때 사람들은 마치 전쟁이라도 난 것처럼 행동했다. 상식적으로 이해할 수 없는 일 앞에서 두뇌는 아마 깊이 생각하기를 포기하고 재난 상황에서의 상식적인 행동을 택했을 것이다. 쉽게 말해서 모두가 패닉에 빠져 물과 식료품, 그리고 제주도를 빠져나가는 비행기 티켓을 사들이기 시작했다는 뜻이다.

운석, 혜성, 혹은 정부가 제주도에 설치한 연구 시설에서 발표한 정식 명칭인 '미확인우주물질(Unidentified Extraterrestrial Materials)', 아무튼 뭐라고 부르든 간에, 그것이 떨어진 후 선이 근무하던 편의점에 처음으로 들어온 손님은 젊은 남자였다. 그는 새파랗게 질린 얼굴로 아내와 통화하며 매장 안으로 달려 들어왔다.

"… 그래, 나도 봤어. 저걸 어떻게 못 봐? 아니, 그렇게 간단한 문제가 아냐 여보. 특가로 산 항공권이란 말야. 항공사에서 날짜를 바꿔 줄지… 아니 한솔이야 나도 걱정되지. 저게 애한테 어떤 악영향을 끼칠지 모르니…. 네, 말보로 골드로 주세요. 응, 그래, 알았어, 바로

여자의 얼굴을 한 방문자

올라갈게."

그는 생수와 통조림, 그리고 말보로 골드를 사서 급히 밖으로 나갔다. 상황은 이런 식으로 흘러갔다. 모든 외부인들, 특히 관광객들은 제주도를 떠나고 싶어 안달이 난 것 같았다. 그리고 선이 일하려고 했던 식당은 주로 관광객들을 상대하는 곳이었다. 떨어지는 매출과 사라진 여유 속에서 호의는 빠르게 사라졌다.

선은 자신의 짐이 가방에 차곡차곡 담겨 문가에 옮겨져 있는 것을 보고 가슴이 철렁했다. 선배의 누나, 선을 여태껏 챙겨 주었던 식당의 주방장은 묻지도 않았건만 먼저 변명을 늘어놓았다.

"그런 눈으로 보지 마. 청소하느라 내놓은 거야… 근데 언제까지 제주도에 있을 거니? 이런 일도 생겼는데… 부모님은 신경 안 쓰셔? 아니다. 배 안 고프니? 저녁 먹자. 밥 차려 줄게."

그는 마치 고양이를 버리기 전날 밤 죄책감에 사료를 듬뿍 퍼 주는 주인처럼 반찬을 잔뜩 꺼내 저녁을 차려 주었다. 직업이 직업인 만큼 밥은 맛있었다. 그날 밤 선은 혜은 언니에게 전화를 걸었다.

*

챙겨야 할 짐은 많지 않았다. 애초에 제주도에 내려올 때 많이 가져오지도 않았다. 선배의 누나, 사실상 남이라고 불러도 좋을, 한순간의 동정심으로 거의 4주간 애꿎은 식객을 떠맡고 있던 집주인은 앓던 이가 빠진 표정

으로 선을 배웅했다

　스타스카이 게스트하우스에는 어느 정도 게스트가 남아 있었다. 허나 이전과는 다른 기류가 감돌았다. 확실히 섬 한가운데에 저 물체가 있는 한 제주도는 더 이상 엄마와 아빠가 아이의 손을 잡고 휴양 삼아 놀러 올 수 있는 곳이 아니었다. 제주도를 찾아오는 관광객은 안쓰러울 정도로 확 줄어들었다.

　렌즈를 만든다는 게스트는 잔뜩 흥분된 표정으로 방 예약을 연장하며 오히려 제주도에 남아 있기를 택했다. 그는 하우스로 옮겨 온 선을 보고 반가워하며 저 '운석'의 정체에 대한 허황된 가설과, 정부가 발표하는 자료가 얼마나 신빙성 없는지를 역설하는 주장을 끝도 없이 떠들어 댔다. 사실 하우스에 여전히 손님들이 남아 있는 것은 일정 부분 그 게스트 덕분이었다. 그 사람을 보고 사장이 누구를 대상으로 홍보를 해야 할지 아이디어를 얻은 덕이었다.

　사장은 게스트를 적당히 구슬려 웹사이트 주소를 몇 개 얻어 냈고 어떤 종류의 사람들이 지금 제주도에 오고 싶어 하는지, 하우스를 예약하려 할지를 알아냈다. 덕분에 그럭저럭 운영이 가능할 만큼의 예약은 받을 수 있었다.

　사장이 작정을 하고 그런 류의 손님들을 받기 시작하자 게스트와 스태프들 사이에는 보이지 않는 벽이 생겨났다. 게스트들 대부분은 그 거대한 녹색 '운석'에 지대한 관심을 가지고 있었고 스태프들은 그렇지 않았다. 게스트들은 거의가 제주도를 기피하는 상황에서 굳이 이곳을 찾아올 만큼 상식과는 거리가 있는 사람들인 반면 스태프들은 대부분 평범한 대학생이었다. 대단한 문제가 있었다는 뜻은 아니다. 그저 관심사가 전혀 다른 두 부류의 사람들이 한 집에 모여 있으면 으레 그렇듯, 다소 어색한 분위기가 감돌았을 뿐이다. 두 집단의 차이가 극명하게 드러난 것은 파티 자리에서였다. 평범한 대화 수위에 머무르려는 스태프들과 달리 게스트들의 대화는 끝없이 끝없이 수면 아래를 파고들었으며 그 주제는 언제나 운석이었다.

저것 때문에 제주도에 군이 파견되었다, 나사에서 과학자들이 왔으며 일본에서도 연구진을 보내려 협상 중이라더라, 최근 발표된 자료는 믿을 만하지 못하고 차라리…. 스태프들은 손님들의 대화에 섞이지 못하고 서로 어색한 눈빛만 주고받았다. 그리고 일이 정말로 기이해지기 시작한 것은 운석이 점차 모습을 바꾸기 시작하면서부터였다.

게스트들은 뭔가가 변하고 있음을 가장 먼저 알아차렸다. 심지어 공식적인 발표가 있기 전에도 하우스에선 이미 말이 오가고 있었다. 가장 먼저 만들어진 것은 허리였다. 한라산 국립공원의 절반을 베고 누운 굴곡진 허리가 만들어졌고 다음 날에는 둥근 어깨가 생겨났다. 그리고 다음 날에는 다리가, 그리고 머리가…. 7일째 되는 날에 그 '운석'이 어떤 모습으로 변했는지 분명히 드러났다. 비정상적으로 작은 머리와 괴상하게 길고 뭉툭한 팔, 그리고 발가락이 없는 다리를 가진 웅크린 사람의 형태였다.

"저건 생명체예요."

변화가 끝났을 때, 게스트 한 명이 그렇게 말했다. 저건 돌이 아니라 외계에서 온 생명체라고. 우주에서 혜성을 타고 우리를 찾아온 방문자라고.

한편 선은 스태프와 게스트 어느 쪽에도 속하지 못하고 어색하게 하루하루 살아가는 일에 집중하고 있었다. 일주일에 세 번 저녁에 일어나 편의점으로 향했고 이사한 컨테이너 숙소에 적응하려고 노력했다. 스태프들은 자기들만의 세계에 빠져 있는 게스트들에게 다소 거리를 두었고, 스태프도 게스트도 아닌 선과 딱히 가깝게 지내지도 않았다. 선으로서는 적응하는 일이 고역이었다. 모든 것이 어색한 와중에 그나마 위안이 되는 존재가 있다면 혜은 언니였다.

처음에는 언니와 지내기가 서먹했지만 계속 붙어 지내자니 아주 꿀 먹은 벙어리로는 지낼 수 없어 조금씩 입을 텄다. 언니도 초반에는 매번 하우스로 건너가 일하거나 다른 스태프들과 밥을 먹으러 나가거나 하는 식으로 선을 피하는 듯했지만 점점 더 오랜 시간을 선과 마주하게 되었다. 처음으로 선과 단둘이 밥을 먹었던 날에는 실없는 대화나마 길게 나누기도 했다. 언니는 내내 자주 웃었다. 언니는 침묵을 견디지 못하는 사람이었고 명랑하게 재잘대는 목소리와 상냥한 웃음으로 항상 입안을 가득 채웠다. 선은 상황이 나아지고 있다고 생각했다. 언니의 웃음을 보며 작은 컨테이너에서 마주 앉아 얘기하며 점점 괜찮아지고 있다고 느꼈다.

하우스 대청소 일정이 잡혀 있던 날, 선은 눈치껏 돕

겠다고 나섰다. 게스트가 줄어 할 일도 줄었다지만 돕겠다는 사람에게 고마워하지 않을 정도는 아니었다. 1시까지 하우스로 오라는 사장의 말에 선은 아르바이트를 끝내고 잠시 눈을 붙인 후 하우스로 향했다. 하우스 앞에 못 보던 경차가 서 있었다. 경차 앞에는 언니와 사장이 있었다.

"어, 선이 왔냐."

사장이 말했다. 그는 선과 운전석에 앉은 남자를 인사시켰다. 처음 보는 남자였다. 혜은 언니와 비슷한 나이대로 보였다.

"이쪽은 지운이. 혜은아, 선이도 지운이 알아?"
"아뇨. 선이는 처음 볼 거예요. 선아, 이쪽은 지운이야. 내 대학 동기. 제주도에서 만났어. 신기하지? 나 여기서 너랑 지운이, 이렇게 아는 사람 둘이나 만났다?"

지운은 차에서 내려 선에게 간단히 눈인사를 했다. 키가 크고 외모가 준수했으며 편한 옷차림을 하고 있었다. 안녕, 하고 가볍게 건네는 목소리가 듣기 좋았다. 선이 "오빠도 스태프예요?" 하고 조심스럽게 묻자 언니가 고개를 저으며 대신 대답했다. 그는 제주도 사람이라 여기 살고 있으며, 하우스에서 쓸 물건을 파는 마트의 주인과 가족끼리 아는 사이라 가끔 언니가 물건을 사러 갈 때 데려다준다는 것이었다.

"크, 쟤들 완전 선남선녀다, 선남선녀. 안 그래?"

멀어지는 차를 보며 사장은 감탄했다. 선은 말없이 고개만 끄덕였다.

"아, 선아. 너 이따가 저녁때 시간 비워 놔라."

"네?"

사장은 말했다. 뭐 별거 아니고, 간만에 게스트들 끼지 말고 우리 스태프들끼리 회식, 아니, 부담스러우니까 회식이라고 하지 말고 작게 파티라도 하자고. 너 들어오고 혜은이 나가니까 환영회 겸 송별회라도 한 번 하는 게 좋지 않겠냐고. 아, 혜은이 나가는 거 몰랐냐고. 이번에 스태프 그만두고 나가서 지운이네 집에 머물기로 했는데, 그래도 너는 거기 컨테이너에 계속 편히 있어도 괜찮다고. 근데 혹시 나간다는 말 듣지 못한 거냐고.

*

이야기는 다르게 흘러갈 수도 있었다. 언니가 말을 먼저 해 줬더라면 어땠을까. 컨테이너에서 단둘이 조용히 맥주라도 한 캔씩 나눠 마시는 중에, 언니가 가만히 "나 아마 그만두고 나가서, 지운이라는 친구랑 지낼 거야. 기껏 힐링하러 내려온 건데, 스태프 일이 요즘 너무 힘들어서. 미리 말 못 해 줘서 미안해." 하고 말해 줄 수도 있었다. 만약 정말 그렇게 되었다면 어땠을까. 떠나는 언니의 뒷모습을 보며 사장에게 말을 전해 듣는 대신 서로 이야기를 나눌 시간을 가질 수 있었더라면.

하지만 이미 일어난 일에 '만약'을 가져다 붙인들 무슨 소용이 있겠는가. 언니는 그만두기로 했다. 그것이 현실이었다.

"언니 스태프 일 그만둔다면서요?"

선은 자신이 그렇게 물었을 때 언니가 당황한 얼굴로 쳐다본 것을, 직접 말하려고 했는데 선수를 빼앗겨서, 혹은 미안해서 그런 것이라 생각하지 않으려 애썼다.

"어? 어…! 맞아. 어떻게 알았어?"

선은 어떻게 대답해야 할지 몰라 망설이다가 그냥 웃었다. 혜은 언니에게 배운 밝고 상냥한 웃음이었다.

"지금 송별회 준비한대요. 잘됐다. 이해해요."
"아니, 선아, 그게 아니고…"
"아뇨. 괜찮아요."

선은 양손에 의자를 든 채 반대편으로 고갯짓을 했다.

"의자 나르는 것 좀 도와줘요."

그날 저녁 파티는 스태프만의 행사였기 때문에 하우스의 가든이 아닌, 선과 혜은이 머무는 컨테이너 바로 옆의 빈 건물에서 열렸다.

"근데 우리 여기 이렇게 써도 돼요? 여기도 사장님 건물이에요?"

식탁을 나르던 스태프가 물었다. 사장은 고개를 저었다.

"친구 건물이야. 내년에 전복 요릿집 연댔는데, 그때까진 컨테이너랑 같이 써도 된대."
"오, 사장님 능력자네."

사장이 인마, 내 건물도 아닌데 무슨, 이라고 말하자 스태프들은 사장님 나이에 어떻게 하우스에 이곳까지 건물 두 채를 가지겠냐며, 인맥으로 빌리는 것도 능력이라고 놀리듯 말했다.

선과 혜은을 위해 열린 파티라고는 했지만 사실상 중심은 혜은이었다. 스태프들과 친한 사람은 혜은이었고, 파티에 익숙한 사람도 혜은이었기에. 그 자리에는 장 봐온 물건을 나르는 걸 돕다가 얼떨결에 붙잡힌 지운도 있었는데 낯선 사람들 한가운데에서 혜은 옆에 바짝 붙어 있었다. 스태프끼리 모인 파티는 주말의 바비큐 파티보다 작고 친밀했다. 이야기 주제는 산만하게 튀었지만 어색하게 끊기는 법 없었고 애써 이으려 노력할 필요도 없었다.

"그럼 형네 가족은 다 제주도 사람인 거예요?"

신기하다는 투로 지운에게 그리 물은 사람은 해 둔 것 없이 군대에 끌려가기 싫어 한 학기 휴학하고 내려왔다는 막내 스태프였다. 지운은 어색하게 고개를 끄덕였다.

"그럼 사투리 쓸 줄 알아요?"

지운은 살짝 멈칫했다가 이렇게 말했다.

"그래, '혼저옵서예.'"

스태프들은 그게 뭐냐고 허탈한 웃음을 터뜨렸고 혜은은 지운의 어깨를 툭 밀치며, 허구한 날 사투리 한 번만 써 달란 말 듣더니 기껏 연습한 게 그거냐 타박을 주었다. 지운은 다른 사람들을 따라 픽 웃으면서도 외지인들한테 그런 말 들을 때마다 얼마나 짜증 났는지 아냐고 투덜거렸다.

선은 문득 지운이 혜은에게서 도무지 눈을 떼지 않는 것을, 지운의 손이 내내 혜은의 어깨를 살짝 감싸 쥐고 있다는 사실을, 혜은과 지운이 서로를 바라보는 표정이,

눈빛이 어쩐지 익숙하다는 점을 깨닫고 말았다. 고개를 돌린 혜은과 눈을 마주친 것은 그때였다. 언니는 선에게 뭐라 말하려는 듯했다. 벌어진 입이 "선아-." 하고 이름을 부를 것 같았다. 그 순간 선은 담뱃갑을 움켜쥐고 급히 자리에서 일어섰다.

구석에 앉아 있던 선을 아무도 붙잡지 않았다. 건물 뒤편으로 가자 사람들이 떠드는 소리가 잘 들리지 않았다. 담배에 불을 붙인 선은 폐보다 더 깊은 곳에 있던 무언가가 빠져나가는 느낌의 숨을 내쉬었다.

"선이 담배 피우니?"

사장이 따라 나와 선의 옆에 섰다. 그리고 불을 빌려 달라는 듯 담배를 내밀었다. 메비우스였다.

"요즘 많이 힘들지?"

사장은 거의 걱정하는 투로 말하더니 주위를 살피고 목소리를 낮추었다.

"편의점 야간 알바가 쉬운 일은 아니잖아. 밤낮은 바뀌고 피곤해 죽겠고…. 그래서 말인데, 혹시 혜은이 나가면 대신 스태프 일 해 볼 생각은 없어? 페이도 원래 20인데 넌 특별히 30 줄게. 지금 여자 스태프 하나도 없어서 고민이라 그래. 다른 애들한테 말하지만 마. 어때?"

선은 헛웃음을 삼키며 고개를 숙였다.

"생각해 볼게요."

그리고, 결국은 하우스에 얹혀사는 처지이기에 망설이다가 말을 덧붙였다.

"신경 써 주셔서 고마워요."

아르바이트가 있다며 빠져나가는 선을 아무도 붙잡
지 않았다. 실은 거짓말이었다. 딱히 갈 곳이 없었고 숙
소로 돌아갈 수도 없었기에 선은 그저 바다를 따라 게스
트하우스가 보이지 않는 곳까지 오랫동안 걸었다. 해가
진 지 한참이 지났지만 여전히 밝았다. 운석이 내뿜는
은은한 녹색 빛 때문에 제주도 전역은 아무리 깊은 밤이
되어도 결코 완전히 어두워지지 않았다.

아무 생각도 하지 않고 시간을 죽이다가 파티를 파하
고 다들 잠들었겠지 싶은 시점이 되어서야 겨우 돌아갈
마음을 먹었다. 하지만 컨테이너 앞에 도착한 선은 들어
가지 않고 멈칫했다. 불이 켜져 있었다.

선은 머뭇거리다가 해변으로 향했다. 밤바다가 녹색
과 검은색으로 반짝이고 모래사장 어디에 앉든 파도 소
리가 들리는 작은 해변. 선은 쓰러지듯 앉아 무릎 사이
에 머리를 파묻고 한숨을 쉬었다. 선은 혜은을 잘 알았
다. 언니는 불이 켜져 있으면 잠들지 못했다. 그것 때문
에 MT 가서 얼마나 고생을 했던지. 불을 끄지 않았다는
건 언니가 잠들지 않았다는 뜻이었다. 그리고 선은 지금
별로 언니와 얼굴을 마주하고 싶지 않았다. 어쩌면 지운
과 있을지도 몰랐다.

한 달 동안 야간 아르바이트를 한 덕에 밤을 새우는
것은 익숙했다. 선은 거기에 계속 앉아 있을 생각이었
다. 뒤편에서 강렬한 녹색 빛이 확 드리우지만 않았더라
면 아침까지도 그대로 있었을 것이다.

그것을 어떻게 표현해야 할까? 빛난다고 하기보단 불탄다는 표현이 더 적절했다. 양손 안에 꽉 움켜쥐어 새어 나가지 못하게 애써 억눌렀지만, 그럼에도 조금씩 비어져 나와 날름거리는 불꽃의 가장자리 같은 느낌이었다. 눈에 띄지 않으려는 듯했지만 그럼에도 본질적으로 눈에 띌 수밖에 없는 그런 빛이 가까이 다가오고 있었다.

선은 고개를 뒤로 돌렸다가 거대한 무언가가 느릿하게 숲에서 걸어 나오는 광경을 목도했다. 3m 정도 되는 녹색 사람의 형상을 한 무언가였다. 그는 잠시 상황을 이해하지 못했다.

비현실적인 일을 맞닥뜨리면 오히려 정상적인 것이 부자연스럽다. 선은 그때 자신이 놀라서 비명을 지르지 않았던 이유가 그 때문이 아니었을까 싶었다.

앞에는 끝없이 펼쳐진 검은 밤바다가 있었고 뒤에는 녹색 운석을 닮은 거대한 외계 생명체가 한라산을 베고 누워 있었다. 그리고 해변에는 커다란 녹색 인간이 걸어 나와 바다를 가만히 응시하고 있는 와중에 그것을 숨죽여 지켜보고 있는 선이 있었는데, 그중 가장 이질적인 것은 바로 자기 자신이 아닌가 하는 생각이 불현듯 들었던 것이다.

녹색 인간은 분명 사람의 모습을 하고 있었다. 다만 머리가 아주 작았고 이목구비는 없었다. 팔다리는 엄청나게 길고 두꺼웠고 손가락은 네 개밖에 달려 있지 않았다. 슬로모션처럼 느리게 움직였지만 바다 쪽으로 가까이 다가갈 때는 거짓말처럼 빠르게 움직였다.

선은 숨을 몰아쉬다가 사레가 들려 콜록거렸다. 그것

은 고개를 돌려 선을 쳐다보았다. 그것에게는 눈이 없었다. 얼굴은 마치 달걀처럼 매끈했다. 선은 왜 그것이 아까 바다를 보고 있다고 생각했는지, 그리고 지금은 왜 자신을 쳐다보고 있다는 느낌이 드는지 알지 못했다. 그 순간 덜컥 겁이 났다. 그것은 손바닥으로 선을 통째로 깔아뭉갤 수 있을 만큼 커다랬다. 겨우 자리에서 일어섰을 때 선의 다리는 후들후들 떨리고 있었다.

선은 도로 쪽으로 뛰기 시작했다. 초록 몸체가 자신을 따라오기 시작하자 겁에 질려 비명을 지르고 말았다. 그것은 마치 고양이처럼 날렵하게 획획 달렸는데 한 걸음이 선의 다섯 걸음과 맞먹었다. 선의 발은 모래에 푹푹 빠졌고 군데군데 숨어 있는 돌부리에 발끝이 걸렸다. 선은 따라오지 말라고 소리를 지르려 했다. 그러나 숨이 차 목소리가 제대로 나오지 않았다. 하우스 쪽으로 뛰면서, 가끔 뒤로 고개를 돌려 추적자를 확인했고, 계단을 한 번에 세 개씩 뛰어올랐는데, 그러다가, 미끄러운 계단에서 발을 헛디디고 말았다.

아주 잠깐이지만 세상이 느리게 흘러간 것 같았다. 몸이 계단을 굴렀고 어깨가 모서리에 퍽 소리 나도록 부딪혔다. 와중에 중력이 몸 한가운데를 혹 잡아당긴다는 느낌이 들었다. 그리고 커다란 녹색 몸체가 자신 쪽으로 달려오는 것이, 기다란 팔을 뻗어 자신을 받으려 하는 것이 보였다.

선의 몸은 녹색의 생명체에 파묻혔다. 그것의 피부는 뜨겁지도, 차갑지도 않았고 딱 사람의 체온만큼 따뜻했다. 액체와 고체의 중간쯤 되는 물렁한 질감이었다. 선은 헉 숨을 들이쉬며 일어나려고 했지만 피부와 피부가 엉겨 붙어 떨어지지 않았다. 투명했던 녹색 피부는 선의 피부가 닿은 부분부터 점차 불투명해지며 색이 짙어지기 시작했다.

선은 너무 당황한 나머지 그 거대한 생명체 역시 자신의 몸에서 선을 떼어내려고 애쓰고 있으며 심지어 그것 역시 '약간 당황'했다는 사실을 알아차리지 못했다. 초록 몸체가 선의 허리를 쥐고 바깥쪽으로 밀었다. 하지만 오히려 선의 몸이 그것의 가슴팍에 깊숙이 파묻히는 꼴이 되고 말았다. 선은 발버둥 쳤다. 기이하게 따뜻한 액체가, 액체와 고체의 중간쯤 되는 것이 눈과 코와 입안으로 밀려들었다. 화끈거렸다. 선은 이제 숨을 헐떡이고 있었는데 이 상황에서는 전혀 도움이 되지 않았다. 숨을 쉴 수가 없었다. 눈앞이 까맣게 물들고 선의 의식이 점점 흐려져 가고 있었다….

*

… 그리고 선은 해변에 앉아 있었다. 새벽의 해변은 조용했다. 들리는 것은 파도 소리와, 렌즈를 만든다는 게스트가 분주하게 망원경을 설치하는 소리뿐이었다.

"그거 정말 끔찍한 이야기네요."

선은 헉 숨을 몰아쉬며 고개를 돌렸다. 하우스의 사장이 인상을 찌푸린 채 옆에 앉아 있었다.

"뭐… 뭐가요?"

"선이 씨가 방금 들려준 이야기."

사장의 목소리는 이상하리만큼 높낮이가 없었다. 선은

상황을 파악하지 못하고 멍하게 주위를 둘러보았다. 그는 작은 해변에 앉아 있었다. 가슴이 답답했다. 숨이 턱턱 막히는 기묘한 중압감에 가슴팍을 쥐어뜯고 싶었다.

"내가 무슨 얘기를 했죠?"

숨을 헐떡이며 선이 물었다. 사장은 천천히 선을 돌아보았다. 그는 고개를 기이하게 돌렸다. 사람의 목이 움직이는 것이 아니라 맷돌이 돌아가는 것 같았다.

"제주도가 어떻게 만들어졌는지 들려줬잖아요. 그거 '설문대 할망' 신화죠? 나도 들어 보긴 했어요. '옛날 옛적 어떤 거대한 할머니가 치마로 흙을 퍼다 날라 한라산과 제주도를 만들었다.' 아, 근데 그 할머니가 어떻게 죽었는지 그건 처음 들어 봐…. 아들 500명을 먹이려 죽을 끓이다가 솥에 빠져 죽었다고? 그리고 그 아들들이 죽을 다 먹고 나서야 솥 안에서 엄마 뼈를 발견했다고….
얼마나 끔찍한 이야기야. 상상해 봐요. 밥 맛있게 잘 먹고 나니까 그릇에서 엄마 뼈가 나왔다니. 옛날이야기들이 그렇게 잔인한 데가 있다니까. 꼭 독일 메르헨 같아. 메르헨은 독일어로 '동화'라는 뜻인데…"

선은 뒤를 돌아보았다. 저 멀리 제주도 한가운데 한라산을 베고 누운 거대한 녹색 몸이 보였다. 선은 떨리는 목소리로 말했다.

"… 우리가 이 얘길 시작할 땐 저거 없지 않았어요?"
"그랬죠."

사장이 덤덤하게 말했다. 선은 하얗게 질린 채로 그를 돌아보았다. 그리고 기침을 하기 시작했다. 아무리 크게 숨을 들이쉬어도 마실 수 있는 공기가 없었다. 선은 몸을 웅크리고 괴롭게 기침을 토해 내다가 사장을 올려다보며 그나마 폐 속에 남아 있는 공기를 짜내서 말했다.

"있잖아요. 그 결말에 대해 다르게 생각한 사람을 알아요."

"그래요?"

사장은 바닥에 쓰러져 발작하듯이 기침하는 선을 무표정하게 내려다보았다. 선은 모래 위에 끈적한 녹색 덩어리를 토해 내기 시작했다. 그리고 고개를 들었을 때 장소는 바뀌어 있었다.

*

"팟타이 먹어 봐. 누나가 알려 준 식당인데, 진짜 맛집이야."

이국적인 노래가 들렸다. 떨리는 손으로 젓가락을 들어 납작한 면을 입에 쑤셔 넣자 톡 쏘는 향신료 맛이 났다. 새우가 입안에서 부서졌다. 쳉, 하고 병이 부딪히는 소리가 났다. 어느새 손에 맥주병이 들려 있었다. 안타까운 얼굴로 손에 병을 쥐어 준 사람은 학교 선배였다.

"많이 먹어. 그래…. 이제 이해가 가네. 그때 그래서 휴학했었구나? 고생 많았겠어."

선배가 머뭇머뭇 말했다. 선은 그를, 이 순간을 기억했다. 지치고 힘들었을 때였다. 당시 선은 몇 주 만에 사람을 만난 터라 스스로의 목소리조차 낯설다고 느꼈다.

"그럼 서준이랑은?"

"그 선배랑은 예전에 헤어졌죠."

"그… 사람은?"

숨이 턱 막혔다. 그때도, 지금도.

"그때 헤어졌어요."

가까스로 연락이 닿았던 이 선배는 선이 알던 사람 중 가장 개방적이었기에 그나마 선의 상황을 이해해 줄 법하다고 생각했다. 선배는 맥주를 한 모금 마시더니, 아…. 가라앉은 분위기를 띄우고 싶었는지 이렇게 말했었다.

"아 유감이야. 그래도 기죽지 마. 너 멋져. 전부터 되게 쿨해 보인다고 생각했는데. 그니까, 왜 그런 말 있잖아. 여자든 남자든 맛만 좋으면 상관없다고-. 넌 그걸 실천하는 셈 아냐."

그리고 그는 자기 농담에 만족한 듯 혼자 웃으며 말을 돌렸다. 이번 기회에 지방 내려가 볼래? 우리 누나가 제주도에 주방장으로 내려갔는데, 이번에 믿을 만한 여직원이 하나 필요하다고 해서….

그때 선은 묵묵하게 고개만 끄덕이다가 고맙다고 말하고 제안을 받아들였다. 하지만 선은 이번엔 맥주를 한 입에 털어 넣은 다음 숨을 가쁘게 내쉬며 말했다.

선배?

좀 닥쳐요.

*

선은 다시 고꾸라졌다. 머리가 어지럽고 숨이 막혔다. 누군가 목을 꽉 조르는 거 같았다. 숨을 쉬고 있는데 단 한 줌의 공기도 폐로 들어가지 않았다. 선은 침대에 몸을 웅크리고 누워 있었다. 해조차 뜨지 않은 이른 새벽이었다. 방문이 삐걱 소리를 내며 열리더니 발을 질질 끄는 무거운 발소리가 들어왔다. 땀에 젖은 손이 선의 손을 잡았고 여자가 흐느끼는 소리가 들렸다. 선은 눈을 뜨지 않았다.

"주여…. 구원해 주소서…. 용서해 주소서…. 제 딸이 유혹을 이겨 내고 바른 길로 돌아올 수 있도록…."

숨이 턱턱 막혔다. 마치 끝없는 물속에 빠진 것 같았다…. 숨 쉴 수 있는 공기가 없다…. 선은 계속 자는 척을 했다. 엄마, 제발 내 방에서 나가요. 그는 속으로 기도하며 숨을 참았다. 조금씩, 조금씩. 숨이 실처럼 새어 나가 결국 폐에 남은 공기가 없어질 때까지.

*

그리고 서울 밤의 더운 공기가 얼굴에 닿았다. 매미 소리가 들렸다. 선은 편의점 앞 조잡한 플라스틱 탁자에 엎어져 있었다. 안 돼, 안 돼…. 선은 눈을 질끈 감았다. 누군가 선에게 다가왔다. 웃음기 어린 목소리가 들려왔다. 애정을 담은 손이 선의 어깨를 흔들었다.

"야, 일어나. 나 근무 끝났어. 어서 가자."

죽 솥에 빠져 죽다니, 정말 끔찍했을 거라고 말했던 여자가 있었다…. 선에게 설문대의 이야기를 들려주었던 여자…. 매일 밤 선은 그 사람의 아르바이트가 끝나길 기다렸다가 돌아가는 길을 같이 걸으며 작은 이야기를 주고받았다. 선은 그 순간들을 기억했다. "죽 솥에 빠져 죽는 건 진짜 끔찍했을 거야." 그렇게 말했던 사람이 있었다….

A. 그의 이름에는 A가 들어가지 않았기에 선은 그를 그렇게 부르기로 했다.

선은 맥주 캔을 봉투에 담던 A의 손가락을 보았고 그것 때문에 사랑에 빠졌다고 생각했다. 사랑은 서로와 서로의 손가락이 둥글게 맞물리는 지점에, 카드를 받으며 2만 50원입니다. 하고 건네는 목소리 속에 있었다고, 그렇게 돌아서서 헤어져야 하는 순간에, 용기 내어 내 이름은 선이에요. 하고 던졌던 말 속에 있었다고 생각했다.

A는 선을 우연히 두 번 마주친 지점에 사랑이 있었다 생각한다고 말했다. A는 학교 행사장을 정리하는 스태프로 아르바이트를 했고 거기서 선을 보았다고 했다. 그리고 며칠 뒤 편의점에 온 선과 또 마주쳤고 2만 50원입니다. 하는 말에 더듬더듬 카드를 꺼내 건네주던 그를 알아보았다. A는 그것이 재미있다고 생각했다. 이 작은 세상에서 우연히 마주치는 것은 어려운 일이 아니지만 그 우연이 만남이 되는 것은 쉬운 일이 아닌데. A는 이것이 마지막일지도 모른다고 생각한다 했다. 우리는 어쩌면 우연히 마주칠 수 있는 마지막 인연일지도 모른다고.

A는 선의 학교 앞 편의점에서 일했고 하루가 멀다 하고 점원들이 그만두던 고깃집에서도 반년 넘게 버텼다. 콜센터와 하객 대행 아르바이트는 몸이 편하고 시간 맞

추기 좋아 틈날 때마다 나갔다. 선은 남동생이 다니던 학원에서 세 달 정도 강사 아르바이트를 한 것과 어느 대기업의 마케팅 서포터즈로 자원한 것 외에는 일을 해 본 경험이 없었다.

그러니 2년간 편의점에서 아르바이트를 한 적이 있었던 사람은 사실 A였다. 미용사 실기 시험을 치러 가던 그를 위해 대타를 서 주기로 했던 날, 선은 포스기를 다루는 법과 '마쎄'가 '메비우스' 담배를 뜻하는 말이라는 사실을 급히 배웠다.

상상해 봐. 달궈지는 솥의 안쪽 벽을 상상해 봐. 부글 부글 끓는 죽에 녹아내리는 내 살점과, 빠져나가려고 솥의 벽을 긁지만 소용없이 바스라지는 내 손가락을 보는 상상. 솥 안에서 내 몸이 녹아내리는 것을 상상 해 봐.

속이 좋지 않다는 A를 위해 선은 본죽에서 야채죽을 사 왔다. 뚜껑에서 뚝뚝 떨어지는 죽을 보다가 A가 문득 그렇게 말하자 선은 기겁을 하며 "난 그런 거 상상하기 싫거든?!" 하고 타박을 주었다. 헛소리 말고 먹기나 하라고 숟가락을 푹 꽂아 주자 A는 바보같이 헤실헤실 웃으면서 죽그릇을 제 쪽으로 끌어당겼다.

그런 얘긴 어디서 본 거야?

요즘 제주도에 대해서 찾아보고 있어. 알잖아, 나 한 번 꽂힌 건 다 찾아보는 거.

제주도? 갑자기 제주도는 왜? 여행 가고 싶어?

여행 가면 좋지. 아니면 아예 가서 사는 것도 나쁘진 않겠다. 한적하고 땅도 싸고 좋대. 조용하고 바다도 보이고…. 너랑 나랑 둘이 가면 좋겠다.

… 그건 나쁘지 않네.

A의 어머니는 A가 집에 누굴 데려오든 전혀 신경 쓰지 않았다. 어쩌다 만나 꾸벅 인사를 하면 하는 말이라곤 고작 "친구 델꼬 왔나. 좀 있으면 아파트로 이사할 텐데, 그때 데려오지 창피하게."가 전부였는데 A는 맨날 하는 말이니 신경 쓰지 말라고 했다.

A의 어머니가 선을 단순한 친구로나마 알고 있던 것과 달리 선의 가족은 A의 존재를 알지도 못했다. 선은 A에 대해 털어놓을 엄두를 내지 못했다. 만약 말할 마음을 먹었다고 해도 TV에 에이즈 예방법에 대한 뉴스가 나오는 순간 힘들게 벌어 낸 세금으로 왜 더러운 짓이나 하는 저런 놈들 뒤치다꺼리를 해야 하나 버럭 화를 내는 두 분 모습을 보고 생각을 고쳐먹었을 것이다.

선은 답답했다. A와 들킬 위험이 없는 곳에서만 조금씩 만나던 것이 감질났고 A의 방 안에 들어와서야 겨우 서로를 감싸 안고 입 맞출 용기를 낼 수 있던 것이 지겨웠다. 선은 그것으로는 충분하지 않았다. 지하철을 기다리며 A의 손을 편하게 잡고 싶었다. 영화관에서 커플 세트를 시킬 때 돈 아끼려 친구와 왔냐는 심술궂은 농담을 듣고 싶지 않았고 아는 사람들 앞에서 무심코 A에 대한 이야기를 꺼내지 않으려 평생 주의하며 살고 싶지도 않았다. 버스 정류장에서 A의 합격 소식을 들었을 때 그 자리에서 축하의 의미로 키스해 주고 싶었다. 좁은 방에서 맥주를 나눠 마시며 사랑이 완성되었다고 생각하기엔 선은 너무 욕심이 많은 사람이었다.

선아.

A가 부드럽게 그의 이름을 불렀다. 선은 고개를 들지 못했다. 선은 숨을 꾹꾹 눌러 참으며 어깨를 덜덜 떨다가 흐느껴 울기 시작했다.

미안해.

선은 기어들어 가는 목소리로 말했다. 미안해, 미안해, 정말 미안해. 선은 헐떡이며 계속 그렇게 중얼거렸다. 눈물이 뺨을 타고 흘러내렸다. 숨이 모자라서 결국 의미 없는 웅얼거림이 될 때까지 머리를 쥐어뜯었다. 간신히 고개를 들었을 때 눈앞에는 아무것도 없었다. 새까만 어둠뿐이었다. 선은 자리에서 일어났다.

*

저 멀리서 발소리가 들렸다. 가볍고 부드러운 발자국 소리. 선은 소리를 쫓아 어둠 속을 걸었다. 4인용 카페 테이블이 나타났다. 두 사람이 이미 어둠 속 테이블에 앉아 있었다. 선을 발견하자 그중 왼쪽에 앉아 있던 남학생이 활짝 웃으며 입을 열었다. 당시 그는 선보다 세 살 많았다.

"안녕하세요! 면접에 와 주셔서 감사해요. 저는 저희 연합 봉사 동아리 총무를 맡고 있어요."

오른쪽에 앉아 있던 여학생은 재빨리 일어서서 카운터로 가더니 아이스 아메리카노 한 잔을 시켜서 선 앞으로 밀어 주었다. 여학생의 손은 희고 가늘었다. 선은 움직이지도, 대답하지도 않았다. 하지만 여학생은 선이 마치 감사하다고 말한 것처럼 손사래 쳤다.

"고맙긴요. 제 이름은 혜은이에요. 너무 긴장하지 말고 편하게 언니라고 불러요."

언니가 웃고 있었던 것이 기억난다. 상대방을 편안하게 만들어 주는, 무장해제시키는 따뜻한 웃음. 진심인지 습관인지조차 모르겠는 그 미소…. A는 선 하나면 충분하다고 입버릇처럼 말했지만 선은 그렇지 못했다. 절대 충분하지 않았다. 선은 지독히 욕심이 많았고 가족을, 친구를 모두 가지고 싶었기에 용기 내어 언니에게 A와 자신의 관계에 대해 털어놓았다. 괜찮다고 생각했다. 선은 심지어 A보다 언니를 오래 알았고 언니라면 믿을 수 있었다.

언니를 너무 굳게 믿었기 때문일까. 일이 터지기 시작했을 때 선은 언니를 의심하지 못했다. 일이 터졌다는 것조차 몰랐다. 선은 매 학기 갱신되던 동아리원 목록에 자신이 들어 있지 않다는 걸 알고 총무에게 연락했을 때 당황해 더듬거리던 목소리를 기억했다.

"어, 서, 선아? 그만두기로 한 게 아니라고? 미안, 파일에 오류가 있었나 보다…. 이번 학기 담당은 혜은인데 개가 이번에 처음 해 봐서…."

이후 동아리 모임에 나갔을 때 선은 사람들의 기묘한 수군거림과 눈빛을 마주했다. 도저히 무시할 수 없는,

뒤에서 들려오는 속삭임들. 그 동아리에는 선과 같은 학교 사람들도 있었고 속삭임은 마치 독처럼 퍼져나가 이내 선 주위의 모든 사람들을 뒤덮었다. 자신이 아웃팅당했다는 것을 인정하게 된 시점은, 그리고 이 모든 문제가 선 자신이 언니에게 사실을 털어놓은 것에서 시작되었다는 것을 인정한 시점은 문제가 돌이킬 수 없는 지경에 이른 뒤였다. 그 돌이킬 수 없는 지경이란 A가 일하던 헤어 살롱에서 쫓겨난 사건이었다.

선은 자신이 겪은 고통보다 힘들어하는 A를 지켜보는 고통이 더 괴로웠다고 말하고 싶었다. 모두가 사랑이란 그런 거라고 하지 않았나? 자신의 괴로움보다 연인의 괴로움이 더 견디기 힘든 거라고. 선은 A가 주위의 경멸 섞인 수군거림을 마주하는 데에 지쳐 더 이상 선을 사랑할수 없게 된 것이 가장 괴로웠다고 말하고 싶었다.

하지만 선은 사실 자신에게 쏟아지던 가족들의 비난과 분노, 순식간에 끊긴 재정적 지원과 어딜 가든 쫓아다니는 것 같았던 싸늘한 눈초리, A 이전에 교제했던 남자가 온갖 사람들에게 선은 자신을 이용한 거짓말쟁이라고 떠들고 다닌 것, 그 시간을 견디는 동안 곁에 A가 없었던 것이 더 고통스러웠고 그런 자신이 역겨웠다. 간간이 선은 선잠을 자다가 꿈속에서 계단에 발을 헛디뎌 소스라치게 놀라 깨어나듯 숨을 헐떡이며 주저앉았다. 자기혐오를 이기지 못한 탓이었다. 그리고 결국 스스로를 비난하는 일에 지쳐 남에게 악다구니를 돌렸는데 그 대상은 당연히 혜은이었다. 언니, 어떻게 나한테 이럴 수 있어요?

그러니까, 실제로 선의 비밀을 누설한 장본인은 혜은

이 아니라 혜은의 이별 선언을 받아들이지 못하고 혜은의 메신저를 훔쳐보았던 전 애인이었다는 사실을 알게 된 것은 이미 늦어 버린 후였다. 혜은과 만난 첫날 옆에 앉아 있던 남학생. 편안한 웃음을 지으며, 진짜 당락을 결정하는 게 아니라… 그냥 케미를 보는 거니까… 하고 말했던 그 사람. 동아리의 총무. 그 남학생.

"괜찮아요. 앉으세요. 편하게 얘기해 봐요."

그는 웃으며 맞은편의 의자를 가리켰다. 선은 고개를 저으며 뒷걸음질 쳤다. 아냐, 선이 속삭였다. 당신은 아냐.

그리고 그들은 모두 사라졌다. 선은 어둠 속에 혼자 남아 있었다. 어떻게 해야 할지, 어디로 가야 할지도 모른 채. 숨을 쉴 수 없었다. 선은 몸을 웅크리고 양팔로 머리를 감쌌다.

만약 언니에게 털어놓지 않았더라면 상황이 더 나아졌을까? 끝까지 숨겼더라면…. 만약 이 모든 일이 애초에 일어나지 않았더라면…. 그랬다면 선은 아무도 잃지 않을 수 있었을까. A도, 가족도, 그리고 언니도.

만약 동아리 MT 날 밤, 다른 사람들이 떠들던 목소리를 듣지 않았더라면…. 그들은 남자와 남자가, 같은 성별끼리 사랑하는 것은, 아무리 그래도 역겹지 않냐고, 사촌 오빠의 직장 동료가 이태원 클럽으로 들어가는 걸 봤는데, 아무래도 물들지 않게 주의시켜야겠다고 말하고 있었다…. 그들에게 언니는 그런 식으로 말해선 안 된다고 부드럽게 충고했다.

당시 방 한쪽에서 그들로부터 등 돌린 채 자는 척하고 있던 선은 언니의 말에 마음이 편해져 눈을 감았다. 뒤

이어 "물론 그런 사람이 내 옆에 있으면 불편하긴 할 것 같아. 좀 그렇긴 하잖아…" 하고 누가 중얼거리는 소리를 들은 것도 같았는데, 그때 선은 잠과 술에 취해 있어 그 상황이 진짜인지 상상인지도 확실하지 않았고 무엇보다 언니의 목소리가 아니라고 생각했기에 기억 한구석에 묻어 두었다. 그러나 남학생이 퍼뜨린 언니의 메신저 내용 중 선의 얼굴 보기 불편해졌다는 말을 보는 순간 그 말이 정말 언니가 한 것이었는지, 아니면 그저 착각에 불과한 것이었는지는 영영 알 수 없는 일이 되어버렸다.

누군가 웅크린 선에게 다가왔다. 발자국 소리, 사뿐사뿐 걸어오는 깃털처럼 가벼운 발자국 소리. 선은 머리를 감싸 쥐고 고개를 저었다. 제발 날 그냥 내버려 둬. 가벼운 발이 그의 앞에 멈춰 섰다. 그리고 딱 사람의 체온만큼 따뜻한 손이 그의 팔을 움켜쥐고 세게 끌어당겼다.

*

있잖아. 설문대가 다르게 죽은 버전의 이야기도 있대. 큰 키를 자랑하려고 밑이 없는 물에 들어갔다가 빠져 죽었다고…. 뭐, 맞아. 요즘 제주도에 제대로 꽂히긴 했지. 말했잖아. 언젠가 가서 살면 좋을 것 같다고.

그래.

정말 내려가서 살면 좋겠다.

꼭 한 번 같이 가자.

커다랗고 따뜻한 손이 몸 안에서 선을 빼내어 바닥에 내려놓았다. 선은 눈물을 줄줄 흘리고 있었다. 숨을 헐떡이느라 정신이 없었고 기침이 발작적으로 터져 나왔다. 선은 물에 빠졌던 게 분명했다. 그렇지 않고서야 그렇게 숨이 막힐 리 없었다. 끝없이… 끝없이 바닥이 없는 물속으로…. 선은 모래사장 위로 털썩 쓰러졌다. 시야가 뿌옇고 여전히 숨이 제대로 쉬어지지 않았다. 여전히 물속에 있는 건가? 하지만 왜 물이 초록색인가…? 그리고 왜 이렇게 따뜻한가?

다시 정신을 차렸을 때는 아침이었다. 선은 컨테이너 뒤편에 쓰러져 있었다. 진탕 취했다 깨어난 것처럼 머리가 띵하고 어지러웠다. 그 순간 뒤편에서 발자국 소리가 들렸다. '탁탁탁', 깃털처럼 가벼운 발자국 소리가 멀어졌다. 선은 급히 몸을 일으켰다. 세상이 비틀거리고 요동쳤다. 선은 세 발자국도 옮기기 전에 컨테이너에서 나오던 언니와 부딪혀 나뒹굴었다.

"서, 선아? 밤새 어디 갔던 거야! 잠시만 내 말 들어봐. 얼마나 기다렸는지 알…!"

선은 언니의 팔을 뿌리치고 주위를 둘러보았다. 아무도 없었다. 선은 멍하게 입을 벌렸다. 신발 안에 모래가 가득 차 있어 버석거렸다.

"아무도 없었어요?"

여자의 얼굴을 한 방문자

선이 다급히 말했다.

"뭐… 뭐?"

"이쪽으로 아무도… 아무 소리도 못 들었어요?"

"뭐? 무슨 소리…?"

언니는 혼란스러운 표정을 지었다. 언니는 컨테이너를, 그리고 주위를 돌아보다가 진심으로 걱정된다는 눈으로 선을 바라보며 말했다.

"무슨 소리를 하는 거야?"

3. 그대 발자국 소리

근무를 마치고 돌아오는 길, 버스 창밖으로 군인들이 해안가를 수색하는 모습이 비쳤다. 얼룩덜룩한 군모를 쓰고 무거워 보이는 군화를 신은 군인들이 해안선을 개미 떼처럼 돌아다녔다. 무언가를 필사적으로 찾고 있지만 정작 뭘 찾는지는 정확히 모르는 사람들 같았다. 땀에 젖은 얼굴에는 딱딱한 표정으로도 감출 수 없는 피로의 흔적이 여실했다. 선은 군인 하나가 수색을 하다 말고 바다에 정신이 팔려 있는 모습을 보았다. 끝없이 밀려오는 파도를 지친 눈으로 힐끗거리고 있었다. 선은 문득 그가 지금보다 더 어릴 때 해변에 간 적 있는지 궁금해졌다. 작은 소년일 때, 딱딱한 신발을 벗고 발가락 사이로 파고드는 젖은 모래의 감촉을 느끼며 물장구를 치면서 논 적이 있는지.

버스가 출발하여 군인들의 모습이 뒤로 멀어졌다. 선은 유리창에 지친 이마를 기댔다. 숙소로 돌아온 선은 낯선 군화 소리에 문을 열었다가 군인 둘이 문밖에 서 있는 것을 보았다. 실례합니다. 로 말을 시작한 군인들은 선에게 '뭔가 이상한 걸 본 적 있는지' 계속 물었다. 그들은 선이 "물론 있어요. 저거요." 하고 대답하며 한라산 쪽을 가리키자 노골적으로 인상을 찌푸렸다.

"아뇨, 아뇨."

군인들이 짜증스럽게 말했다.

"저 여자 말고요?"

선이 말했다.

"네, '저것' 외의 것 말입니다."

한라산에는 거대한 여자가 잠들어 있었다. 정말 잠들어 있는지는 확실하지 않았지만 적어도 눈을 감고 있기는 했다.

"저것만큼 이상한 건 많지 않은데요."

어렴풋이 생명체의 형태를 갖추고 있던 그 '운석'은 어느 날 여자의 모습으로 변했다. 가슴, 다리, 길게 뻗은 손가락과 섬세한 눈꺼풀이 생기더니 마지막에는 긴 머리카락이 생겨났다. 길게 흘러내린 머리카락은 서귀포 쪽으로 산사태처럼 쏟아져 마을을 덮쳤고 덕분에 주민 수백 명이 대피하는 소동이 일어나기도 했다.

"저쪽에 있는 게스트하우스에서 일하고 계신가요?"

군인들이 스타스카이 게스트하우스를 가리키자 선은 고개를 저었다. 일을 돕고 있긴 하지만 선은 스태프가 아니었다. 군인들은 조심하는 게 좋을 거라고 주의를 주었다.

여자의 얼굴을 한 방문자

"저기 요주의 인물들이 한둘이 아닙니다. 지난번에도 출입 통제 구역에 들어가겠다고 난동을 피웠어요."

그들은 이상한 걸 발견하면 꼭 신고하라며 당부하고 떠났다. ("긴급 신고 번호는 아시죠?" "네, 뉴스에서 봤어요.") 선은 군인들이 사라진 것을 확인하고 방으로 들어가 종이 상자 하나를 꺼냈다.

군인들이 오기 직전에 렌즈를 만드는 게스트, 이제 제주도에 놀러 온 것인지 아예 눌러사는 것인지 더 이상 구분이 가지 않을 만큼 오래 머물고 있는 게스트는 컨테이너를 찾아와 나이키 신발 상자를 대충 오려 만든 종이 상자를 잠깐만 맡아 달라고 애걸복걸했다. 선은 전날 아침 편의점 근무를 끝내고 돌아오다가 그 게스트가 몰래 하우스로 돌아오는 모습을 보았는데, 선은 그가 뭘 하든 전혀 신경 쓰지 않았지만 게스트는 혼자 화들짝 놀라 한라산에 놀러 갔다 왔다는 변명을 늘어놓았다. 현재 한라산 대부분이 저 거대한 녹색 여자의 몸 밑에 깔려 있으며 한라산 국립공원 전체가 출입 금지 지역으로 지정되어 있다는 걸 전 국민이 이미 알고 있는데도 말이다.

게스트가 열어 보지 말라고 신신당부한 상자 안에는 진득한 녹색 액체가 덕지덕지 묻은 나뭇가지가 하나 들어 있었다. 선은 한숨을 쉬고 뚜껑을 도로 닫아 방 한구석에 밀어 두었다. 선은 이게 뭐냐고, 어디에 쓸 생각이냐고 묻지 않았다. 게스트는 도리어 그것이 섭섭한 눈치였는데 별로 궁금하지가 않았다. 인터넷에 올리기라도 할 생각인가 보지. 지금 선의 마음을 사로잡고 있는 것은 전혀 다른 문제였다.

선은 어둠이 내릴 무렵까지 기다렸다. 충분히 캄캄해졌을 때 밖에서 다시 발자국 소리가 들렸다. '자박자박' 하고 가볍게 지면을 밟는 발자국 소리였다. 한 발 한 발 조심스레 컨테이너 옆을 스쳐 지나가는 발자국 소리.

창을 열자 여자의 모습이 보였다. 키가 컸지만 평범한 정도였다. 선보다 한 뼘 정도 컸다. 한라산만큼 거대하지도, 3m가 훌쩍 넘도록 크지도 않았다. 허나 여자의 몸은 평범하지 않다. 투명한 녹색이었고 은은하게 빛나고 있었던 것이다.

여자는 선의 옷을 입고 있었다. 닷새 전, 선이 몰래 해변에 나가 조심스럽게 놓아두었던 헐렁한 후드티와 면바지였다. 신발은 신고 있지 않아 투명한 발이 훤히 보였다. 녹색 눈동자와 눈을 마주한 순간 선은 숨이 턱 막히고 말았다.

"넌 대체 뭐야?"

선은 떨리는 목소리로 속삭였다. 여자는 선을 빤히 쳐다보다가 고개를 돌렸다. 여자가 사라진 자리에는 반딧불 같은 녹색 빛무리가 남았다. 선은 넋을 놓고 있다가 급히 신발을 구겨 신고 여자를 따라갔다. 빛무리는 해변으로 이어졌다.

*

혜은 언니가 떠난 지도 며칠이 지났다. 언니는 몇 번이나 선에게 상황을 설명하려 했다. 선 때문에 스태프를 그만둔 것이 아니며 처음부터 얼마간 일한 뒤에 그만두

고 지운의 집으로 옮겨 갈 생각이었다. 네가 불편해서가
아니다. 그리고 다른 이유가 있다. 뭔가 좀 이상하다. 제
발 내 말 좀 들어 봐라….

선은 언니의 변명을 거의 듣지 않았다. 발자국 소리.
도무지 이 세상의 것 같지 않은 그 가벼운 발자국 소리
가 그를 사로잡고 있었다. 계속 의미 없는 말을 떠들어
대는 언니의 목소리를 듣고 있노라면 그 발소리를 잊어
버릴 것 같아 짜증만 날 뿐이었다. 결국 언니는 폭발하
고 말았다.

너 내 말 듣고 있는 거야?

선은 대답했다.

아뇨.

그리고 언니는 나갔다. 선은 혼자가 되었다. 조용한
컨테이너. 5분만 걸어 나가면 바닷소리가 들리는 작은
해변이 나오는 곳. 선은 그곳에서 가벼운 발자국 소리를
떠올렸다.

사장은 더 이상 선에게 스태프로 일할 것을 권하지 않
았지만 가끔 선을 하우스로 불러 잡일을 시키거나 식사
에 초대했다. 처음 온 게스트들은 백이면 백 선을 스태
프라고 착각하곤 했는데 게스트 중 선이 애매한 위치에
놓여 있다는 것을 아는 사람은 렌즈를 만든다는 게스트
정도였다. 그는 저 혼자 선과 친해져서 하우스로 건너온
그를 번번이 붙잡고 자신이 '조사'한 내용을 늘어놓곤
했다.

"그러니까, 저 여자가 지구를 '재방문'한 거라고요?

대체 왜요?"

테이블에 반찬을 놓던 선이 관심을 보이자 게스트는 신이 나서 말했다.

"우리가 어떻게 살고 있는지 확인하러 온 거죠! <스페이스 오디세이>나 <프로메테우스> 같은 영화 못 봤어요? 아주 옛날에 인류를 한 번 찾아왔다가 지금은 어떻게 발전했는지 보려고 다시 찾아온 거예요. 거기에다가, 봐요. 전 세계의 신화들을 살펴보면 모두 공통적으로 '거인'에 대한 이야기가 있잖아요. 실제로 일어난 일이 아니었다면 그게 어떻게 가능하겠어요?"

게스트는 "그게 끝이 아니에요…." 하고 말을 이었다.

"그리고 저 생명체가 타고 온 혜성의 궤도를 살펴보면, 신기하게도, 생명체가 존재할 가능성이 있는 다른 행성들을 지나친단 말이죠. 지표면에 물이 존재할 것으로 보이는 행성들이 있는 항성계 영역을 골디락스 존이라고 하는데, 저 혜성의 궤도에 그런 행성들이 다수 포함되어 있어요. 저건 지적 생명체가 있는 별들을 찾아다니며 방문하고 있는 걸지도 몰라요. 범우주적인… 어… 가정 방문을 하고 있다고 해야 하나?"

모닝커피를 마시러 내려와 있던 사장이 기가 차다는 듯 끼어들었다.

"그런 짓을 왜 하는데?"
"그야 분명 우리가 알 수 없는 이유가 있겠죠. 인간보다 훨씬 고등한 생명체일 테니까. 하지만 생각해 봐요. 저게 처음에 지구에 떨어졌을 땐 이상한 모습을 하고 있었죠. 머리가 작고 손가락도 네 개밖에 없었잖아요. 그런데 지금은 완전히 정상적인 사람의 모습으로 변했어요. 어쩌면 이전 모습은 지구에 오기 전에 방문했던 외계 행성의 생명체 형태일지도 몰라요. 지금은 우리와 만나 접촉했으니까 호모 사피엔스의 모습으로 변한 거고요. 그때그때 만나는 지적 생명체의 모습으로 변하는 거죠. 그럴듯하지 않아요?"

사장은 게스트가 나간 뒤에 선을 끌어당겨 어깨를 감싸며 "선아, 쟤 계속 받아 주지 마." 하고 언질을 주었다. "인터넷에서 본 것만 믿으면 저 꼴 된다니까." 사장은 짜증스럽게 중얼거렸다.

선은 해변 뒤편에 걸터앉아 여자를 바라보았다. 처음 발소리를 들었을 때 선은 자신이 미친 줄 알았다. 하지만 저 녹색 여자는 진짜였고 발소리도 진짜였다. 여자는 어둠이 내릴 때 나타나서 밤새 작은 해변을 거닐다가 해가 뜨기 전에 사라졌다. 대체 왜 이곳에 온 걸까? 우리를 보러 온다고? 어째서? 선은 생각했다. 정말 여자는 사람의 모습과 닮아 있었다. 여자도 눈을 통해서 세상을 볼까? 저 녹색의 여자가? 선은 주머니 속의 핸드폰을 만지작거렸다.

그 순간 여자가 고개를 휙 돌려 선과 눈을 마주쳤다. 선은 저도 모르게 움찔했다. 여자는 투명한 녹색 눈으로 선을 바라보고 있었다. 여자는 선을 바라보며 성큼성큼 다가오기 시작했다. 선은 뻣뻣하게 굳은 채 침을 꿀꺽 삼켰다. 그 순간 선은 자신을 감싸던 커다란 녹색 팔을, 사람의 체온처럼 따뜻하던 품을 떠올렸다. 하지만 여자는 선을 무심히 스쳐 지나고 모래사장, 해변의 바위, 나무를 지나치더니 선의 뒤편으로 걸어갔다. 마치 모래와 나무와 선이 자신에게는 별반 다를 바 없다는 듯이. 선의 마음속에서 무언가 아프게 고동쳤다.

선은 핸드폰을 만지작거리다가 무심결에 시간을 확인하고 자리에서 튀어 올랐다. 넋을 놓고 있다가 시간 가는 줄 모르고 있었다. 앞사람에게 사정해서 편의점 근무 교대 시간을 늦췄다. 앞사람은 마지못해 부탁을 들어주긴 했지만 절대 늦지 말라는 조건을 걸었다. 당장 출발해야 했다. 선은 서둘러 계단을 올라가다가 문득 중간에서 발을 멈추고 여자를 돌아보았다.

만약 지금 여기서 미끄러져 넘어지면 그날 밤처럼 자신에게 달려와 줄까? 아니, 아니다. 대체 무슨 생각을 하는 거지.

"내가 미쳐 가나 봐."

선은 중얼거렸다.

최대한 빨리 달려갔지만 교대 시간에 10분이나 늦었다. 선은 연신 죄송하다고 말하며 고개를 숙였다. 앞사람은 인상을 찌푸리며 싫은 소리를 하긴 했지만 그 이상 문제 삼진 않았다. 선은 가슴을 쓸어내리며 옷을 갈아입었다. 선은 그날 업무에 전혀 집중하지 못했다. 그의 마음은 온통 어두운 밤의 바닷가, 녹색 불빛이 어른거리는 그곳에 가 있었다.

서서히 살아나는 것들이 있었다. 진흙 속에 파묻혀 겨울잠을 자다가 똑똑 떨어지는 봄비에 깨어나는 개구리처럼 조금씩 살아나는 감정들. 어떤 감정은 결코 사라지지 않았다. 피부 아래 깊숙한 곳에 파묻혀 있던 마음이 깨어나 느리게 움직이기 시작했다.

선은 한때 그것이 못 견디게 괴로워 살갗 아래를 긁고 또 긁었고 그럼에도 진피층 아래 진득이 들러붙어 떨어지지 않는 감각에 몸서리치며 울었다. 하지만 지금은, 지금은? 선은 바닷바람이 스며드는 바닥에 누워 발소리를 기다리고 있었다. 진짜 발소리가 들리는 것인지, 아니면 여자가 오는 소리에 맞춰 발소리가 들린다고 상상하는 것뿐인지 정확히는 몰랐다. 하지만 아무래도 상관없었다. 선은 해가 지면 들릴 자박거리는 발소리를 찾았다. 선은 잊고 있던 감각을 조금씩 되찾는 중이었다. 마치 추위에 곱았던 손가락이 서서히 펴지는 것 같았다.

여자는 한동안 모습을 보이지 않았다. 선은 한참 기다렸다. 며칠 정도 안 보일 수도 있다고, 선은 스스로를 그렇게 안심시키려고 했다. 하지만 선의 생각은 굳은 표정으로 해안가를 수색하던 군인들에게로, 무언가 이상한 것을 본 적 없냐고 자신을 추궁하던 그들에게로 계속해서 향했다. 선은 소용없다는 걸 알면서도 뉴스를 붙잡고 있었고 심지어 바보 같은 웹사이트 몇 개에 접속해 보기까지 했다.

몇 년 같은 며칠이 지난 후에야 바깥에서 발소리가 들렸다. 이 세상의 것이 아닌 것처럼 가벼운 발자국 소리. 선은 자리에서 벌떡 일어났다. 창을 열자 여자가 맨발로 어두운 길을 지나는 것이 보였다. 여자는 희미한 녹색 빛무리를 공기 중에 흩뿌리고 있었다.

나는 유령과 사랑에 빠진 셈이야. 그런 생각이 들자

팔에 오소소 소름이 돋았지만 여자를 뒤따라 나가는 발을 멈출 수 없었다.

선이 가까이 다가가자 여자는 인기척을 느꼈는지 돌아보았다. 선은 두근거리는 가슴을 애써 진정시켰다. 가까이서 본 여자는 투명하고 가벼워 보였으며 녹색 맨발은 모래사장에 옅디옅은 발자국밖에 남기지 않았다. 만약 이 여자가 물속으로 들어가면 녹아서 사라져 버릴까? 그러면 선의 옷만 둥둥 떠서 해변으로 밀려오게 될까. 선은 떨리는 손으로 들고 있던 것을 여자에게 내밀었다. 나이키 신발 상자를 대충 오려 만든 종이 상자였다.

여태껏 여자는 표정이라고 할 만한 것을 짓지 않았다. 막 생겨난 이목구비를 어떻게 써야 할지 모르겠다는 듯한 잔잔한 무표정이 전부였다. 허나 상자 안에 든 나뭇가지를 보고 여자는 선의 의도를 이해한 것 같았다. 여자가 자신을 바라보길 원해서, 어떤 반응이든 해 주길 원해서 그것을 보여 주었다는 것을.

여자는 집게와 엄지손가락만 이용해서 나뭇가지를 조심스럽게 꺼냈다. 그리고 살짝 과장되고 밝은, 상대를 노골적으로 안심시키고자 하는 의도적인 미소를 선에게 지어 보였다. 선은 어째서인지 그 미소가 어색하다고 생각했다. 마치 다른 누군가의 미소를 따라 하고 있는 것 같았다. 입 근육이 생동감 있게 움직이지도, 입술이 자연스럽게 벌어지지도, 눈매가 부드럽게 접히지도 않았다. 하지만 그래도 미소는 미소였다.

여자는 나뭇가지에 묻은 녹색 액체를 손으로 그러모아 입에 넣었다. 그는 여자가 조금 더 커졌다는 느낌을

여자의 얼굴을 한 방문자

받았다.

"당신은 대체 누구야?"

선은 여자에게 다시 물었다. 여자는 가만히 입술을 만지작거리다가 한쪽 무릎을 꿇고 땅에 조그만 형체들을 뱉어 냈다. 여자와 똑같이 생겼지만 손가락만큼 작은 여자들이 바닥에 내려와 손을 탁탁 털더니 모래사장을 파헤치며 돌아다니기 시작했다. 선은 깜짝 놀라 한 발자국 뒤로 물러섰다. 그 순간 여자가 선의 손목을 잡았다.

나

여자가 말했다. 선은 깜짝 놀랐다. 여자가, '말했다'. 분명 말했다. 목소리는 없었고 오직 입술만 움직였으며 아주 짧은 단어였지만 분명 말했다. 선은 녹색 입술의 움직임을 알아볼 수 있었다.

그리고 미처 선이 뭐라 대답하기도 전에 여자는 손을 뻗어 선의 뺨을 감쌌다. 여자의 한 손에 선의 뺨이 전부 들어왔다.

따뜻한 녹색 피부에 볼이 닿은 순간이었다. 그들이 서 있는 작은 해변에 바람이 불었지만, 선의 눈앞에서는 옷이 펄럭이지 않았고 수면도 잔잔했다. 모래 한 톨 움직이지 않았다. 실재하지 않는 바람이 그들을 감쌌다. 그리고 선은 녹색 여자를 보았다. 지금 눈앞에 서 있는 여자뿐만 아니라 한라산 한가운데에 잠들어 있는 그 거대한 여자를. 너무나 거대해서, 바라보는 것조차 버거운 여자.

선은 숨을 멈추며 눈을 감았다. 눈을 감았지만 여전히

눈꺼풀 사이로 빛이 스며들었다. 부드럽고 따뜻한 녹색 빛이었다. 그리고 선은 눈을 감았음에도 여전히 볼 수 있었다. 제주도 각지의 모습이 동시에 보였다. 섬의 곳곳에 있는 여러 명의 여자들이 보였다. 그들이 서 있는 작은 해변, 한라산 근처의 숲속, 인적 드문 해변, 그리고… 십수 명의 여자들이 그곳에 있었다. 그들은 모두 녹색이었다. 선은 느리게 눈을 떴다. 녹색 빛무리가 마치 해무처럼 둘을 감싸고 있었다. 선은 잠들어 있는 거대한 여자와 모래사장을 돌아다니는 작은 여자들, 그리고 눈앞의 여자를 번갈아 가며 쳐다보았다.

"전부… 전부 당신이구나? 전부 같은 사람이야. 저기 저 여자도, 그날 밤 날 잡아 줬던 것도… 그리고… 그리고 더 있어. 당신 말고도 섬에 더 돌아다니고 있어."

여자는 작게 고개를 끄덕이더니 다시 한번 입술을 움직였다.

나는

여자의 입술은 반투명해서 모양을 가늠하기 쉽지 않았다. 선은 한참 여자의 입술을 관찰한 끝에 나머지 말을 알아들을 수 있었다.

나는 별들 사이를 걸어오는 자야.

신기한 것은, 눈을 뜨고 있음에도 환상이 지속되었다는 것이다. 선은 거대한 여자가 눈을 뜨고 걸어 나가는 모습을 보았다. 한 걸음, 또 한 걸음, 여자는 마지막 한 걸음을 그들이 서 있는 해변에 디뎠다. 선은 바다로 떠나는 여자의 뒷모습을 바라보다가 뒤늦게 그 광경이 실제가 아니라는 것을 깨닫고 눈을 비볐다. 녹색 잔상이

눈에 남아 있는데도 현실에선 모래알 하나 움직이지 않
았다.

바스락거리는 소리에 선은 고개를 돌렸다. 작은 여자
들이 모래사장에 그림을 그리고 있었다. 제주도 모양의
타원형이었다. 작은 여자들은 그 위에 점점이 늘어섰다.
선은 한참 후에야 겨우 그 의미를 깨달을 수 있었다. 저
작은 여자들은 제주도에 있는 초록 여자들의 위치를 표
시해 주고 있었다.

"당신들이 저기에 있구나."

작은 여자들은 제주도의 중심에서부터 게스트하우스
가 있는 해변까지 한 줄을 이루고 있었다. 오직 두 명만
뜬금없는 곳에 있었는데, 선은 나중에 숙소로 돌아가 인
터넷으로 정보를 찾아보고 나서 그 지역이 임시 연구소
가 설치된 곳이라는 것을 알게 되었다.

선은 조금 웃고 말았다. 일단 모래 위를 아장아장 돌
아다니는 작은 여자들의 모습이 귀여웠고 그들이 줄지
어 서 있는 모습이 지도 어플리케이션에 표시되는 경로
안내와 비슷하다는 생각이 들었으며, 무엇보다 당장이
라도 쓰러질 것 같은 제 몸을 지탱하고 있는 것이 떨리
는 두 다리가 아니라 자신의 허리를 잡고 있는 여자의
팔이라는 것을 불현듯 깨달았기 때문이었다.

여자는 엷은 미소를 짓고 있었다. 선은 잠시 후에 그
미소를 알아보았다. 아마 자신이 지금 짓고 있는 미소와
똑같을 미소였다. 부드럽게 휘어지는 눈매와 입매, 입술
이 살짝 벌어지는 방식. 그건 그의 것, 그의 방식이었다.
선의 미소. 여자는 선의 미소를 따라 하고 있었다. 선은

여자의 생김새 역시 자신과 닮아 있음을 그제서야 깨달았다.

여자의 손가락이 선의 어깨에 닿았다. 그날 밤 계단에서 구르며 부딪혀 멍이 든 곳이었다. 선은 저도 모르게 움찔했다. 여자가 조심스럽게 손을 멈추었다.

"괜찮아."

선이 말했다.

괜찮아.

여자가 말했다. 목소리가 없어 어조를 짐작할 수 없었지만 선은 그것이 의문문이라고 생각했다. "괜찮아?" 하는 물음이라고. 선은 작게 소리 내어 웃고 고개를 끄덕이며 작은 몸짓을 했다. 한쪽 눈을 장난스럽게 깜빡하는 몸짓. 여자는 선을 쳐다보다가 어설프게 그것을 따라 했다. 눈을 깜빡, 하며 윙크를 했다. 그러자 바닥에 모여 있던 손바닥만 한 작은 여자들도 동시에 그것을 따라 했다.

깜빡.

*

요즘 세상에 커다란 뉴스는 숨기기 쉽지 않다. 특히 한라산만큼 거대한 것이라면. 산을 베고 누운 거대한 여자가 한쪽 눈을 떴다가 감는 모습은 짧은 동영상과 수십 장의 사진으로 옮겨져 누가 막을 겨를도 없이 순식간에 퍼져 나갔다. '저것'이 깨어날지도 모른다는 겁에 질린 속삭임과 웅성거림도 마찬가지였다.

물론 상황을 그저 흥미로워하는 이들도 있었다. 자신이 충분히 멀리 있어 안전하다고 믿는 사람들, 무엇이든 일단 떠들어 대고 보는 이들, 그리고 그냥 좀 이상한 사람들.

　렌즈를 깎는 게스트는 별로 용도를 알고 싶지 않은 물건과 카메라를 가방에 바리바리 싸 들고 애월읍 쪽에 며칠 볼일이 있다며 뛰쳐나갔다. 그곳은 여자의 머리가 놓여 있는 장소였으며 며칠 뒤 군인들이 잔뜩 탄 지프 무리가 향한 곳이기도 했다. 방을 아예 빼 버리지 않은 까닭은 아마 숙박료가 헐값이고 짐을 둘 장소가 필요했기 때문인 모양인데, 정신없이 서두르느라 선에게 맡긴 상자를 돌려 달라고 말하는 걸 깜빡한 모양이니 다행이라면 다행이었다.

4. 삭(朔)

　그날 여자는 그렇게 웃고, 선과 작은 속삭임을 나누다가 손가락만 한 여자들을 다시 몸에 흡수하고 떠났다. 선은 뒤척이다 잠을 설쳤고 교대 시간에 20분 늦게 도착했다. 전 근무자가 잔뜩 화난 표정으로 뭐라 했던 것도 같았다. 하지만 기억에 남지 않았다. 별로 중요한 말은 아니었을 것이다. 늦는 일이 잦아지자 전 타임 근무자는 이제 교대 시간이 되기도 전에 짜증스러운 메시지를 보내오기 시작했다. 울리는 진동이 지겨워 선은 핸드폰을 꺼 버렸다.

　선은 멍한 정신으로 숙소 바닥에 홀로 누워 하루를 흘려보냈다. 어떤 말과 생각도 선에게 닿지 못하고 그저 스쳐 지나가 버렸다. 아무것도 하지 않고 컨테이너 안에 누워 있는 동안 마음 밑바닥에 우울이 침전물처럼 고였다. 그전이라고 특별히 생산적으로 살아오진 않았지만, 이렇게까지 상상 속에서만 살진 않았다. 선은 머릿속으로 여자를, 그리고 그와 나눈 대화를 떠올리고 또 떠올리며 그 속에서 살았다.

별들 사이를 걸어오는 자. 선은 그 말을 입속으로 읊조렸다. 걸어오는 자.

어디를? 하고 선이 물었을 때, 여자는 손을 들어 하늘과 땅, 그리고 바다를 가리켰다. 정확하게는, 밤하늘과 제주도, 그리고 그들이 서 있던 해변에서 뻗어 나가는 바다 쪽을 가리켰다.

선은 걷는 이유에 대해서는 묻지 않았다. 어쩌면 그 게스트 말이 맞을지도 몰랐다. 여자는 정말 지구를 재방문한 존재일지도, 우리가 어떻게 사는지 보러 온 것일지도 모른다. 하지만 선에게 보다 중요한 것은 여자가 앞으로도 걸어갈 것이라는 점이었다.

여자는 여길 떠날 것이다. 그렇게 생각하니 손가락 하나 까딱할 힘이 나지 않았다. 그리고 선은 여자가 언제 떠날지도 알고 있었다.

나는 걸어갈 거야. 일주일 뒤에.

그날 여자는 바다를 가리키며 그렇게 말했다. 정확하게 '일주일 뒤'라고 말하진 않았다. 여자는 상당히 모호하고 제한적인 어휘를 사용했고 선은 그 내용을 통해 7일 뒤라는 날짜를 추측했다. 실제로 여자는 '달이 일곱 번 뜨고 지면' — 이런 식으로 말했던 것이다.

여자의 얼굴을 한 방문자

마음에 한 가지 걸리는 점이 있다면, 일주일 뒤는 삭일이었다. 달이 아예 뜨지 않는 날. 7일에 그날을 포함해야 하나 말아야 하나? 여자는 일주일 뒤에 떠날 것인가, 아니면 그다음 날 떠날 것인가? 선은 후자가 맞아서 여자가 제주도에 하루 더 머물기를 바랐다. 선은 여자가 이곳을 떠나 어디로 갈지 몰랐다. 육지로 갈지, 동해를 지나 태평양으로 향할지, 대륙으로 향할지, 아무것도.

녹색 여자는 떠나기 직전 선의 뺨을 부드럽게 쓰다듬고, 살짝 토닥여 주었다. 우주에서 온 여자가 인간이 이해할 수 있는 그런 일반적인 몸짓을 어디서 배워 왔는지, 어떻게 선이 이해할 수 있는 언어를 사용하는지, 그저 계속 궁금해하며 풀지 못하는 미스터리로 남겨 둘 수 있었다. 제주도의 다른 곳에 여자가 있다는 사실을 알지 못했다면 말이다.

선은 너무나 쉽게 상상할 수 있었다. 영화에서 본 적이 있다. 컨테이너, 분명 컨테이너겠지. 임시 연구소이고 임시 건물일 테니까. 더군다나 제대로 된 건물을 짓기 어려운 곳이었다. 그러니 컨테이너 몇 개를, 그나마 컨테이너 중 가장 튼튼하고 큰 것을 이어 붙여 연구소로 삼았을 것이다. 안에는 연구진들이 있을 터이고, 이곳에 오고 싶어 안달이 난 교수나 학자들 중 최고만 선발해서 데려왔을 게 분명했다. 그들은 제주도 어딘가에서 확보한 녹색 여자를 실험실 안에 집어넣고, 선발된 연구자 한 명, 혹은 두 명을 붙여 대화를 시도하려 했을 것이다. 최소한 한 명은 언어학자일 것이다. 달리 누구겠는가.

그들은 지독히 사교적으로 웃으며, '퍼스트 콘택트'에 나선 인류 대표에게 어울릴 법하게 웃으며 여자에게 다가간다. 그리고 대화를 위해 여자에게 지구의 언어 체계와 몸짓을 조금씩 알려 주기 시작한다.

그리고 나머지 이들은 매직미러 건너편에서 그 모습을 지켜보며 기록한다. 그러다 녹색 여자가 하나 더 있다는 사실을 알아내고, 떨어져 있는 두 여자가 각자 알게 된 사실을 공유한다는 것, 그리고 사실은 둘이 하나의 존재라는 것도 알게 되고, 다른 여자들이 제주도에 더 있을지도 모른다는 가능성에 생각이 미쳐 군인들을 가득 실은 차를 내보내 수색을 시켰을 것이다. 선은 그 모든 과정을 상상할 수 있었다. 아마 여자는 노골적이고 과장된 환대의 미소를 짓는 법을 그들에게서 배웠으리라.

*

슬픈 점은, 일주일 뒤 여자가 떠나리라는 사실 다음으로 서글픈 점은 여자가 떠나는 날 선은 그 자리에 있지 못한다는 것이었다. 일주일 뒤는 선의 근무 날이었다.

선은 여자가 보여 주었던 환상을 기억했다. 이곳을 떠나는 거대한 여자가 마지막으로 발을 디딜 자리는 작고 인적 없는 그 해변이었다. 그것이 여자가 이 근처를 돌아다니고 있던 이유일 것이다. 거대한 발을 디딜 경로를 미리 찾아 두기 위해. 여자에게는 모래알처럼 작은 선이나 다른 사람들, 그들이 사는 집과 건물을 밟지 않고 바다로 걸어가기 위해.

선은 조금 위험하더라도 여자가 떠나는 날 그 자리에 있을 수 있기를 간절히 바랐지만 그럴 수 없었다. 아마 선은 그때 야간 근무를 서고 있을 것이다. 선은 편의점으로 가야 했다.

여자는 더 이상 해변에 나타나지 않았다. 해가 져도
발자국 소리가 들리지 않는 저녁 시간 동안 선은, 하루
휴가를 낼 수도 대타를 서 줄 친구를 구할 수도 없는 현
실을 회피하며 바닥에 들러붙어 있었다. 끝도 없이 뻗어
나가던 생각은 요란하게 울리는 핸드폰 진동에 깼다.
선은 무심결에 시계를 보았다가 편의점에 도착했어야
할 시간으로부터 이미 1시간 넘게 지났음을 깨달았다.
공상에 잠겨 있던 머리가 순식간에 현실로 끌려 내려왔
다. 선은 벌떡 일어나 핸드폰을 쳐다보다가 양손에 얼굴
을 파묻었다.

망했다. 제대로 망했다. 전 타임 근무자에게 어떤 욕
을 먹어도 할 말이 없었다. 어쩌면 잘릴지도 몰랐다. 차
마 전화 받을 엄두를 내지 못하고 머뭇거리는 사이 진동
이 멈췄다. 그리고 곧 다시 울리기 시작했다. 일단 사과
부터 해야겠다는 생각에 떨리는 손으로 전화를 받았다.

"선아!"

혜은 언니였다. 예상치 못한 목소리에 준비하던 사과
의 말은 나오지 못하고 멈춰 버렸다. 선은 당황해서 더
듬듬 말했다.

"어, 언니?"
"너 지금 어디야!?"

언니가 다급하게 말했다. 선은 언니를 피하던 것도 잊
고 무심코 대답했다.

"어, 저… 스타스카이 게스트하우스요?"

달리 어디겠어요. 하고, 선은 생각했다.

"게스트하우스? 여자 스태프 숙소? 그 컨테이너?"

"네."

"선아, 잘 들어. 혹시 거기서 나와서 갈 데 있어?"

모골이 송연했다. 혹시, 설마, 언니가 그 여자에 대해서 무언가 알고 있는 건가? 어떻게? 그때 수화기 너머로 지운의 목소리가 어렴풋이 들렸다. "혜은아 진정해. 별거 아닐 수도 있어…." 혜은은 그를 무시하고 계속 말했다.

"선아, 사장님이 거기 그 건물이 자기 친구분 거라고 했던 거 기억나? 그런데 아니래. 지운이 얘기로는, 지운이 큰아버지랑 그 건물 주인이 아는 사이였는데, 몇 달 전에 자살하신 분이라는 거야."

"네?"

"그걸 지금 누가 쓰고 있다니, 무슨 소리냐. 뭔가 이상해. 남자 스태프들처럼 하우스 지하에 묵어도 되는데, 분명 여분의 방이 있는데 대체 왜 굳이 멀리 떨어진 데에 숙소를 마련해 주냔 말이야. 그것도 거짓말까지 해 가면서? 그리고 잠시만, 잠시만 끊지 말고 내 말 좀 들어 봐. 응?"

언니는 선이 말을 다 듣지 않고 전화를 끊을까 두려운 듯 빠르게 말을 쏟아 냈다. 그가 이어 말한 내용은 하우스를 나간 이유였다. 게스트하우스에서 나간 것은 절대 선과 지내는 것이 불편해서가 아니었다고, 계속 말하려고 했는데, 진작 말했어야 했는데 기회가 없었다고. 제주도에 운석이 떨어지기 전부터 하우스에는, 혜은을 대하는 사장의 태도에는 줄곧 뭔가 불편한 부분이 있었고,

그래서 다른 스태프들보다 돈을 더 많이 받고 있었음에도 나와야겠다 생각하고 있었다고, 지운과 만나는 동안 나올 이유가 하나 더 생겼을 뿐이라고. 오히려 선이 들어왔기 때문에 나올 날짜를 미루고 있었다고. 그리고, 그리고, 네게 미안하다고.

선은 전화를 끊고 컨테이너 안을 돌아보았다. 좁은 방 안에 떠나기 전 언니가 주고 간 물건들이 널려 있었다. 어떻게 이렇게 준비도 없이 내려올 생각을 했냐 타박하며 틈틈이 쥐여 준 스킨과 헤어 에센스, 담요, 심지어 소형 드라이기와 핫팩, 독서등까지.

손안에서 핸드폰이 진동하며 문자가 온 것을 알렸다. 사장, 게스트하우스의 사장이 아니라 편의점 사장이었다. 선을 책망하는 데 에너지를 낭비하고 싶지도 않다는 투의 사무적인 문자였다.

잦은 지각과 한 번의 무단결근, 그리고 근무 태만으로 선은 해고당했다. 편의점 아르바이트 일을 오래 했다더니 일하는 내내 일 처리도 미숙하고 실수도 잦았으며 심지어 성실하지도 못했다고, 이번 달 남은 급여는 받을 생각도 하지 말라는 짧은 꾸짖음이 문자 말미에 붙어 있었다. 선은 핸드폰 화면을 껐다.

*

삭일, 선은 도리어 차분하게 가라앉았다. 최소한 이제 여자가 떠나는 걸 볼 수는 있게 되었다. 여자가 떠난 뒤엔… 그 뒤엔…. 그건 나중에 생각하자. 그때 누군가 컨테이너의 문을 두드렸다. 사장이었다. 게스트하우스의 사장이 문가에 서 있었다.

"선아, 오늘 늦게 시간 돼?"
"무슨 일이신데요?"
"이번에 창고 정리를 했거든. 물건 나온 거 여기 쌓아 두려고. 애들 시키려고 했는데 늦은 시간에 또 일 시키기 좀 그래서. 너 알바 가기 전에 좀 도와주고 가. 안 늦게 내가 태워다 줄게."

사장은 '여기'라고 말하며 컨테이너 옆 건물을 가리켰다. 선은 살짝 사장의 눈치를 보았다.

"친구분 건물…, 계속 써도 돼요?"
"괜찮아. 잠깐 뒀다가 바로 치울 건데 뭐."

사장은 손사래를 치며 가까이 다가왔다. 선은 무심결에 사장이 들어오는 것을 몸으로 막았다. 컨테이너가 작아서 문가에서도 방 안이 훤히 들여다보였다. 하필 옷을 말리고 있던 중이었다. 양말과 셔츠, 속옷을 바닥에 펼쳐 놓고 있었는데.

"죄송해요. 힘들 것 같아요."
"왜?"
"만나기로 한 사람이…."
"그 시간에? 솔직하게 말해."

사장이 다그치듯 말했다.

"너무 피곤해서요. 죄송해요."
"아니 피곤하다면서 알바는 어떻게 가려고?"
"잘렸어요."

사장은 눈을 크게 떴다. 새까만 눈썹이 씰룩였다. 사

장은 키가 크진 않았지만 어깨가 굉장히 넓고 팔뚝이 굵었다. 문틀에 올린 커다란 손과 짧은 손톱. 선은 주먹을 꽉 움켜쥐었다.

"그랬구나. 미안, 그래 쉬어, 쉬어."

'쉬어'를 너무 빨리 발음해서 '셔, 셔'처럼 들렸다. 사장이 떠난 후 선은 숨을 크게 몰아쉬었다.

*

그날 밤 해변이 한눈에 들어오는 자리에서 선은 한참을 기다렸다. 달이 뜨지 않는 밤은 어두웠다. 가로등과 여자의 몸에서 나오는 녹색 빛이 길을 밝히고 있었지만 사방이 평소보다 조금 더 깜깜하게 느껴졌다.

몇 시간 동안 차가운 밤바람을 맞으며 기다렸는데 아무런 일도 일어나지 않았다. 잠든 여자는 꿈쩍도 하지 않았고 사방은 고요하기만 했다. 오늘이 아닌가 보다. 선은 맥이 탁 풀렸다.

뻐근한 몸을 일으켰다. 저 멀리 한라산을 베고 누운 여자의 실루엣이 보였다. 긴장이 풀리자 입가에 미소가 떠올랐다. 손을 쥐었다 펴려고 하니 힘이 잘 들어가지 않았다. 우스운 일이었다. 선은 자신이 긴장하고 있다는 사실조차 몰랐다.

선은 안에 들어가서 따뜻한 차라도 한 잔 마시며 몸을 녹여야겠다는 생각을 하며 발걸음을 옮겼다. 숙소에는 작은 전기 주전자가 있었다. 머그 컵 두 잔만큼의 물을 끓일 수 있는 주전자였다.

걸어가던 선은 숙소 앞에 녹색 여자가 서 있는 것을 발견했다. 자신의 후드티 모자를 꾹 눌러쓴 채로, 그리고 부드러운 발소리를 내는 맨발 차림으로 컨테이너 앞에 서 있었다. 선은 자신의 맥박이 뛰는 소리를 들을 수 있었다. 여자는 생각에 잠긴 눈으로 컨테이너를 바라보고 있었다. 여자는 무슨 생각을 하고 있을까? 그도 인간처럼 사고할까? 그렇다면 혹시 선을 생각하고 있는 것일까? 어쩌면… 여자는 작별 인사를 하러 온 것일까. 떠나기 전 마지막으로 선을 보러 온 걸까.

선은 반가운 마음에 여자를 부르기 위해 입을 열었다가 뭐라고 불러야 할지 몰라 입을 다물었다. 하지만 여자가 먼저 선을 돌아보았다. 다가오는 선의 발소리를 들은 것이다.

그리고 여자는 웃었다. 선의 가슴이 두근거렸다. 착각이 아니었다. 여자는 그를 보러 온 것이었다. 여자는 선을 보러 왔고 또 선을 보고 웃었다. 선의 미소도, 과학자들이 짓는 지독하게 사교적인 미소도 아닌, 여자 자신만의 웃음을 얼굴에 띄우고 있었다. 그를 보며 선은 바보처럼 웃고 말았다. 하지만 선의 미소는 이내 새파랗게 얼어붙었다.

사장이 컨테이너 뒤편에서 나타났을 때, 선에겐 "안 돼!"라고 외칠 틈조차 없었다. 사장이 여자의 머리 위로 각목을 치켜들었다.

퍽 하는 소리가 한참 떨어져 있던 선에게까지 들렸다. 여자는 머리를 얻어맞고 휘청거리며 쓰러졌다. 사장은 비명을 지르는 선과 선의 후드티를 입은 여자를 어리둥

절하게 쳐다보다가 후드를 걷어 올렸다. 하지만 바닥에 널브러진 옷 안에 여자는 없었다. 여자는 쓰러지는 순간 녹아 녹색 액체로 변해 버렸다.

"뭐야."

사장은 고개를 들어 올렸고 선과 눈을 마주쳤다. 선은 희번덕거리는 사장의 눈을 보고 달아나야 한다는 것을 깨달았다.

선은 뒤돌아 달렸다. 오른편엔 깊은 밤바다가, 왼편엔 새까만 산이 펼쳐져 있었다. 사장은 선을 쫓아오고 있었다. 어떻게 해야 하지? 인적이 드문 곳이었다. 비명을 질러도 도와줄 사람이 없었다. 가장 가까운 건물은 게스트하우스인데 그곳은 사장의 집이고 얼마 안 되는 게스트들은 이 시간엔 잠들어 있을 것이다…. 사장은 선보다 훨씬 빨랐고 아마 몇 초 안에 붙잡힐 것이다. 어떻게 해야 하지, 어떻게… 어떻게….

선의 생각이 가까스로 주머니에 있는 핸드폰에 닿았다. 덜덜 떨리는 손으로 꺼내 전화를 걸려 했지만 사장에게 따라잡힌 것이 먼저였다. 사장은 선을 깔아뭉개며 핸드폰을 뺏어 끄고 먼 곳으로 휙 던져 버렸다. 액정이 박살 나는 소리가 들렸다.

사장은 각목 없이도 충분히 선을 제압할 수 있다고 생각했는지 각목을 던져 버린 채였다. 그리고 그 판단은 옳았다. 사장의 체중은 선의 두 배가 넘었다. 몸으로 짓누르기만 했는데도 선은 그대로 갇히고 말았다. 넘어지면서 바닥에 머리를 세게 부딪혔는데 너무 아파 눈에 눈물이 고였다. 악 비명을 지르자 사장은 한심하다는 듯 선을 내려다보았다.

"씨발, 하여간 이래서 곱게 자란 년들은."

사장의 눈에는 흥분된다는 기색이 역력했다. 머릿속이 하얘졌다. 생각이 들지 않아서가 아니라 너무 많은 생각이 들어서였다. 선 자신조차 의식의 흐름을 따라갈 수 없을 만큼 수많은 생각과 감정이 터져 나왔다. 두려움과 분노, 역겨움으로 점철된 날것 그대로의 감정이 선 안에서 소용돌이치다가 이윽고 주체할 수 없는 흐느낌이 되었다. 선은 이를 악물었다. 잇새로 더운 숨이 드나들었고 눈물이 눈꼬리를 타고 흘렀다.

선은 그때 땅이 진동하기 시작했다는 걸 몰랐다. 그 상황에서 자신 위에 올라탄 남자 외에 다른 것에 신경 쓰기란 불가능했으니까. 하지만 사장은 조금만 주의를 기울였다면 알 수 있었을 것이다. 대지가 울리고 쿵쿵거리는 소리가 들려오기 시작했다는 것을, 마치 지진과 벼락의 징조처럼 장엄한 소음이 울려 퍼지고 있으며 그 진원지가 그들에게 다가오고 있음을, 주위를 조금만 신경 썼다면 그는 충분히 알 수 있었다. 하지만 그때 사장은 선의 목으로 손을 옮겨 힘을 주는 데 온 신경을 썼다. 그 결과 도망칠 수 있는 마지막 기회를 놓치고 말았다.

쾅 하고 귀청이 찢어질 듯한 굉음이 나면서 천지가 흔들렸다. 선의 몸이 한 차례 튀어 올랐다가 땅에 세게 부딪혔다. 사장은 억 소리를 지르며 그의 옆으로 나뒹굴었다. 그리고 다시 어마어마한 소리와 함께 둘의 몸이 튀어 올랐다. 선은 비틀거리며 일어섰다. 머리가 어지럽고 숨을 쉴 때마다 온몸이 깨질 듯 아팠다. 최소 어디 한 군데 부러진 게 확실했다.

선은 고개를 들었다. 눈물과 아픔으로 흐릿한 시야 너머로 하늘 절반이 강렬한 녹색 빛으로 물들어 있는 것이 보였다. 너무 거대해서 확신할 수 없지만 형체의 끝이 다섯 갈래로 갈라져 있는 것도 같았다. 선은 상황을 이해했다. 웃을 때가 아닌데도 웃음이 나올 것만 같았다. 눈물을 줄줄 흘리며 웃고만 싶었다.

상상력은 근육과 같아 자주 쓸수록 능숙히 다룰 수 있다. 선은 마음속으로 그리고 또 그렸기 때문에 아픔에 정신이 나갈 것 같은 와중에도 여자를 눈앞에 있는 것처럼 생생하게 그려 낼 수 있었다.

선은 여자의 거대한 손가락을 상상했다. 모래알처럼 작은 인간을 터뜨리지 않고는 잡을 수 없을 만큼 거대한 녹색 손가락을 상상했다. 선과 사장이 붙어 있다면 여자는 둘을 구분해 잡을 수도 없었을 것이다. 선은 여자의 손바닥이 땅을 내리치는 상상을 했다. 한 번, 그리고 두 번. 땅이 진동해서 모래알만 한 둘을 떨어트려 놓을 때까지.

선은 비틀거리며 한 걸음 한 걸음 사장에게서 멀어져 바다 쪽으로 걸어갔다. 그 순간 사장이 선의 머리채를 잡았다. 선은 균형을 잃고 쓰러졌다. 후들거리는 무릎이 땅에 아프게 쓸렸다. 사장은 겁에 질린 얼굴로 숨을 몰아쉬며 하늘을 올려다보았다.

"이게 뭐야…?"

다시 한번 천둥소리와 함께 땅이 흔들렸다. 사장은 비

틀거리다가 선과 선을 잡고 있는 자신의 손을 보았다. 그의 얼굴에 무언가 이해한 것 같은 표정이 떠올랐다.

"야 잠깐만-"

사장이 무언가 말하려는 듯했다. 하지만 선은 그가 뭘 말하려고 했는지 영영 알 수 없게 되었다. 마지막으로 들려온 쾅, 소리는 여태껏 들려온 세 번의 굉음을 합친 것보다 더 커서 다른 모든 소리를 덮어 버렸고 거기엔 어쩐지 분노가 실려 있는 것 같았으며 둘은 바다에 너무 가까이 있었기 때문이었다.

선은 자신의 몸이 물에 빠지며 내는 풍덩 소리를 듣지 못했다. 그의 멍한 귀에 들린 것은 삐- 하는 이명과 미친 듯이 두근거리던 스스로의 심장 소리뿐이었다. 그는 차디찬 바닷물이 등을 아프게 때리는 것을 느꼈다. 그리고 주변이 온통 새까맣게 변했다. 선은 밤바다에 삼켜졌다.

*

몸을 움직일 수가 없다. 팔다리에 힘이 들어가지 않았다. 손가락을 움직여 보려 했지만 그것조차 불가능했다. 몸의 살점이 녹아내리는 것처럼 아팠다. 숨을 쉴 수가 없었다.

그는 밤바다에 빠졌다. 가라앉고 있다. 끝없이, 끝없이… 물속으로…. 하지만 왜 물이 초록색인가…? 사람 체온과 같은 따뜻한 무언가가 선의 몸을 조심스럽게 감싼다….

여자의 얼굴을 한 방문자

5. 에필로그

선이 깨어난 것은 모든 일이 끝나고 난 뒤였다. 선은 팔에 링거 바늘을 꽂은 채 병원 침대에서 간신히 눈을 떴다. 문병을 온 언니는 선의 얼굴을 보자마자 울음을 터뜨렸고 지운이 달래 준 후에야 겨우 이야기를 들려줄 수 있을 만큼 진정했다.

선이 건 전화는 미처 신호 한 번이 가기도 전에 끊어졌다고 했다. 하지만 한밤중에 울린 벨 소리에 진작부터 뭔가 이상하다고 생각했던 언니는 선을 보러 가야겠다고 고집을 피웠다. 결국 지운은 언니의 고집을 꺾지 못하고 운전대를 잡았다.

그 시간에 밤길을 한참 달려 게스트하우스 인근에 도착한 둘이 목격한 것은 어마어마한 굉음을 내며 갈라지는 땅과 무너지는 산과 숲, 그리고 대지를 내리치는 거대한 녹색 손이었다. 도망가야겠다는 충동이 들었지만 그들이 머뭇거리는 사이에 이미 달려온 도로가 무너져 돌아갈 수 없게 되고 말았다. 그래서 필사적으로, 지운의 표현에 따르면 "타이어에 불이 나도록 액셀을 밟아" 하우스에 도착했더니 거대한 녹색 손 하나가 그들을 가로막았고 다른 손이 물에 젖은 의식불명 상태의 선을 그들 앞에 내려놓았다는 것이다.

언니는 지운이 말릴 틈도 없이 차에서 튀어 나가 선이 살아 있는지부터 확인했다. 그리고 저 높은 곳에서 언니를 내려다보는 두 개의 달과 같은 녹색 눈과 마주쳤다. 거대한 눈의 주인은 언니와 지운이 선을 차에 싣는 것을 확인하고 몸을 일으켜 가 버렸다.

그들이 들려준 이야기는 거기까지였다. 적어도 신비로운 이야기는 거기까지였다. 그다음은 모두가 짐작할 수 있을 법한 이야기였다. 지운은 다시 급히 차를 몰아 가까운 병원으로 향했고 선은 입원했으며 의사들은 선의 가족에게 연락을 취했다. 그게 다였다. 언니는 훌쩍이며 선을 끌어안으려 했지만 옆에서 들려온 헛기침 소리가 언니를 제지했다.

선의 아버지는 선이 깨어나는 순간부터 옆에 앉아 있었다. 선이 눈을 떴을 때 그는 이렇게 말했다.

"넌 늬 엄마한테 고마운 줄 알아야 해."

아버지는 크게 혀를 찼다.

"엄마 아녔으면 내려오지도 않았을 거다. 밤마다 엄마가 얼마나 울었는지 알아?"

선은 몇 달 만에 만나는 아버지의 얼굴을 보며 가만히 눈을 깜빡이다가 다시 눈을 감았다.

언니는 병실을 떠나기 전 아버지의 눈치를 보다 선에게 속삭였다.

"대체 무슨 일이 있었던 거야…?"

선은 언니의 질문이 여자에 관한 것인지, 아니면 아버지에 관한 것인지, 혹은 다른 무엇에 관한 것인지 알 수 없어 그저 고개를 저었다.

"저도 잘 모르겠어요, 언니."

언니는 선의 표정을 보고 눈물이 그렁그렁한 눈으로 그를 꽉 끌어안아 주었다. 언니는 아버지가 쏘아보는 것

여자의 얼굴을 한 방문자

도 무시하고 그의 귀에 속삭였다.

"무슨 일 있으면 연락해. 꼭. 일 없어도 연락해. 알았지?"

선도 한참 망설이다 용기를 내어 언니를 살짝 안았다. 아버지의 눈은 계속 언니에게 꽂혀 있었다. 언니가 나가며 지운의 손을 살짝 잡는 것을 볼 때까지 한참.

언니에게 그 여자는 어떻게 되었는지, 그다음 이야기를 묻지 않은 것은 그럴 필요가 없었기 때문이다. 병실에도 TV는 있었다. 어떤 채널을 틀든 그 이야기가 끝도 없이 나왔다.

뉴스 앵커는 침울한 표정으로 갑자기 눈을 뜨고 폭주한 그 괴생물체에 의해 제주도가 얼마나 큰 피해를 입었는지, 몇 채의 집과 건물이 무너지고 몇 명의 사상자가 발생했는지 발표했다. 너무 많이 들은 나머지 선은 그 내용을 외울 수도 있겠다고 생각했다. 그리고 모든 뉴스는 이렇게 끝을 맺었다. '폭주의 원인은 아직 찾아내지 못했지만, 그럼에도 미리 대비책을 세워 놓은 군 덕분에 그 괴생물체를 사살할 수 있었다.'라고.

여자는 살해되었다. 여자는 그날 밤 혜은 언니와 지운 앞에 선을 내려놓고 먼바다로 걸어갔고 그곳에서 죽었다. 죽은 여자는 엄청난 뉴스거리였다. 뉴스는 오랫동안 여자에 대해 떠들어 댔고 선은 전후 사정에 대해 자세히 알 수 있었다. 여자는 제주도에서 조금 떨어진 바다에 나간 상태에서 죽었기 때문에 시체가 섬을 덮쳐 추가적인 피해를 입히는 일은 없었다. 다만 시체를 연구하려던 과학자들은 실망을 금치 못했는데 여자가 사망 직후 반투명한 액체로 변해 바다와 섞여 버렸기 때문이다. 외계 액체가 지구 생태계에 끼칠 영향에 대한 우려의 목소리가 오가는 와중에 잃어버린 나뭇가지 하나를 애타게 찾는 글이 인터넷에 올라왔다가 홍수처럼 밀려오는 다른 글들에 휩쓸려 사라졌다.

소란 속에서 선은 스타스카이 게스트하우스의 사장이 어떻게 되었는지도 들을 수 있었다. 그는 바다에 빠져 실종 처리되었고 '제주도 괴생물체 사건'의 공식적인 피해자 중 한 명이 되었다. 선은 증언을 받기 위해 병원을 찾아온 경찰에게서 좀 더 자세한 설명을 들을 수 있었다. 사장은 자기 입으로 떠들어 댄 말과는 다른 사람이었다. 금융 일을 한 적도 없었고 은퇴해서 제주도로 내려온 것도 아니었으며 단지 두 차례의 성범죄 전과를 숨기고 하우스 관리인으로 일하고 있던 사람에 불과했다. 하우스의 진짜 사장에게 돌아갈 몫을 횡령하고 있다가 그 사실을 들키고, 괴생물체 일로 관광객이 감소하면서 하우스의 수입이 크게 줄자 제주도를 뜰 결심을 하고 범죄 계획을 세운 것 같다고, 경찰은 설명했다. 아버지는 책망하는 눈으로 선을 쳐다보았다.

*

아버지는 선에게 그리 많은 말을 하지 않았다. "이 카드로 니 병원비 계산해라.", 혹은 "비행기는 월요일 밤 10시다." 같은 짧은 문장만 던졌다. 선은 오직 한 가지 대답만 했다. "알았어요."

제주도를 떠나는 밤에는 보름달이 떴다. 뉴스는 군이

여자의 얼굴을 한 방문자

여자를 어떻게 죽였는지 자세히 말해 주었는데 결론부터 말하자면 폭탄이었다. 그만한 크기의 생명체를 부수는 데 그만큼 효과적인 물건도 없으리라. 만일을 대비해 잠든 여자의 몸 곳곳에 폭발물을 심어 놓았다고 했다. 어찌 된 영문인지 자연적으로 배출되어 여자의 몸 안에는 약 15%밖에 남아 있지 않았지만 그 정도로도 여자를 죽이기엔 충분했고, 배출된 폭탄들은 다행히 인적이 드문 곳에 모여 있어 폭발을 일으켰어도 인명 피해가 나지 않았다 했다.

15%. 약 7분의 1. 선은 지프차를 타고 돌아다니던 군인들과 자신이 준 옷을 입고 밤에만 돌아다니던 여자를 떠올렸다. 그리고 선은 어두운 밤, 작은 여자들이 푸른 빛에 의지해 돌아다니며 스스로의 거대한 몸에 있는 폭탄을 뽑아내 사람들이 없는 곳에 쌓아 두는 모습을 상상했다.

결국 삭일은 세지 않는 것이 맞았다. 여자에게는 달빛이 있는 일곱 번의 밤이 필요했던 것이다.

선은 입술을 깨물었다. 그날 밤 삭월이 아니라 저 보름달이 떴다면 뭔가 달라졌을까. 아니, 여자에게 달빛이 필요했을 거란 전제는 그냥 선의 상상이었다. 애초에 몸에서 빛이 나는 존재에게 달빛이 필요할 리 없었다. 선은 그렇게 믿으며 이를 악물었지만 비행기가 제주도를 떠날 때 조금 흐느껴 울고 말았다.

이륙 직후에 선은 아버지 옆에서 눈을 감고 자는 시늉을 했다. 너무 지쳐 있었기에 자는 척을 하다가 진짜로 잠이 들어 버리고 말았다.

잠이 든 동안, 선은 자신이 잠들어 있다는 걸 알았다. 그만큼 아주 얕은 잠이었다. 여전히 귓가에 비행기 엔진이 웅웅거리는 소리가 들렸고 빳빳한 의자 등받이 때문에 허리가 아팠다. 어렴풋이 남아 있는 옅은 의식 속에서 선은 꿈을 꾸었다. 꿈이 으레 그렇듯 꿈속에서 선은 모든 것을 설명 없이도 즉시 알아차렸다.

꿈에서 여자는 여전히 살아 있었다. 제주도에서 죽은 거대한 여자는 여자의 진짜 모습이 아니었다. 그날 해변에서 여자가 뱉어 낸 작은 개체처럼 여자의 진정한 본체에서 갈라져 나온 모습이었다. 여자의 진짜 모습은 따로 있었다. 온전한 여자의 크기는 어지간한 행성의 위성만 했다. 혜성과 함께 왔지만 너무 거대해서 지구로 내려오지 못하고 달 뒤에 숨어 있었다.

꿈속에서 선은 거대한 열 개의 녹색 손가락이 보름달의 가장자리를 붙잡고 올라오는 것을 보았다. 여자의 얼굴이 달 뒤에서 나타나고, 천문학적으로 거대한 두 눈이 자신을 바라보며 부드럽게 휘어지는 것을 보았다. 여자는 싱긋 미소를 짓더니 달에 턱을 괴고 선에게 윙크를 했다.

선은 비행기가 착륙하는 진동음에 잠에서 깨어났다. 아버지는 짐을 챙기더니 선을 기다리지 않고 먼저 내렸다. 선은 승객 중 가장 늦게 내렸다.

비행기에서 내린 선은 김포공항의 활주로가 온통 녹색으로 물들어 있는 것을 보았다. 보름달의 빛이 연하고 투명한 초록색으로 빛나고 있었다. 선은 같은 비행기에서 내린 승객들이, 활주로에서 안내봉을 휘두르던 직원

들이, 먼저 내린 아버지가 멍하게 하늘을 올려다보고 있
는 것을 보았다. 경악으로 크게 벌어진 입과 공포로 크
게 뜨인 눈을 보았다. 아버지의 손이 가늘게 떨리고 있
었다. 선은 용기를 내어 고개를 들고 밤하늘을 보았다.
선은 자신이 무엇을 보게 될지 이미 알고 있었다.

그는 이 이야기가 어떻게 끝날지 모른다. 당신은 알고
있는가?

마지막 퇴근은
손님들과 함께

정세호

황금가지의 《한국 공포문학 단편선-돼지가면 놀이》에 <낚시터>를 수록하고 웹진 '크로스 로드'에 <연을 날리는 시간>을 게재했다. 과 학 및 액션 소재 단편소설 공모전 최우수상 을 수상한 <지하실의 여신들>은 황금가지 의 《대전!-과학 액션 융합 스토리 단편집》 과 작은책방의 《조커가 사는 집》에 각각 수록되었다. 이후 이 작품은 제1회 SF어 워드 단편소설 부문 후보작에 선정되 기도 했다.

1.

"폐점하고 싶습니다."

우석은 눈을 내리깔고 말했다. 도정환 SC는 자기도 모르게 이맛살을 찌푸렸다.

"진심이세요?"
"뭐라 하셔도 상관없어요. 더는 못 기다립니다."
"점주님."

정환은 한숨을 쉬었다.

"이번 달 정산서 보셨죠?"
"그건 왜 묻습니까."
"전국 팔도 다 뒤져 보세요. 이 매출에 폐점할 점주가 있는지."
"상관없습니다. 내용증명도 써 놨고, 내일이라도 송부할 테니 진행해 주세요."

"점주님, 쫌. 나 좋자고 하는 말도 아니고 너무 아깝 잖아. 임시로 사람을 쓰더라도 좀 쉬시고, 병원에도 한번….."

정환은 말을 삼켰다. 그가 보기에도 우석은 정상이 아니었다. 언제부터인가 그는 덩치가 1.5배는 되는 정 환이 움츠러들 정도로 섬뜩한 눈빛을 냈다.

"압니다."

우석이 시선을 내리며 말했다.

"미친놈처럼 보이죠? 그래도 SC님은 이해해 주지 않을까 했는데 실수했네, 내가."

SC. 스토어 컨설턴트라는 낯선 직함이 입에 붙은 지 도 오래였다. 30대 중반이라는 비교적 젊은 나이에 점 주가 된 우석과 비슷한 또래인 정환은 본사 직원과 점 주 사이로서는 드물게도 죽이 맞는 편이었고, 언젠가 부터 대화의 절반을 반 존대로 나누고 있었지만 친구 라 할 만한 관계까지는 되지 못했다.

"아니, 저도 믿고 싶어요. 정 그러면 같이 야간이라 도 서 드리겠다니까? 제 딴에는 할 만큼 해 보려는 의지가 있단 말입니다. 근데 싫다면서요."
"소용없어요. 그 일은 저한테만 주어진 일입니다. 벗 어나려면 점포를 닫는 수밖에 없어요."

쥐꼬리만 한 매출, 세금과 보험료, 월세와 인건비는 두렵기는 할지언정 실체가 눈에 들어왔다. 계약서에 사인을 한 자신의 판단력을 저주한 적은 한두 번이 아 니었지만 지금만큼은 아니었다.

자영업자들은 다양한 이유로 점포를 정리한다. 최선을 다해도 대부분 결과는 좋지 않고, 예상치 못한 변수는 생각보다 자주 생긴다. 우석의 경우가 그랬다.

누군들 흔해 빠진 저매출 편의점에 사람 아닌 손님들이 찾아올 줄 알았겠는가.

2.

우석의 편의점은 후미진 주택가 한가운데에 있었다.

점포가 위치한 길엔 낡은 빌라들이 빽빽했다. 바로 앞에 작지 않은 체육공원이 있었지만 공원 입구의 마트 덕에 편의점으로 오는 고객은 적었다. 뛰어서 몇십 초면 다다를 곳에 위치한 타 체인의 경쟁점은 다른 거리와의 교차로 모퉁이에 자리해 인근 초등학교와 비교적 최근에 지어진 빌라, 아파트의 인구 유입을 차단했다. 누가 봐도 좋은 조건은 아니었다.

기대할 만한 구석은 있었다. 재개발 이야기가 떠돌았고, 멀지 않은 거리에 새로이 떠오르기 시작한 상권이 점포 인근까지 확대될 조짐이 보였다. 그리고 흔히 그렇듯, 기대는 보기 좋게 빗나갔다.

엉덩이가 무거워진 주민들 덕에 진행되지 않는 재개발과 일찌감치 시작된 젠트리피케이션으로 빛을 보기도 전에 주저앉은 상권에 대한 소식들을 듣고 우석은 오랜만에 술을 마셨다. 운영 중이었던 점포를 인수해 오픈했기에 초기 자금은 덜 들어갔지만 폐점 후의 위약금을 감당해 낼 만큼 재정 상태가 좋지는 못했다.

퇴직한 초등학교 교사 출신인 이전 점주는 부인과 함께 일을 하다 1년도 지나기 전에 건강을 이유로 운영을 포기했다. 무뚝뚝한 인상이 맘에 들지 않았던 남자였지만 지금 와서는 그의 선견지명이 우석보다 뛰어났음을 인정하지 않을 수 없었다. 그는 성공적으로 폭탄을 넘겼다.

어설픈 예측의 결과는 참담했다. 월요일부터 토요일까지 하루에 열네 시간을 버티고, 식당 일을 나가시는 어머니의 수입을 더해야 간신히 생활비 충당이 되었다. 책임져야 할 처자식이 없어 다행이라고 생각하는 스스로가 싫었다. 아버지가 남긴 재산은 작은 집뿐이었고, 일하지 않으면 지켜 나갈 수 없었다.

생각나는 수단을 다 써 봐도 매출은 제자리였다. 여름 성수기에 늘어난 매출은 비수기를 버티며 소진되었다.

많은 것을 바란 적은 없었다. 결혼은 포기한 지 오래였다. 어머니를 쉽게 해 드리고 싶을 뿐이었다. 불가능했다.

절망할 무렵, 그들이 찾아왔다.

"진태야, 나 좀 살려 줘라. 그걸 이제 말하면 어떻게 하냐!"

전화에 대고 소리를 질러도 죄송하다는 대답만 돌아왔다. 일요일 밤부터 목요일까지의 야간을 맡고 있는 아르바이트생 진태는 일주일 중 우석이 유일하게 숨을 돌리는 시간인 토요일 밤 퇴근 시간에 전화를 걸어 일요일 밤 근무를 서기 힘들다고 말했다.

예전에 일했던 아르바이트생들에게 연락했지만 모두 대리 근무를 거절했다. 금요일과 토요일 밤 근무를 서는 아주머니는 다른 일을 하고 있어 투입이 불가능했다. 구인 공고를 올려도 연락이 없었다. 결국 월요일 아침부터 오후 시간대를 맡아 줄 임시 근무자만 겨우 구한 채 육두문자를 주워섬기며 일요일 야간 출근을 해야만 했다.

"쌍놈의 새끼! 자른다. 잘라 버릴 거야."

말과 달리 마음은 움츠러들었다. 툭하면 늦는 데다 이런 사고까지 쳤지만 진태 정도나마 일을 할 줄 아는 야간 근무자를 구하기란 쉽지 않았다. 지금 인사 공고를 올리면 사람을 구하기도 전에 귀신같이 알고 먼저 그만둬 버릴지도 모른다. 본사는 그런 재난 상황에 도움을 주지 않는다. 무슨 일이 일어나든 혼자 감당해야 했다.

'왜 시작했을까.'

우석은 몇 번이고 했던 후회를 되새김질하며 교대를 하고 야간 근무를 시작했다. 일요일 밤이었지만 밤 10시에서 새벽 1시 사이는 비교적 바쁜 편이었다.

1시가 지나고 한 차례 빈 진열대를 채웠을 무렵 손님이 뜸해졌다. 우석은 한숨을 쉬고 카운터의 의자에 주저앉아 피로에 전 눈을 부비며 L자 형태의 점포 내부를 바라보았다. L자의 아랫면에 위치한 카운터 정면으로는 라면과 과자, 잡화 매대, 오른쪽으로는 유제품 등이 진열된 오픈 쇼케이스와 음료 워크인이 마주보고 있었다. 신제품을 진열하기 위해 비워 둔 자리를 제외하면 대부분의 상품이 정돈되어 빈틈이 없었다. 싫은 일이라도 지쳤다는 핑계로 대충 굴리고 싶지는 않았다.

'망하더라도 할 건 하고 망해야지.'

우석은 처음 사회생활을 시작했던 회사에서도 같은 마음으로 일했다. 국내 흥행엔 실패한 작품만을 보유한 작은 게임 제작사였지만, 괜찮은 해외 퍼블리셔 덕에 월급은 떼먹히지 않는 곳이었다. 아버지가 살아 계시던 때라 집안 사정도 조금은 나았다. 그렇기에 취미였던 음악을 업으로 삼아 보겠다는 꿈을 꿀 수 있었다. 약간이나마 희망을 가졌고, 가끔은 행복했었다. 지금은 끝난 시절이었다.

'아, 안 돼. 우울해지면 안 돼.'

우석은 스마트폰을 집어 인터넷을 켜고 가끔 가는 커뮤니티의 유머 게시판에 들어갔다. 값싼 웃음으로나마 기분 전환을 하고 싶었지만 처음 눈에 들어온 자료는 최근 세계 곳곳에서 발생 중인 연쇄 실종 사건에 대한 글이었다.

'세상 꿀꿀하긴 매한가지네.'

별생각 없이 자료 제목을 누르자 사건 기사의 일부를 발췌한 글이 눈에 들어왔다.

시작은 북유럽이었다. 석 달 전쯤 노르웨이, 스웨덴, 덴마크 등의 3개 국가에서 약 70명의 사람들이 사라졌다. 도시와 국가를 넘나들며 이어진 실종은 한 도시에서만 하룻밤에 다섯 건 가까이 발생하기도 했다.

요즘은 같은 양상의 사건이 북미와 중국에서도 일어나는 중이었다. 각국 경찰들이 대책을 마련하려 애썼지만 성과는 미미했다. 실종자들 사이에는 아무런 연고도 없었으며 다수의 사건이 발생했음에도 목격자 한 명 찾지 못했다. 정체가 파악되지 않은 범국가적 범죄 집단의 소행으로 추정된다는 노르웨이 경찰의 공식 발표가 있었지만 말 그대로 추정일 뿐이었다.

이미 실종은 사건이 아닌 현상에 가까워진 양상이었다. 황색 언론들은 물론이고 공신력 있는 언론들까지 초자연적인 관점에서 접근한 기사를 내는 중이었다.

우석은 피식 웃었다. 관심사가 다양했던 대학생 때라면 미스터리한 상황에 흥분했을 법도 하지만, 삶에 지친 지금은 '실종'이란 단어가 매력적으로 들리기까지 했다. 다른 자료를 보려 했을 때 출입문의 종소리가 들렸다.

"어서 오세요."

우석은 문을 열고 들어온 중년 남자 손님에게 긴장하며 인사를 했다. 벌겋게 달아오른 얼굴에 비틀대는 걸음걸이가 금방이라도 쓰러질 듯했다. 취객은 몇 번을 만나도 익숙해지지 않았다.

"박카스 어디 있냐."

우석은 30대 중반이 초면부터 반말을 들을 만한 나이는 아니라고 생각했으나, 편의점 점장은 개인적인 신념을 지키기에 좋은 직업이 아니었다.

"이쪽 맨 위 가운데 보시면 있습니다."

카운터 오른쪽의 음료 워크인을 손으로 안내했지만 남자는 워크인 대신 맞은편 오픈 쇼케이스의 유제품 쪽으로 향했다.

"손님, 거기가 아니고요. 오른쪽 보시면 있습니다. 냉장고 가운데 위쪽 칸이에요."
"뭐? 이쪽에 있다며."
"그러니까 왼쪽 말고 오른쪽이요."
"얌마, 네가 이쪽이라면서! 손으로 가리켰잖아, 이렇게!"

얼굴이 일그러지면서도 마음 한구석에서는 묘한 흥분이 솟구쳤다. 이 일을 하다 보면 가끔은 울고 싶은 마당에 뺨을 때려 줄 누군가를 원하게 될 때도 있었다. 그럼에도 우석은 흔들림 없이 말을 이었다. 편의점주로서의 관성이었다.

"오른편 냉장고에 있다고요. 반대편을 보셨잖아요."
"말투 보게. 왜 이리 말귀를 못 알아 처먹냐, 그거야?"
"물건 위치를 알려 드리지 않았습니까. 왜 화를 내시는지 모르겠네요."
"야, 이 새끼야! 지금 손님한테 따지냐? 미친 새끼 아냐, 이거!"

취객의 욕지거리 섞인 외침에 우석의 이성도 끊어졌다. 우석은 포스기의 긴급 신고 키에 손을 가져가며 마주 소리를 지르려 했다.

다시 문이 열렸다.

흥분한 와중에도 두 사람은 동시에 문으로 시선을 던졌고, 침묵이 내려앉았다.

'뭐지.'

'손님'은 아슬아슬하게 문을 통과해 들어왔다. 큰 몸집임에도 왜인지 형체를 알아보기 힘들었다. 챙이 넓은 모자를 쓴 듯 보였지만 그 이상은 잘 보이지 않았다.

검고, 클 뿐이었다.

손님의 정체는 알 수 없었지만 싸우던 두 사람은 동시에 무언가를 느꼈다.

분노는 한순간에 사라지고, 대신 공포가 엄습했다.

- 안녕하십니까.

깊고 무겁게 울리는 소리였다.

우석은 목소리를 들었다고 생각했지만 귀로 들었는지는 확실치 않았다. 마치 머릿속에서 울리는 듯한, 처음 느껴 보는 감각이었다.

- 뭔가 사고 싶습니다만.
"아, 그….."

인사는 입안에서 뭉개져 잘 나오지 않았다. 어느새 이마에 솟은 식은땀이 흘러 눈을 찔렀다. 눈을 비비던 중에 출입문에서 종이 울렸다. 중년 남자는 도망간 후였다.

한 가지는 확실했다. 지금 온 손님은 사람이 아니다.

우석도 도망치고 싶었지만 그럴 수 없었다.

"어, 어, 어서 오세요. 뭐… 뭘 드릴까요."
- 뭐든 상관없습니다.

마지막 퇴근은 손님들과 함께

손님이 대답했다.

- 이곳의 상품이라면.

기듯이 카운터 안으로 들어간 우석은 뜻대로 돌아가지 않는 머리로 손님의 말을 잊지 않기 위해 애썼다. 뜻 모를 요청이었지만 다시 묻겠다는 생각조차 들지 않았다.

"아, 아무거나 괜찮으신가요?"
- 그렇습니다.

우석은 떨리는 팔로 등 뒤의 담배를 집어 건넸다. 어떤 담배인지는 보지도 않았다. 손님이 손, 혹은 손과 비슷하게 보이는 무엇을 내밀어 담배를 받아 들었을 때 우석은 소리를 지를 뻔했다.

손님은 진귀한 물건이라도 보듯 담뱃갑을 살폈다.

"마음에, 저기, 안 드시면, 바꿔 드릴까요?"
- 아닙니다, 감사합니다. 계약을 했으니 증표가 필요하겠죠.

손님은 품에서 무언가를 꺼내어 내밀었다.

"이…게 뭡니까?"

우석은 떨지 않으려 노력하며 손님이 내민 물건을 받아 들었다. 형광등 불빛에 반사된 광채가 시야를 찔렀다. 손바닥 반 정도 크기의, 노란 빛깔로 반짝이는 금속 원판이었다. 비상식적인 상황에도 원판의 재질을 알아보기는 쉬웠다.

"손님. 이거 혹시…."

- 몸에 지니고 남에게 보이지 마십시오. 이후의 거래를 위한 표식입니다.

"이후요?"

- 일이 끝나면 주인께 귀속될 것입니다. 그때는 마음대로 처분하셔도 되지만 그 전까지는 은밀히 보관해 주십시오. 타인에게 보여서도, 잃어버려서도 안 됩니다.

우석은 식은땀을 흘리는 와중에도 용기를 짜내어 물었다.

"저, 이후라니. 또 오시나요?"

- 일행과 함께 올 예정이니 그때도 주인장께서 맞이해 주셨으면 합니다. 계약자가 바뀌면 곤란하니까요.

"저, 원래 근무시간은 지금이 아니라서…."

- 하루 전에 전령을 보내지요. 부탁드리겠습니다.

전령에다 일행은 또 무슨 소린가. 하나도 아니고 여럿이라고?

공포에 떠는 와중에도 한숨을 쉬고 싶었지만 용기는 나지 않았다. 손님의 몸체가 조금씩 꿈틀거리기 시작해서였다. 이유 따윈 알고 싶지도 않았다.

- 해될 일은 없을 것입니다.

"아, 아, 아, 알겠습니다."

- 좋은 계약이었습니다.

손님은 몸을 돌렸다. 형태는 확실치 않았지만 우석에게는 그렇게 보였다.

- 대가라기엔 좀 그렇지만, 이후 객이 많아질 테니 지

치지 않도록 하십시오. 다음에 뵙지요.

손님은 문을 열었다. 종소리가 잔향처럼 고막을 울렸다.

유리문 너머 도로에는 어느 틈엔가 안개가 깔려 있었다. 심야임에도 양서류의 피부를 연상시키는 녹색 안개가 꿈틀대며 거리를 뒤덮은 광경이 뚜렷이 보였다.

우석은 안개 사이로 사라져 가는 손님의 양어깨에서 날개를 연상시키는 그림자가 솟구치는 모습을 보았다고 생각했다.

잠시 후 안개가 걷히자 늘 보던 거리 외에는 아무것도 없었다. 우석은 의자에 쓰러지듯 주저앉으며 기절했다.

3.

"안 보이네요."

CCTV를 보며 정환이 말했다.

그의 말대로 갑자기 가게를 뛰쳐나간 중년 남자와 혼자 허우적대는 우석 외에 화면에 찍힌 인물은 없었다.

"말도 안 돼."
"말이 안 되죠, 당연히."
"분명 봤다니까? 이 진상도 도망갔고, 이 부분! 여기 보세요. 담배도 없어졌잖아요."

정환이 안경을 고쳐 쓰며 화면을 노려보았다. 담배가 공중에서 사라진 듯도 보였지만 카메라 각도상으로는 바닥에 떨어졌다고 해도 무리가 없어 보였다.

"부자연스러워 보이긴 하네요."

"미친 사람 취급하지 마십쇼. 분명히 봤습니다."

"점주님."

"귀신, 도깨비, 뭐건 간에, 그건 사람이 아니었어요. 그건, 그건…."

"일단 좀 앉으세요."

정환은 캔 커피 두 개를 꺼내 대리 근무자에게 계산을 부탁하며 작게 한숨을 쉬었다. 대리 근무자는 심상찮은 분위기에 쭈뼛거리며 바코드를 찍었다.

월요일 아침, 출근 준비를 시작하기도 전에 걸려 온 우석의 전화는 남은 잠을 깨게 만들기 충분했다. 그는 알아듣기 힘든 목소리로 소리를 지르다시피 하며 횡설수설을 늘어놓았고, 심상찮은 기운을 감지한 정환은 상사에게 보고를 한 후 바로 점포에 왔다.

골치 아픈 상황을 예상했고, 예상보다 더 심했다. 정환은 캔 커피를 들고 와 점내 테이블에 우석과 마주 앉았다.

"힘드신 거 알아요. 본사에 할 말도 많으실 거고. 근데 이건 좀…."

"무슨 뜻입니까."

"점주님 정신 건강 상태를 의심하기 싫으니까 드리는 말이에요."

우석은 자기도 모르게 혀를 찼다. 평소라면 이런 반응을 예상하고도 남았겠지만 기절했다 깨어난 지 얼마 안 된 우석에게는 야속하게 들리는 말이었다.

"내가 일부러 미친 척을 한다, 그겁니까? 뭘 더 뜯어내려고 이런 쇼까지 하나 싶어요?"

"그런 의미로 드린 말이 아니잖습니까."

"아니면 뭡니까!"

"점주님, 진정하세요. 제가 말을 잘못했습니다. 죄송합니다. 화 푸시고 잠시만이라도 차분히 얘기 좀 하시죠."

몸을 반쯤 일으켰던 우석은 정환의 말을 듣고 다시 앉았다. 커피를 한 모금 마시자 격앙된 감정이 조금은 식는 기분이었다.

"얘기 끝나고 나면 들어가 쉬세요. 오늘은 되도록 출근하지 마시구요. 본사에 긴급 인원 투입을 요청하든, 오후 근무자를 더 쓰든 간에 추가적으로 발생하는 비용은 제가 내겠습니다."

"분명 봤습니다."

우석은 한 마디 한 마디에 힘을 주며 말했다.

"어젯밤 손님은 사람이 아니었습니다. 무슨 영문인지 CCTV에는 안 찍혔지만, 여기 증거도-"

우석은 그렇게 말하며 주머니에 손을 집어넣었다. 단단한 금속 원판의 감촉에 순간 소름이 돋았다.

동시에 '손님'의 말이 떠올랐다.

- 남에게 보이지 마십시오.

"증거요?"

"아, 아닙니다."

정환은 우석을 바라보다 작게 한숨을 쉬고는 말했다.

"다시 말씀드리지만 힘들기만 하고 운영할 맛 안 나신다는 사실 알아요. 저도 할 수 있는 일은 다 해 봤고 앞으로도 그럴 겁니다. 하지만 계약 사항까지 제가 어찌할 수는 없어요."

계약. 그놈의 계약이 문제였다. 누가 봐도 불평등했지만 처음 점포를 인수할 때는 넘어설 수 있으리라 생각했다. 착각이었다.

그리고 이제는 생각지도 못한, 또 다른 계약이 생겼다.

"폐점 위약금이, 운영하신 지 2년 정도 지났죠? 할 거 다 해 봐도 4000 이하로는 내리기가 힘들어요. 위약금 없이 폐점하려면 남은 기간이…."

"3년 남았죠."

"그래요, 3년. 본격적으로 폐점 수순 밟는다 치고, 운 좋게 인수할 사람이 나타나서 권리금이니 뭐니 받을 거 다 받고, 재고를 7할 정도 점간 이동하고 나면 위약금이 줄긴 하겠지만 부담스러우시긴 마찬가지일 겁니다."

"SC님."

"점포를 인수할 점주가 나타난다면 베스트겠지만, 그게 아니라면 매물로 내놔도 금방 팔리긴 힘들 것 같아요. 위치도 좀 애매하잖습니까. 여기서 카페 하기도 그렇고. 그나마 월세가 비싼 편은 아니라 사무실로는 나쁘지 않겠지만요."

"SC님!"

우석이 소리를 질렀다.

"지금 그 얘긴 왜 하세요?"

"상황을 정확히 파악해야죠. 그래야 방법을 찾든, 폐점을 진행하든 하지 않겠습니까."

"상황은 저도 압니다! 저는 그냥 무서워서 전화한 거예요. 역시 못 믿고 있잖습니까!"

"점주님."

정환은 안경을 벗고 오른손 엄지와 검지로 눈을 비볐다. 본인은 그럴 의도가 없었지만 우석에게는 왜인지 그 제스처가 위협적으로 보였다.

"그냥 솔직히 말씀드릴게요. 예, 못 믿겠어요. 근데 입장 바꿔 생각해 보세요. 점주님이 저라면 어떻게 반응하실지. 믿는다고 쳐요. 그런들 제가 뭘 어찌하겠습니까. 무당이나 퇴마사도 아니고."

우석은 대답하지 못했다.

그들을 괴롭히는 일들은 늘 현실의 문제다. 우석의 상황이 더 나쁘다는 사실을 제외하면 둘의 삶은 본질적으로 다르지 않았다.

그 사이에 현실이 아닌 문제가 발생하면 당사자가 아닌 이상 받아들이기 힘들다. 정환이 종종 말하듯, '그의 위치'에서는 불가능한 일이었다.

"이만 쉬세요. 저도 회사에 돌아가 봐야 하고, 아무래도 좀 주무시고 나야 서로 이야기하기 편할 것 같습니다."

"알겠습니다. 제가 좀, 많이 안 좋았나 봅니다. 미안합니다."

"아니에요. 별말씀을. 주중에 다시 오겠습니다. 연락드릴게요."

그날의 대화는 그렇게 끝났다.

우석은 정환을 이해했다. 우석을 이해하고 걱정하는 듯 보여도, 실제로는 불만 많고 귀찮은 점주들 중 하나로만 생각할지 모른다. 하지만 그게 어떻단 말인가. 누구나 자기 입맛대로 상대방을 보고 판단한다. 신뢰란 서로의 이기심 사이에 매인 외줄 위에서 위태롭게 휘청대는 감정에 지나지 않는다. 그렇기에 우석은 정환의 본심이 어떻든 비난하고픈 생각이 없었다.

그럼에도 지금은 그의 반응이 당혹스러웠다. 어쨌든 편의점에서 발생한 문제를 이야기할 사람은 정환 말고는 없었다.

4.

우석은 결국 야간 근무자를 잘랐다.

상식 밖의 재난을 안겨 준 장본인이었지만 자른다고 마음이 후련하진 않았다. 귀찮음과 짜증만이 남았다.

인사 공고를 올리고, 면접을 보고, 새로 고용한 중년의 남성에게 업무를 알려 주는 일의 고단함은 초현실적인 상황 앞에서도 줄어들지 않았다. 특히 비정기적으로 자신이 대신 야간 업무를 들어가야 하는 상황에 대해 설명하기가 힘들었다. 그나마 조건이 맞는 근무자를 생각보다 빨리 만나게 되어 다행이었다.

우석은 바쁜 와중에도 그날 밤의 손님에 대해 알아봤다. 인터넷에 비슷한 일을 겪은 사람이 있는지 찾아봤지만 그럴듯한 정보는 없었다.

'제기랄.'

거대한 그림자. 녹색 안개. 계약. 전령. 일행.

하나일까, 둘일까. 이대로 순순히 귀신인지 도깨비인지 모를 손님들을 맞아야 하나. 정말 무당이라도 불러야 하는 상황일까.

생각이 꼬리를 물었지만 해결책은 없었다. 꿈이 아니라는 사실을 상기시키듯 손님이 준 물건은 여전히 주머니 안에 있었다.

잠들기 전 우석은 몇 번이고 노랗게 빛나는 금속판을 바라보았다. 말 그대로의 '금화'였다. 아무 표식도 없는 둥근 금화는 크기에 비해 묵직해 작은 금덩어리라고 불러도 될 듯했지만, 우석에겐 악몽을 상기시키는 저주받은 물건일 뿐이었다. 마음 같아선 버리고 싶었으나 손님의 당부를 무시할 용기는 없었다.

"이제는 하다 하다 귀신 손님까지 받고, 인생 지랄이다 아주."

삶은 벅차고 감당하기 힘들었다.

회사를 다닐 때도, 아버지가 돌아가시고 얼마 안 되는 유산과 저축한 돈을 끌어모아 편의점을 인수하기로 결정했을 때도 쉬운 상황, 쉬운 결정은 없었다. 남들과 비슷하게 겪는 어려움이라 생각하고 불평하지 않으려 했지만 이젠 그마저도 힘들었다.

우석은 기타를 창고에 처박았던 때를 떠올렸다. 삶에 치여 꿈을 포기하는 이가 자신만은 아니지만, 그래도 지금만큼은 나보다 불행한 사람 따위 있을 리 없다고 생각했던 날이었다.

최악의 최악이라는 점에서 그때보다 더 안 좋은 상황
이라 여길 무렵, 다시 예상치 못한 일이 발생했다. 이미
들었지만 잊고 있던 손님의 담뱃값이었다.

"여기… 어디예요?"

"네?"

"여기가 어디냐고요."

길을 묻는 손님은 종종 있지만 길을 잃은 손님은 많
지 않다. 드문 경우라고 생각하면 그만이었으나 '여기
가 어디냐'라는 질문의 이질감을 무시하기는 힘들었다.
잘 다려진 정장을 입은 회사원풍의 젊은 남자가 자다
깬 듯 흐릿한 눈으로 내뱉은 질문이라 더 그랬다.

"여기 어딘지 모르세요?"

"예, 몰라요. 어디예요?"

우석이 동네 이름을 이야기해 주자 남자는 여전히 멍
한 표정으로 머리를 긁적이며 중얼거렸다.

"분명히 출근 중이었는데."

"지하철역 위치 알려 드려요?"

"아뇨, 됐어요. 이거나 살게요."

남자는 탄산음료 캔을 내밀었다. 눈에 조금은 생기가
돌아왔지만 자신이 처음 보는 동네의 편의점에 들어온
이유가 궁금하진 않은 모양이었다.

그 남자 하나뿐이었다면 조금 특이한 손님이 들어왔
다 여기고 잊었을지 모른다.

멍한 눈의 손님들은 계속 찾아왔다. 그들 모두 어쩌다 편의점에 오는지 몰랐으며 오게 된 이유를 궁금해하지 않았다. 물건을 하나씩 사 들고 나갈 뿐이었다.

세 번째부터 이상하다고 생각한 우석은 아홉 명째에 이르러 두려움에 떨었다. 대낮에 그 손님의 존재를 느끼는 경험은 유쾌하지 못했다.

그러거나 말거나 이상한 손님들은 계속 왔다. 우석은 지친 나머지 포기하고 적응하기로 했다. 의외로 어렵지 않았다.

"어떻게 하셨어요?"
"하긴 뭘 해요."

정환이 들고 온 주간 매출 현황표의 그래프가 가파른 쐐기를 그렸다. 명절 때를 제외하곤 편의점을 시작한 후 처음 보는 기록이었지만 우석은 기쁘지 않았다.

"이 정도면 설 연휴 수준 아닌가?"
"피곤하네요."
"당연히 피곤하죠. 이 정도면 일대 점포들 중에서도 상위권이에요."

100만을 겨우 찍던 일 매출은 140을 돌파한 후에도 상승세가 수그러들지 않았다. 기분 좋게 매출에 대해 떠들어 대는 정환에게 우석은 자초지종을 이야기할까 하다 그만두었다.

"광고지라도 돌리셨어요?"
"안 했다니까요."
"거참 이상하네. 이유가 뭐지? 보고서 써야 할 판이

라 그래요."

그렇게 말하면서도 정환의 입가에는 웃음이 떠나지 않았다. 우석은 잠시 망설이다 입을 뗐다.

"그게 사실은…."

정환의 담당 점포들 중 문제없이 돌아가는 곳은 많지 않았다. 폐점 위기의 저매출 점포, 그것도 점주가 정신이 나갔거나 작정하고 미친 척을 시도했거나 둘 중의 하나였던 점포의 매출이 반등했으니 실적에 목매는 샐러리맨으로서는 기뻐하며 한숨 돌리지 않을 이유가 없었다.

오랜만의 좋은 소식이었기에 그들이 앉은 실내 테이블 옆, 점포 전면을 차지한 통유리 너머 외부 테이블에 올라앉은 두 마리의 까마귀를 정환은 금방 발견하지 못했다.

"하여튼 잘됐어요. 저도 매출 원인 분석을 해 볼 테니, 점주님은…."

정환은 뒤늦게 고개를 들어 앞을 보았다.

오후의 햇살 아래 공포에 얼어붙은 우석과 두 마리의 까마귀가 서로를 바라본다. 까마귀들은 흰 도화지에 떨어진 얼룩처럼, 미동도 없이 앉아 있다.

- 까악.

두 마리 까마귀는 한 마리처럼 울음소리를 내고는 날아올랐다. 우석은 키 작은 빌라들 사이를 활공해 사라져 가는 까마귀들의 궤적을 바라보았다.

마지막 퇴근은 손님들과 함께

잠시 침묵이 이어지다 정환이 안경을 고쳐 쓰며 입을 열었다.

"어디까지 얘기했죠?"

"예?"

"아, 아. 매출 상승 원인. 하여튼 점주님도 손님들한테 여쭤보세요. 원인을 알아야 부스트를 걸 수 있으니까."

우석은 당혹감을 느꼈다. 못 본 척하는 이유가 뭘까. 본심을 물을 마음은 들지 않았다. 안다 해서 달라질 일은 없다.

'뭘까.'

내일 밤만의 이야기는 아니었다.

낮도, 밤도 편의점은 우석을 옭아매 놓아 주지 않는다. 벗어나려면 다 포기하고 사라져야 할지 모른다.

'오랜만에, 엄마 모시고 가족끼리….'

언젠가 어머니는 통영에 가 보고 싶다고 말씀하셨다. 오래전, 아버지가 살아 계시던 시절 가족 여행길에 보았던 통영항의 저녁놀이 머릿속에서 신기루처럼 어른거렸다.

추억을 더듬는 우석의 시선 너머로 매출 현황표를 든 정환의 목소리가 끝나지 않을 노래처럼 귓가를 간지럽혔다.

그리고 다시 밤이 왔다.

5.

새벽 1시, 손님이 뜸해질 무렵이다.

평범한 야간 근무 중이라면 이때쯤 한 차례 상품 정리를 한 후 잠깐 밖에 나가 밤공기를 마시며 잠기운을 쫓았을 것이다.

우석에겐 그럴 여유가 없었다.

매대 곳곳이 비어 있었고, 자정에 라면을 먹고 간 손님이 테이블에 흘린 국물 자국도 그대로였다.

우석은 카운터 왼편의 문 너머를 바라보고 서서 움직이지 않았다.

유리문을 통해 보이는 주택가의 밤거리는 조용하다. 간간이 어둠 속에서 누군가 다가올 때마다 우석은 흠칫했다. 두세 명, 안면이 있는 손님들이 들어와 인사 없이 침묵하는 우석에게 약간의 의아함과 불쾌함이 섞인 시선을 보냈다. 기계적으로 계산을 하면서도 시선은 한곳에 고정된 채였다. 그렇게 두 시간여가 흘렀지만 이상한 낌새는 보이지 않았다.

'안 오나?'

희망을 품게 된 우석은 한숨을 쉬며 의자에 앉았다.

고개를 숙이고 양손으로 마른세수를 하자 조금씩 현실감각이 돌아왔다.

그래, 말도 안 된다. 편의점에 찾아온, 인간이 아닌 손님. 요즘엔 어설픈 괴담에 나온대도 식상해할 전개다. 공포라면 현실에서도 차고 넘칠 만큼 맛보는 중이었다.

'일이나 하자.'

얼굴에서 손을 떼고 고개를 들자, 그가 있었다.

우석은 뒤로 물러서다 의자에 걸려 넘어졌다.

"어, 어, 아, 안녕… 하십니까."
"안녕하십니까."

여전히 낮은 울림이었지만 이번에는 목소리가 들렸다. 외형 역시 검은 그림자 덩어리처럼 보였던 지난번과 달랐다.

검은 정장을 입고 얼굴의 절반을 가릴 정도로 챙이 넓은 중절모를 쓴, 거대한 체구의 남자. 하지만 예의 그림자는 완전히 사라지지 않고 그의 몸 위에서 일렁이고 있었다.

"약속을 지켜 주셨군요. 감사드립니다."
"아닙니다."

그게 약속이냐, 강요지. 우석은 속으로 중얼거렸다.

외형이 사람처럼 바뀌었음에도 여전히 무서워 제정신을 유지하기 힘들었지만 지금은 신경 쓰이는 무언가가 하나 더 있었다.

"지난번에 말씀드린 일행입니다."
"어서 오세요."

우석은 평소처럼 인사를 한 자신에게 놀랐다.

거구의 남자가 데려온 일행은 예전의 그와 비슷하게 그림자 덩어리처럼 보였지만 키가 보통 사람 정도였고, 어딘지 여성스러운 기운이 느껴졌다.

"그때처럼, 상품을 부탁합니다."

"아무거나 괜찮다고 하셨죠."

"그렇습니다. 다만, 같은 물건은 아닌 편이 좋겠습니다."

아무래도 좋다면서 조건을 덧붙이는 요구만큼 짜증 나는 것도 없다. 사람 아닌 손님의 요구라면 더 그렇다. 식은땀이 흘렀지만 다행히 지난번처럼 팔이 떨리지는 않았다.

'그새 적응이라도 했나.'

생각 같아선 다시 아무 담배나 집어 건네고 싶었지만 그래서는 안 될 분위기였다. 그렇다고 카운터 밖으로 나가고 싶지도 않았다.

우석은 포스기 옆에 진열해 둔 라이터를 선택했다. 보통 라이터보다 약간 더 비싼 1000원짜리 터보라이터였다.

"여기 있습니다."

우석이 내민 라이터를 받아 든 그림자는 덩치 큰 남자처럼 잠시 라이터를 바라보다 말했다.

─ 이게 뭐지?

"불붙일 때 쓰는 겁니다. 이렇게 하면 돼요."

우석은 다른 라이터를 잡고 켜 보였다.

순간 그림자가 움찔했다. 왜 그랬는지 몰라도 우석 역시 놀라긴 마찬가지였다.

그림자는 우석을 바라보았다. 떨지 않고 대답하는 데

성공했다고 생각했지만, 그림자의 시선을 정면에서 마주한 순간 아득해지는 정신을 추스르기 위해 애써야 했다.

- 재미있는 사람이네.

저들의 말은 다 이런 식일까. 귀를 지나쳐 직접 머리를 울리는 듯한 그림자의 말은 들리기보다 느껴진다고 하는 편이 어울렸다. 그 불명확함에도 불구하고, 첫인상처럼 그림자의 말은 여자의 목소리처럼 들렸다.

짓궂고, 때때로 난폭해지는 여인의 목소리.

- 내게 불을 일으키는 도구를 주다니.
"그, 마음에 안 드시나요?"
- 글쎄, 어떨까?

손에 들고 있던 라이터의 불이 점차 커졌다. 끄고 싶었지만 몸이 뜻대로 움직이지 않았다. 불은 손에 옮겨 붙어 팔을 타고 올라왔다. 몇 초 지나지 않아 우석은 불에 삼켜졌다. 처음 맡아 보는 냄새가 났다. 아마도 살이 타는 냄새이리라고 우석은 생각했다.

불꽃에 일렁이는 시야 너머로 타오르는 편의점이 보였다.

라면과 과자, 잡화, 오픈 쇼케이스의 유제품까지 불길은 점포와 상품들을 남김없이 집어삼켰다. 고통스러운 와중에도 그 풍경이 왠지 후련했다.

오랜 시간 돌봐 온 일터지만, 요즘은 그의 얼마 남지 않은 청춘을 빨아먹는 괴물처럼 느껴졌다. 어쩌면 청춘 따위는 주어진 적 없었는지도 모른다. 그런 생각이

들 때마다 다 태워 없애고픈 충동에 사로잡히곤 했다.

문득 이대로도 괜찮겠다는 생각이 들자 불길이 포근하게 느껴졌다. 때로는 엄하면서도 늘 자식을 감싸는 어머니의 품처럼.

"가비야."

남자가 말했다.

"적당히 하게."

불이 꺼졌다.

우석은 멍한 눈으로 자신의 몸을 바라보았다. 라이터는 여전히 손에 든 채였지만 불은 보이지 않았다. 가게도 그대로였다.

"이, 이건…."
"죄송합니다. 일행이 폐를 끼쳤군요."
- 장난친 것뿐인데.
"알다시피 난 장난이 싫다네. 그 이유를 또 말해야 할 정도로 서로에 대한 이해가 부족하다고는 생각되지 않는군."
- 쳇, 재미없게시리.
"재미보다 중요한 것은 예의와 존중이지. 그러니 그에게 사과하는 편이 낫겠네."

남자의 몸에 드리운 그림자가 짙어졌다. 멍한 정신으로도 우석은 떨리기 시작하는 공기를 느꼈다.

가비야라고 불린 그림자는 한숨을 쉬더니 툴툴대는 말투로 말했다.

- 미안.

"아, 아닙니다."

우석은 손사래를 치며 대답했다. 무슨 일이 일어났는지 감조차 잡히지 않았다. 짧고 흐릿한 악몽을 꾼 듯한 기분이었다.

"그는 우리에게 중요한 사람이니, 자네의 옛 백성을 대하듯 대우하지 말게나."
- 내가 뭘? 누가 들으면 오해하겠네.
"저, 괜찮습니다. 정말 괜찮습니다."

남자는 우석을 돌아보며 말했다.

"두 번 다시 이런 일 없도록 하겠습니다."
"아니, 정말 괜찮습니다."
"좋은 계약 감사합니다. 더 바빠질 테니 고용인을 늘리시길 바랍니다. 다음에 뵙지요."

남자는 가비야와 함께 몸을 돌렸다. 문밖에는 그가 처음 왔던 날처럼 초록빛 안개가 깔려 있었지만, 이번에는 안개 사이로 늘어선 흐릿한 형체들이 드문드문 보였다. 남자가 말한 '일행'인 듯했다. 우석은 자신과 편의점을 바라보는 그들의 시선을 느꼈다.

문을 열고 나가기 전, 가비야가 말했다.

"그래도 나쁘지는 않았지?"

어느새 그림자가 걷힌 자리에는 피부가 희고 붉은 머리를 가진 여인이 장난기 어린 목소리로 말하며 웃고 있었다. 머리 색과 어울리는 붉은 원피스의 치맛자락이 시야를 어지럽혔다.

"정말 불을 지르지는 마. 아직 남은 차례가 많으니까."

"예… 예. 안녕히 가세요."

가비야는 쿡, 하고 웃더니 남자와 함께 손을 흔들며 나갔다.

둘은 다시 그림자를 두르고 안개를 향해 다가갔다. 남자가 선두에 서자 양어깨에서 예의 날개와 같은 그림자가 펴지며 둔중한 외침이 공기를 울렸다. 처음 들어 보는 언어로 된, 폭탄이 터지는 듯한 크기의 외침이었다. 우석은 자기도 모르게 귀를 틀어막았지만 소용없었다.

이어서 무리 전체가 외침에 화답하며 함성을 질렀다. 함성은 사방에서, 공명하듯 점차 높아져 가며 우석의 머릿속을 뒤흔들었다. 괴로움과 공포를 참는 와중에도 우석은 왜인지 점포 밖이 어느 때보다 고요하며, 그들의 외침을 듣는 이는 자신뿐이라는 사실을 알 수 있었다.

'정신 차려.'

싫어도 어쩔 수 없다. 편의점을 찾을 손님들인 이상, 눈을 돌릴 순 없었다.

우석은 정신을 잃지 않고 그들이 안개와 함께 흐르듯 주택가의 큰길을 질주해 사라져 가는 광경을 보았다. 잠깐이지만 우석은 그 모습을 아름답다고 생각했다.

안개가 걷히고 텅 빈 거리가 드러나자 피로가 몰려왔다. 우석은 사정이 있어 아침까지 문을 닫는다고 쓴 종이를 문에 붙인 후 걸쇠를 잠그고 카운터 의자에 앉아 잠이 들었다. 두 시간 이상 매출 발생이 없을 시 본사

서비스센터에서 이상 상황이라고 판단해 전화를 걸어
오게 되어 있었지만 지금은 아무래도 좋았다. 어차피
새벽 매출은 얼마 되지 않았다.

6.

　- 많이 힘들지?
　"아냐, 아냐. 괜찮아. 견딜 만해."
　- 바빠도 밥은 꼭 먹어라. 내가 못 챙겨 줘서 미안해.
　"아우, 그런 말씀 마시라니깐. 엄마나 잘 챙겨 드셔."
　- 내 걱정은 말고.
　"엄마."
　- 응?
　"매출 올라가는 중이야. 얘기했지?"
　- 잘됐네 뭐냐. 열심히 했으니까 결과가 나오는 거지.
　"곧 쉬셔도 될 거야. 조금만 더 기다리셔."
　- 말만이라도 고맙다. 그래, 기다릴게.
　"이따가 집에서 봐요. 무리하지 마시고."
　- 그래. 너도 쉬어 가며 해라.

　우석은 전화를 끊고 한숨을 쉬었다. 어머니와는 주
로 점심시간에 통화를 했다. 지금은 여유 있게 통화하
기 힘들지만 얼마 전까지만 해도 점심 무렵 손님은 한
시간에 두세 명이 고작이었다. 매출이 늘어도 마냥 좋
지만은 않았다. 텅 빈 눈빛을 한 손님들에게 적응하긴
했지만 불쾌한 기분은 어쩔 수가 없었다. 가끔은 보통
손님이 그런 손님들을 보고 놀라기도 했다.

　'설마.'

우석은 인터넷을 켜 뉴스를 검색했다. 예의 몇몇 나라들에서 일어난 실종 현상으로 의심되는 사건들이 한국에서도 발생했다는 속보가 포털의 메인 화면에 걸려 있었다. 점포에서 멀지 않은 동네였다.

열흘 남짓한 시간 동안 이 근방에서만 세 명이 실종되었다. 다른 나라들과 마찬가지로 실종자들 사이에는 연고가 없었다. 그들이 나타난 이후부터 벌어진 일이었다. 자신이 어디 있는지도 모르던 손님들의 얼굴이 눈에 어른거렸다.

'아냐, 아냐. 의심하지 마. 생각하지 마.'

우석은 고개를 저었다. 사연이 어떻든 매출은 느는 중이었고 그에게는 돈이 절실했다. 의심할 여유는 없었다.

우석은 일하는 시간을 줄이지 않았다. 비상시 투입 가능한 근무자를 추가 고용했을 뿐이었다. 일주일에 한 번꼴의 비정기적인 오전 근무라는 농담 같은 조건을 충족시켜야 했지만 예전에 같이 일한 적이 있던, 무슨 이유인지 주로 단기 알바만 찾아다니며 지낸다는 또래의 남자는 우석의 전화에 별일 아니라는 듯 대답했다.

"아침 시간대는 비워 놓겠습니다. 어차피 일찍 자고 일찍 일어나는 편이라 상관없어요. 하루 전에 연락 주시기만 하면 부르실 때 가겠습니다."

처음 단기 근무자가 필요해 면접을 봤을 때는 그가 단기 알바를 전전하며 사는 이유를 짐작하기 힘들었다. 이제는 아무래도 좋은 일이었다.

'손님'은 손님이 늘어난다 말했고 그렇게 되었다. 얼

토당토않은 근무시간을 받아들일 근무자도 찾았다. 우석은 행운에 기뻐하는 대신 상식을 벗어난 상황과 공포 때문에 떠올리지 못했던, 어찌 보면 당연한 의문을 품었다.

그 손님과 그가 이끄는 무리는 어떤 존재이며, 목적은 무엇이고, 어떻게 이런 일들이 가능한가. 무엇보다, 왜 자신을 계속 찾아와 물건을 받아 가는가.

호기심 많은 누군가가 그들을 목격했다면 무슨 수를 써서든 답을 알고자 할 질문들이지만 우석은 한동안 애쓸 필요를 느끼지 못했다. 질문할 엄두가 나지 않았다. 뭘 줄지 물어본 적은 있지만 본질적인 면을 건드리는 질문은 경우가 다르다. 반응을 예측하기 힘든 상대다. 자칫하면 나름대로 친절했던 태도가 바뀔 수도 있다.

그럼에도 새삼 질문을 품게 된 이유는 준 물건들의 가치에 비해 대가가 컸기 때문이다. 이유 없는 대가는 없다. 손님이 인간 아닌 무엇인들 그 사실이 변할 것 같지는 않았다.

'물어보자.'

상상하기만 해도 무서웠지만 한편으로는 믿음이 있었다. 이런 생각을 한 스스로가 우스웠으나 어쨌든 그 남자는 우석을 존중해 줬고, 그 점에서 대부분의 손님들보다 나았다. 적어도 지금까지는 그랬다.

셋이다.

예의 선두의 남자 — 우석은 그를 그렇게 부르기로 했다 — 와 다소 작은 그림자 둘.

'그래, 인원이 많으니 이럴 때도 됐지.'

크기가 작다고 압박감이 줄지는 않았다. 작은 그림자들의 기세가 다소 거칠어서이기도 했다.

- 술!
- 술 주시게.

걸걸한 울림이 마치 거친 뱃사람들이 외치는 소리처럼 들렸다. 선두의 남자가 작게 한숨을 쉬었다.

"자네 형제들을 존중하네만, 가끔은 일부러 내 말을 무시한다는 생각을 떨칠 수가 없군."
- 어쩔 수 없잖아.
- 마시고 싶은걸!

"그의 선택권을 인정해야 계약이 성립된다 하지 않았나. 우겨서 될 일이 아냐."

"저, 손님?"

셋의 시선이 일시에 우석을 향했다. 눈동자 없이 타오르는 불빛들을 마주하자 깍지 낀 양손이 벌겋게 될 정도로 힘이 들어갔지만 자각하지는 못했다.

"술은 한 병씩 서비스로 드리겠습니다. 나머지 물건은 제가 골라 드리면 되지 않을까요? 그… 주제넘은 의견일지 모르겠습니다만."

"실례가 되지 않겠습니까."

"괜찮습니다. 덕분에 장사도 잘 되니까요."

선두의 남자는 잠시 생각하다 말했다.

"어쩔 수 없군요. 가능한 값싼 술로 부탁하지요. 배려 감사합니다."

"아닙니다. 제가 더 감사하죠."

- 거 맘에 드는구만! 주인장 머리 좋은데?

- 당신도 이렇게 요령을 부릴 줄 알아야 한다고!

"폐를 끼치고는 멋대로 말하는군. 철들 좀 들게."

형제라고 불린 그림자들은 저마다 예의 걸걸한 목소리로 외쳐 댔다. 한 번 소리를 지를 때마다 뇌가 뒤집어지는 느낌이었지만 이전에 비해 떨림은 덜했다. 문제는 이들을 만난 후 처음으로 카운터 밖에 나가야 한다는 사실이었다.

'안 무섭다. 괜찮아. 좋은 손님들이야. 그냥 좋은 손님들일 뿐이야.'

"실례합니다. 잠깐 나가 볼게요."

하루에도 수십 번씩 들어 올리는 카운터 출입문이 무겁게만 느껴졌다. 밖으로 나가 한 발짝 내딛자 셋은 순순히 길을 내주었다. 보통의 손님들과 다를 바 없는 행동이 오히려 낯설었다.

'그나마 독한 걸로 골라야겠지.'

소주가 진열된 워크인 문을 열어 20도짜리 소주 세 병을 꺼낸 후 잠시 고민하던 우석은 숙취 해소 음료 두 병을 더 꺼내 들고 카운터로 돌아왔다. 스스로 생각하기에도 단순한 발상인 데다 식품이라는 점이 걸렸지만 딱히 그 점을 걸고넘어지진 않을 듯했다. 지금까지 한 말들로 보아 물건 자체보다는 자신에게서 뭔가 받는다는 사실 자체가 중요하리라고 우석은 생각했다.

우석이 물건을 들고 카운터 안으로 들어와 바코드를 찍는 모습을 '형제'는 물끄러미 바라보았다. 지난 두 번과는 달리 꺼낸 물건이 많았기에, 안 그래도 오류가 잦은 재고 현황이 더 어긋나기를 원치 않는다면 미리 계산해 두는 편이 나았다.

우석은 거의 쓰지 않는 2번 포스기에 넣어 둔 예비 지폐를 꺼내 소주 세 병과 숙취 해소 음료 두 병 값을 계산했다. 혹시나 싶어 음료는 각각 다른 제품으로 골랐다. 물건들을 건네자 두 그림자들은 기뻐하는 듯 움직이며 받아들었다.

- 이게 여기서 잘 나가는 술인가?
- 양이 적긴 하지만 덤이라니 잘 받겠네!
"맛있게 드십시오."
"제 것까지 주실 필요는 없습니다만."
"명색이 서비스잖습니까. 사양 마시고 드세요."
"감사합니다."
- 그래서 자네가 골라 준 물건은 뭔가? 요 귀여운 노란 병 말일세!
- 내 건 초록색인데!
"그게, 숙취 해소 음료입니다."
- 숙취 뭐?
"숙취에 힘들 때 마시면 좀 나아지는 드링크제입니다."

두 그림자는 잠시 손에 든 병과 서로를 번갈아 쳐다보다 웃기 시작했다. 광소라는 말이 어울릴 만큼 큰 웃음이 공기를 뒤흔들었다.

- 우리에게 숙취에 좋은 음료를 줬다, 그거지?
- 우하하하하! 이봐, 대장! 당신이 왜 주인장을 좋아하는지 알겠구먼!

둘은 한참을 더 웃었다. 울림이 지속되며, 점차 그림자가 걷혔다.

키는 초등학교 고학년 정도로 작은 편이지만, 대충 걸친 작업용 반팔 셔츠 사이로 갑옷 같은 근육이 드러난 쌍둥이 형제의 모습은 덥수룩한 갈색 수염과 함께 마치 판타지 영화 속 난쟁이 전사와도 같은 위압감을 뿜어냈다.

"오, 됐나?"
"이만하면 괜찮은 몰골이군."
"변함없이 못생긴 쌍판인데!"
"네놈도 마찬가지다, 이놈아!"
"쌍둥이니 당연하잖아, 멍청아!"
"자, 자. 소란 피우지 말고 됐으면 이제 가지."
"손님."

우석은 고민했다. 이미 말을 꺼냈지만 아직은 무를 기회가 있었다.

"무슨 일이신지요?"

선두의 남자는 언제나와 같이 평온한 말투로 대답했다. 마치 질문을 받으리란 사실을 알았다는 듯한 태도였다. 이상할 것도 없다. 무슨 수법을 썼는지 몰라도, 멀쩡한 사람들을 반백치로 만들어 편의점에 오도록 만들지 않았는가. 자신처럼 평범한 사람의 질문 정도야 쉽게 예측 가능할 것이다. 어쩌면 고민할 필요조차 없었을지 모른다. 답을 듣게 되면 일어날지도 모를 변화가 두려울 뿐이다.

"그럴 필요가 있을까요."

"예?"

"두려워 마세요. 변화는 당신의 선택이고, 우리에겐 거기 간섭할 권리가 없습니다."

"그, 어떻게…."

"마음을 읽는 잔재주 따윈 부리지 않습니다. 인과를 짚어 내는 지혜를 가졌을 뿐이죠."

그렇게 말하며 선두의 남자가 모자의 챙을 들어 올렸다. 우석은 숨을 삼키며 물러났다.

그의 오른쪽 눈에는 아무것도 없이, 공허만이 소용돌이쳤다. 공허의 암흑은 그림자보다 짙었다.

"저는 한쪽 눈을 대가로 많은 지식을 얻었습니다만, 이후로도 많은 이들과 대화를 나눴습니다. 시간의 흐름에 따른 감정과 의식의 양상은 늘 새로이 생겨나고 변화했기 때문이었죠."

"적당이라곤 모르는 작자라니까."

"그러니 이런 답 없는 녀석들 대장을 해 먹지!"

형제가 옆에서 킬킬대며 떠들었지만 우석의 귀에는 남자의 목소리만이 들려왔다.

"그래서 당신의 감정과 의문 역시 압니다. 그러니 보여 드리겠습니다. 우리들을."

공허가 사위를 덮었다. 아무것도 없는 공간 속에 우석만이 떠 있었다.

"저, 소, 손님? 손님?"

순간, 공허 속에서 작은 균열이 생기며 한 번도 본 적 없는 색으로 빛나는, 처음 보는 숲과 대지, 산맥의 해일이 몰아닥쳤다. 사라져 가는 공허 너머 형제들의 목소리가 꿈결 속 메아리처럼 들려왔다.

"크하하하! 잘 다녀오라고, 주인장!"

"정신 똑바로 차려. 돌아오지 못할지도 모르니까! 푸 하하하!"

빌어먹을 노인네들 같으니라고. 우석은 어딘가 알지 못할 곳으로 머리부터 떨어지며 중얼거렸다. 이윽고 의식이 흐려졌다.

7.

그들은 먼 곳에서 왔다.

각각의 영역에서 그들은 경외의 대상이었으며 저마다의 백성을 거느렸다.

한때 강대한 권능을 가졌지만, 시간의 흐름은 그들마저 피할 수 없는 운명을 선사했다.

그들은 기억에서 잊혔다.

그들은 힘을 잃고 약해졌다.

그들은 마지막 싸움에서 패하고, 죽음을 맞이했다.

그들의 이름은 묘비가 되었으나, 새로운 질서 속에서 풍화되고 더럽혀져 원래의 형태는 변화되고 뒤틀렸다.

그러나 그들은 사라지지 않았다.

우석은 그저 보고 들었다. 그것뿐인 의식 속에서, 우석은 역사를 받아들였다.

그녀, 붉은 옷을 입었고 보호자의 이름을 가진 여인은 따르는 이들을 감싸고 때로는 징벌했다. 전사들의 불화살 끝에서 저녁 스튜가 끓는 부뚜막 안까지, 그녀의 손길은 불 지펴진 곳 어디에나 있었다.

백성들은 춥고 어두운 땅에서 모닥불을 피우고 직물 위에 상징을 새기며 그녀의 가호를 바랐다. 그들은 강인하고 신실했으며 빵과 소금을 바쳐 가정의 안녕을 기원했다.

어느 날, 그들의 지도자는 십자가를 짊어진 기사들의 가르침을 따르는 나라에서 온 부인을 받아들였다. 상징은 의미를 잃고 불씨는 꺼졌다.

그들, 형제들은 망치와 모루를 다루는 자와 바다의 여식 사이에서 태어났다.

형제는 선원들을 보호했으며 또한 아버지와 같이 불길 속에서 강철을 두드리는 이들을 돌보았다.

그들은 본디 셋이었으나 한 명은 거대한 자들에게 죽임을 당했다. 남은 둘은 형제의 시신을 거둬 신전을 세웠으며 영웅들을 그들의 섬으로 이끌어 여흥을 베풀었다. 형제는 그들을 따르는 전사들과 몇 날 며칠을 먹고 마시며 춤을 추었다.

시간이 덮쳐 왔을 때, 형제는 물러서지 않았고 다른

신들보다 한발 앞서 모습을 감추었다.

선두의 남자는 태초로부터 비롯했다.

그는 그의 일족을 이끌었으며, 셀 수 없이 많은 이름으로 불렸다. 바람의 흐름 아래 그의 눈이 닿지 않는 장소는 없었다.

한 손에 번개를 쥐고 무한의 황금을 손목에 걸친 채, 그는 하나의 다리에 두 개의 발굽을 가진 말을 타고 세계를 질주했다. 최고의 자리에 오른 후에도 지식에 대한 갈증은 멈추지 않았다. 거인이 지키는 나무 아래 고인 지혜의 술을 마시고자 한쪽 눈을 바쳤으며, 스스로의 몸을 공물로 삼아 세상 끝 너머의 지식마저 습득했다. 그를 멈출 자는 없었으며, 어느덧 수많은 상징 가운데 분노와 광기가 그를 대표하는 이름이 되었다.

마지막 순간, 그는 자신을 섬기는 여인들이 데려온 전사들을 이끌고 싸웠으나 패배했다. 형제의 아들이자 짐승의 모습을 한 죽음이 그를 삼켰다.

그녀는 강인한 발트족의 땅에서 어머니로서 그들을 돌보고 혹한의 땅에서 온기를 베풀었다. 그녀의 이름은 가비야, 난로와 불의 여신이다.

쌍둥이들은 물 위와 불 곁에서 땀 흘리는 자들을 살피며 에게해의 섬에서 전사들을 이끌고 축제를 주관했다. 그들의 이름은 카베이로이 형제, 바다와 대장장이들의 신이다.

선두의 남자, 그는 추운 땅에서 전사의 상징이 된 이

들에게 숭배되던 신족의 수장이다. 그는 이성이자 광기였으며 번개의 창 궁니르를 들고 폭풍 그 자체로 일컬어지던 만물의 아버지다.

그는 오딘이다.

왜?

도대체 왜?

보고 듣기만 하던 의식이 흔들렸다. 묻지 않고는 견딜 수가 없었다. 기록의 재생이 멈추자, 우석은 외쳤다.

"그런 분들이 편의점은 왜 온 겁니까!"
"오면 안 되나?"
"장사치가 손님 가려서 받으려 들면 못 쓰네."

우석은 입을 벌린 채 카베이로이 형제의 얼굴을 바라보다 고개를 돌려 주위를 보았다. 늘 일하던 편의점이었다. 형광등 조명 아래 오픈 쇼케이스의 익숙한 소음이 들려왔다. 의식 속 광경과 현실의 간극에 우석은 현기증을 느끼며 주저앉았다.

"괜찮으십니까."

선두의 남자, 오딘이 말했다.

"자극이 지나쳤는지도 모르겠군요."
"말씀해 주십시오."

우석이 고개를 숙인 채 말했다.

"신화에 대해서는 별 지식이 없지만 당신은 알아요! 오딘이라고요? 밖에 낡아 빠진 빌라들 보이십니까?

여긴 재개발도 안 되는 후진 동네에서 장사 안돼 망하기 직전이었던 편의점이에요. 이런 데 오딘이 오다니, 말이 된다고 생각하세요?"

"사람들 몰아다 줬지 않나."

"모자라? 욕심도 많지."

"그런 이야기가 아니잖아요! 이게 얼마나 어이없는 상황이냐고요. 당신들 같은, 그, 그…."

"신."

"신들이지."

카베이로이 형제가 말했다.

우석이 고개를 들자 형제들이 보였다. 방금 전까지 우석을 놀리던 쌍둥이는 어느새 장엄하면서도 따스한 미소를 띠고 그를 내려다보고 있었다.

"정확히 말하자면, 우리는 유령입니다."

오딘이 손을 내밀며 말했다.

"신들의 유령."

처음 봤던 날과 다르게 오딘의 손은 인간의 것과 다르지 않아 보였다. 우석은 그를 처음 만난 날, 그림자를 뒤집어쓰고 찾아왔을 무렵 느꼈던 두려움을 기억했다. 하지만 지금 그는 손님일 뿐이었다.

우석은 오딘이 내민 손을 잡고 일어났다. 차가웠지만 친절한 손길이었다.

"죽은 이들은 산 자들의 기억 속에 존재합니다. 다행히도, 우리는 변했을지언정 오래 남은 기억 속에서 힘을 얻어 다시 깨어날 수 있었습니다."

오딘은 직접 이야기를 들려주기 시작했다. 우석은 그것이 나름의 배려라고 생각했다.

어느 날 저는 눈을 떴습니다.

죽음 이후의 세계에 대한 지식을 얻었기에 다시 깨어나리라 예상하긴 했습니다만, 오랜 시간이 지났고 힘은 약해져 있었습니다. 전 남은 힘을 잠든 이들을 깨우는 데 쓰기로 했습니다. 언제나 그렇듯 혼자 할 수 있는 일에는 한계가 있으니까요. 처음에는 하늘을 날고 바다를 건너기도 힘겨웠습니다만, 점차 동료들이 늘어 가며 탐색이 수월해졌습니다.

우리가 살 땅을 재건하기 위해서는 더 많은 동료가 필요합니다만, 무리가 어느 정도 규모를 갖추었으니 먼저 지금의 세계에 어울리는 모습을 취하기로 했지요. 그러기 위해 계약이 필요합니다. 복잡한 절차는 필요 없습니다. 누군가에게 값을 치러 대가를 얻는 행위는 세상만사에 통용되는 이치이고 새 땅에 적응하기 위해서는 새로이 이치를 수행해야 합니다. 우리는 좀 더 먼 곳, 우리의 시대에도 미처 눈 돌리지 못했던 땅을 찾길 원했습니다. 고향에서는 어설프게나마 형태를 변화시킬 수 있었지만 좀 더 근본적인 조치가 필요했어요. 적응은 가장 낯선 환경에서 이뤄져야 이후가 쉬워지기 마련이지요. 그래서 다소 무리를 해 행선지도 특정하기 힘든 먼 거리를 이동하기로 했고 그 결과 여기, 당신의 상점을 찾게 되었습니다.

왜 당신이었냐고요? 도착해서 처음 발견한 상점이 이곳이기 때문입니다. 실망하시지 않으면 좋겠군요.

우리가 신이라 해서 만남과 헤어짐의 모든 과정이 특별한 운명 때문일 필요는 없지요. 관계의 가치는 만남 이후에 쌓이는 법이니까요.

우석은 지쳤다. 그들이 온 후 30분도 지나지 않았지만 짧은 시간 동안 받아들인 정보의 양 때문인지 30년은 흐른 듯한 느낌이었다.

"우연이었군요."

"그렇습니다."

"완전히 우연이었지!"

"컴컴한 동네에 자네 점포만 불빛이 환하더라고."

우석은 한숨을 쉬며 말했다.

"한 번에 다 들어오지 않으시는 이유라도 있습니까?"

"다 들어오면 감당이나 되겠나? 이래 봬도 수가 꽤 많다네."

"손님 끌어다 준대도 일단 외상 아닌가. 한 번에 너무 많이 오면 민폐지!"

"그 손님들 말인데요, 최면술이라도 쓰셨습니까?"

"신체에 해가 가는 짓은 하지 않았으니 안심하십시오."

오딘이 말했다.

"특정 길목에 들어서면 통행인들의 방향감각과 욕구의 우선순위가 바뀌도록 했을 뿐입니다."

그게 최면술이잖습니까. 우석은 속으로만 중얼거렸다.

"말씀드렸지만 인연은 소중한 것입니다. 이 땅에서의 첫 계약은 중요한 일이고, 그 일을 주관해 준 당신역시 중요한 분이지요. 새로운 계약의 집행자, 말하자면 신관과 같은 존재라고 할까요."

"시, 신관…. 뭐, 그렇게 생각해 주신다면 저도 좋지요."

"여기 머무는 동안 좋은 벗으로서 서로에게 도움이되는 관계를 유지해 나갈 수 있었으면 합니다. 괜찮겠지요?"

벗이라. 차라리 신관이라 불리는 편이 낫겠다고 우석은 생각했다. 유령이라고 자칭하긴 했지만 그들은 신이며, 자신은 일개 편의점 점주일 뿐이었다.

하지만 생각한 대로 말하지는 않기로 했다. 벗은 무리여도 손님임은 확실했다.

"물론이죠. 감사합니다."

"대장, 슬슬 가지? 다들 기다릴 텐데."

"일해야지. 머릿수가 아직 부족하다고!"

"그러지. 그럼 이만 돌아가 보겠습니다. 다음에도 전령을 보내지요."

"알겠습니다."

형제가 먼저 문을 나서고, 오딘이 나가기 직전 우석이 말했다.

"하나만 더 여쭤봐도 될까요."

"물론입니다."

"손님의 일행에는 신들만 있습니까?"

"그렇지는 않습니다. 요정들, 고을이나 마을 단위로

만 숭배를 받던 신령이나 가택신 등도 포함되어 있지요."

"인간들은요?"

우석이 말했다.

"인간들도 포함되어 있습니까."

"그렇습니다."

오딘이 대답했다.

"인간들도 있습니다."

8.

우석은 계속 일했다.

시간이 흐르고 여름이 깊어 가며 손님은 더 늘었다. 어느덧 멍한 얼굴의 손님들은 뜸해졌지만 매출은 줄지 않았다. 이유는 알 수 없었고 알고 싶지도 않았다. 쉬셔도 된다고 했음에도 일을 계속하는 어머니의 마음이 더 궁금했다. 일 문제로 모자는 몇 번 말다툼을 했다. 그래도 어머니는 그만두지 않았다.

신들은 계속 찾아왔다.

이름을 아는 신도, 처음 들어 보는 신도 있었다. 그들이 물건을 받고 인간의 모습을 취하는 광경을 지켜보며, 우석은 어느샌가 거친 성격의 신이 방문하는 경우를 제외하면 더 이상 공포나 현기증을 느끼지 않는다는 사실을 깨달았다. 그들을 만날수록 갑갑했던 현실의 공기를 뚫고 새어 들어오는 새로운 세상의 냄새에 취하는 기분마저 들었다. 지금은 그런 스스로가 두려웠다.

사람들은 계속 사라졌다. 공포감이 확산되었다.

신경 쓰지 않으려 했으나 쉽지 않았다. 우석은 갈팡질팡했다. 마음은 안정되지 않았고, 불면증이 심해졌으며 살이 빠지기 시작했다. 손님들을 포함해 만나는 사람마다 한 마디씩 건강을 염려하는 말을 던질 때쯤, 우석은 결국 폐점을 결심하고 정환을 불렀으나 대화는 평행선을 달렸다.

"내용증명에 대체 뭐라고 쓰셨어요?"

쐐기를 박는 듯한 정환의 말에 우석은 대답하지 못했다. 정환이 돌아간 후, 지어낸 이야기들로 대충 채운 내용증명을 보며 그는 이 종이 쪼가리에 써 갈긴 글자들처럼 모든 것이 거짓이고 하룻밤의 꿈에 지나지 않을지도 모른다고 생각했다.

현실은 갑자기 몰아닥쳤다.

여름이 끝나 갈 무렵, 어머니는 교통사고로 돌아가셨다.

도로로 차를 몰고 돌진한 음주 운전자 때문이었다. 그날, 그 길에서 사고가 난 특별한 이유는 없었다. 우연이었다.

장례식 기간 동안 까마귀들은 오지 않았다.

"점주님 마음은 잘 압니다. 하지만…."
"알아요?"

정환은 식은땀을 훔쳤다. 상을 치른 지 얼마 안 된 점

주에게 업무 복귀를 재촉해야 하는 처지 때문만은 아
니었다.

정환은 앞을 보려다 다시 고개를 숙였다. 최근 우석
의 눈빛이 이상하긴 했지만 지금은 마주 보기조차 힘
들었다.

"내 마음을 안다고?"
"진정하세요."
"그렇다는 사람이, 가게 돌려야 하니까 다시 와서 일
해라?"
"화 푸세요. 제 처지 아시잖습니까. 저인들 이러고
싶겠습니까?"
"그렇다면 내 맘을 안다고 하지 말았어야지!"

카페의 손님들 몇몇이 흘끗거리다 우석의 눈을 보
고 흠칫하며 고개를 돌렸다.

장례식이 끝나고 이틀이 지나도 우석은 편의점에
돌아오지 않았다. 정환이 본사의 긴급 인력 지원을 연
장시키고 있었지만 더 이상은 무리였다. 위에서는 전
화도 받으려 들지 않는 우석을 복귀시키라고 성화였
다. 결국 집까지 찾아가 문에다 대고 한참 부탁을 한
후에야 만날 수 있었다.

'아, 씨발. SC를 관두든 회사를 때려치우든 해야지.'
"제발 좀 이해해 주십쇼. 지금도 이미 무리하는 중이
란 말입니다."
"얘기했었죠? 폐점, 진행시켜 주십시오."
"점주님."
"제가 남는 것도 없는 점포에서 왜 꾸역꾸역 일을

했는지 아십니까? 다 어머니 때문이었어요. 빌어먹을 위약금 때문도 아니고, 뒈져 버린 신들이 찾아왔기 때문도 아닙니다. 어머니 걱정시키기 싫어서, 저축 까먹어 가며 밑 빠진 독에 물 붓는 중이라는 티를 내고 싶지 않았기 때문이라고요!"

"알죠, 알죠. 말씀하시지 않았습니까."

"이제 일은커녕 살아 있을 이유도 없어요."

정환은 상황을 호전시킬 만한 말을 꺼내고 싶었지만 입이 떨어지지 않았다. 우석이 선언하듯 말했다.

"폐점을 하든가, 직영점으로 돌리시든가 하십쇼. 일안 나갑니다. 스태프들에게도 정산 다 해 주고, 출근안 해도 된다 말해 뒀습니다."

"아오, 점주님…."

정환은 고개를 숙인 채 머리를 벅벅 긁었다.

"최소한 말미라도 좀 주세요. 화장실 문짝도 아니고 어떻게 바로 닫습니까. 이렇게 되면 회사에서 소송을 걸 수도 있어요. 100% 점주님이 계약 위반으로 지게 되어 있단 말입니다."

"계약을 위반해요? 아니지! 먼저 룰을 어긴 쪽은 당신들이야. 매출 좀 늘었다고 내가 그 사실을 까먹었을 줄 알아? 난 일을 했어. 일주일에 6일, 하루 열네 시간을 일했단 말이야. 집에 가면 어머니와 이야기 잠깐 나누다 자고, 일요일엔 집안일 하다 평소보다 약간 더 자는 게 여가의 전부였다고! 그런데 통장 잔고는 계속 줄어. 세금, 인건비, 보험료에 간신히 굶어 죽지 않을 만큼만 들이는 식비 제하고 나면 제로야!

어머니가 버시는 돈까지 합쳐서! 게임 룰을 정하려면 공평하게 했어야지. 대가도 도움도 없이, 위약금이 무서워 일할 수밖에 없는 규칙을 짜 놓고 사람을 돈 버는 톱니바퀴로 만들었던 주제에 뭐가 어째? 값을 치렀으면 대가를 받아야 해. 이건 대전제야! 신마저 따라야 하는 세상의 규칙이야! 당신들은 내 노동에 어떤 대가를 줬는데? 소송? 지랄하네! 내가 그만 걸 무서워할 줄 알았다면 단단히 착각하는 거야. 내가 여름 내내 누굴 만나서 뭘 봤는지 알아? 아느냐 말이야!"

정환은 딱딱하게 굳은 채 간신히 의자에 매달려 있었다. 카페의 손님들도, 높아지는 목소리에 조용히 해 주길 요청하러 오던 직원도 얼어붙었다. 우석의 머리 위로 거대한 까마귀 두 마리가 날아들었기 때문이었다.

"까악."

두 마리의 울음소리는 여전히 하나의 것처럼 들렸다.

들어오는 모습을 본 사람도, 날갯짓 소리를 들은 사람도 없었지만 어느샌가 그들은 우석의 어깨 위에, 검은 날개를 펼친 채로 앉아 있었다.

우석은 일어나 결국 의자에서 미끄러져 넘어진 정환을 내려다보았다. 정환에게 그의 시선은 까마귀들의 눈빛과 함께 타오르는 불꽃처럼 보였다.

우석은 양어깨의 까마귀들을 번갈아 바라보다 웃으며 말했다.

"어쨌든 출근은 해야겠네요. 문제 해결됐으니 좋으

시겠습니다."

"어, 어, 으어…."

"괜히 화내서 미안합니다. 내일 밤에 나갈 테니 고생하시는 김에 긴급 인력 지원은 하루만 더 연장해 줘요. 뭐, 안 되면 그냥 닫아 두든가. 열쇠만 나한테 갖다 주시고."

우석이 손을 내밀며 말했지만 정환은 잡을 생각도 못한 채 신음을 흘리며 뒤로 물러섰다. 우석은 그 모습을 보고 한숨을 쉬고는 손을 거뒀다.

"이제 까마귀들이 보입니까?"

"아, 저, 저…."

"그때는 왜 못 본 척했어요?"

"죄, 죄송합니다, 점주님. 그, 그건, 그러니까…."

"됐시다."

우석은 커피값을 테이블에 올려놓고는 돌아서며 말했다.

"솔직히 관심도 없어요."

카페 출입문을 향하는 우석의 뒷모습을, 정환은 공포로 인해 새어 나온 눈물이 그렁그렁한 눈으로 바라보았다. 흐려진 시야 때문인지 우석의 양어깨에 앉은 두 마리 까마귀의 날개에서 검은 안개처럼 보이는 무언가가 흘러나오는 듯한 착각이 들었다. 검은 안개는 점점 짙어지다 우석이 현관문 밖, 건물 로비의 그림자 아래 섰을 때 그를 완전히 삼켰다. 정환은 20년 후 심장 질환으로 사망하는 순간까지도 그날 본 우석의 마지막 모습을 잊지 못했다.

9.

"오랜만입니다."

문을 열고 들어온 이는 오딘뿐이었다. 우석은 잠시 말없이 창밖을 바라보았다. 초록빛 안개 속 오딘의 무리가 보였다. 얼핏 보기에도 전보다 수가 많아 보였다. 이곳에서 합류한 이들의 숫자가 많아서인지, 더 잘 보이게 되어서인지는 알 수 없었다. 혹은, 다른 이유 때문인지도 모른다.

"안녕하셨습니까."

오딘은 예의 챙 넓은 모자를 눌러쓴 채 카운터 밖, 우석의 정면에 섰다.

"녀석들 덕에 센 척 좀 했습니다."
"진실을 알리기 위해서는 때로 위력이 필요할 순간도 있지요."
"웬일로 어깨에 앉나 싶었는데, 뭔가 아시긴 했나 보네요."
"까마귀들은 필요할 때, 필요한 곳에 앉습니다. 제 의지는 작용하지 않았습니다."
"한 일이라곤 SC 겁주기밖에 없었는데 필요한 일이었다니 이상하네요."
"상황보다는 사람이 중요했겠지요."

우석은 2년 남짓한 시간 동안 일했던 편의점을 둘러보았다. 구석구석 그의 손길 닿지 않은 곳이 없는 장소였다. 때론 자신을 둘러싼 물건들에 갇힌 기분이었고 그래서 이 장소가 증오스럽기도 했다. 그렇다고 돌보지 않을 수는 없었다.

"어머니가 돌아가셨습니다."

오딘은 모자를 벗어 가슴에 대고 눈을 감았다. 감은 눈꺼풀 아래 공허는 가려져 보이지 않았다.

"조의를 표합니다."
"가게를 정리하려 합니다."
"알고 있습니다."

알았겠지. 당신은 오딘이니까. 마음을 읽지 않는다느니 하며 꼬박꼬박 경어를 쓰고 있지만 흔해 빠진 인간 한 명의 불행 따위는 쉽게 볼 수 있는, 위대한 신의 유령.

"이런 말 해 봐야 소용없는 줄은 압니다만, 어머니에 대해 말해 주실 수는 없었습니까."
"저는 예언자가 아닙니다. 말씀드렸지만, 저는 이치 의 흐름을 읽어 내는 눈을 가졌을 뿐 개개인의 길흉 을 예지하는 재주는 없고 가지고 싶지도 않습니다."

우석은 쓴웃음을 지으며 주머니에서 금화를 꺼내 카 운터에 놓았다. 금화는 형광등 불빛 아래 처음 받았을 때와 같은 색으로 빛났다. 받은 이후 한시도 몸에서 떨 어뜨려 놓은 적이 없는 금화였다.

"돌려드리겠습니다."

오딘은 말없이 왼쪽 손목을 걷었다. 검은색 정장과 대 조되는 금빛의 팔찌, 오딘의 무구 드라우프니르가 금화 와 같은 색을 띠고 빛났다. 오딘이 계약의 증표인 금화 를 팔찌에 가져다 대자 금화는 팔찌와 하나가 되었다.

"그동안의 헌신에 감사드립니다."
"그뿐입니까."

우석이 말했다.

"그만두지 말라든가, 더 해 주실 말씀 없으십니까."
"저를 포함해 우리는 그 무엇도 강제하지 않습니다.
계약자의 위치는 언제든지 내려놓을 수 있습니다."
"금화를 아무에게도 보이지 말라고 하셨잖습니까.
그건 강제가 아니고요? 제가 금화에 대해 동네방네
떠들고 다녔으면 어떻게 되는 건데요. 인터넷에라도
올렸으면요?"
"당신이 제 부탁을 들어주지 않았다는 사실을 알았
을 테죠."
"그리고?"
"다른 이를 찾았겠지요."
"그게 다입니까? 저주가 내려진다거나, 어떤 반작용
도 없는 겁니까?"
"없습니다."
"아무것도요?"
"그렇습니다."

우석은 양손으로 카운터를 내리쳤다. 오딘은 가만히
서서 그를 내려다보았다.

"결국 내가 아니어도 상관없었다는 얘기잖습니까!"
"그렇지 않습니다."
"그러지 마십시오! 입에 발린 말 하지 마시라고요.
오딘이잖습니까! 신들을 이끄는 대장 아닙니까. 그
런데 왜 저 따위의 기분을 신경 쓰고 있습니까?"
"왜 자신을 그런 식으로 폄하하시는지 모르겠군요."
"전… 이제… 아무것도 없단 말입니다."

우석은 카운터에 몸을 숙인 채 울었다. 낮고 길게 끌리는 울음소리만이 점포를 채웠다. 10분 가까운 시간 동안 오딘은 아무 말도 하지 않고 그의 떨리는 어깨를 바라보았다.

"이제… 이제 저는 없는 사람이나 마찬가지입니다. 할 수 있는 일도, 하고 싶은 일도 없습니다. 이 빌어먹을 편의점에 서서 물건을 팔고, 정리하는 것밖에는 할 수 없는 인간이라고요."

"당신은 여기서 많은 이들에게 필요한 물품을 전달해 주었습니다. 태곳적부터 모든 문명의 근간은 필요한 재화의 교환에서부터 태동했습니다. 당신은 만물의 가장 기본적인 규칙을 수행하는 이입니다."

"아뇨, 아뇨. 그건 당신이니까 할 수 있는 말이죠. 저는 보잘것없는 사람이지만 그래서 알 수 있는 사실도 있어요. 여기서 참 가지가지 인간들을 봐 왔습니다. 다짜고짜 반말부터 하는 손님, 적선하듯 돈을 던지는 손님, 테이블에 음식을 쏟아 난장판으로 만들고 가는 손님, 별별 작자들이 다 있었지만 그중에 저를 가장 비참하게 만든 사람들은 인사에 대꾸도 없이 들어와 물건을 사고 나가기까지 한 마디 말도 없는 손님들이었습니다. 저를 사람으로 안 보는 사람들, 편의점의 부품 취급하는 사람들이었단 말입니다!"

우석은 고개를 들어 눈물과 콧물로 범벅이 된 얼굴로 오딘을 바라보며 말했다.

"저는 사라지게 될 겁니다."

어느샌가 다시 쓴 모자 아래로 오딘의 하나뿐인 눈이

마지막 퇴근은 손님들과 함께

빛났다. 우석은 한때 세계를 발아래 두고 만물의 이치를 꿰뚫어 보던 신의 눈에, 지금의 자신이 어떤 모습으로 비치는지 궁금했다.

"버텨야 할 이유가 있었습니다. 어머니가 계셨기에 무슨 취급을 당해도 견딜 수 있었습니다. 이제는… 이젠, 그럴 자신이 없습니다. 이곳을 계속 운영한들, 그냥 사라질 뿐입니다. 그러긴 싫습니다. 하지만 앞으로 뭘 어떻게 해야 할지도 모르겠어요. 그 사실이 슬퍼서 견딜 수가 없습니다."

우석은 마음 한구석에서 부끄러움과 후련함을 동시에 느꼈다. 철없는 칭얼거림일지 몰라도 지금만큼은 나오는 대로 지껄이고 싶었다. 편의점을 시작한 이래로 그는 마음속 이야기를 마음껏 내뱉어 본 일이 없었다.

오딘이 대답했다.

"역시 당신은 중요한 이입니다."
"예?"
"창밖을 보면 제 말을 이해하시게 될 겁니다."

오딘은 카운터를 들어 올리며 말했다. 우석은 오딘을 바라보다 휴지로 얼굴을 닦고는 밖으로 나서 창가로 다가갔다.

맑은 날이었다. 달빛 아래 안개는 밝은 에메랄드빛을 띠고 피어올랐다. 그 사이로 보이는 오딘의 무리는 초록빛의 평원 위로 도열한 그림자의 군세처럼 보였다.

왜인지 우석은 그들이 어떤 존재인지 알 것 같았다. 신들과 요정들, 신령들과 사람들. 모습은 제각각이었지만 그들에겐 같은 형태의 그림자가 드리워져 있었다. 그것은 망각의 더께였다.

"처음엔 저와 같이 잠들어 있던 신들만을 찾아다녔습니다만, 어느 시대에나 잊혀 가는 이들은 있더군요."

왜 진작 생각하지 못했을까. 오딘은 이미 이야기해 주었다. 그럼에도 당시에는 그의 정체에 놀라 중요한 사실을 기억하지 못했다.

그가 어떤 이들을 찾아다녔는지를.

"저는 그들에게 가족이 되어 주길 청했습니다. 그것이 망각에서 처음 눈을 뜬 자의 의무라고 생각했기 때문입니다."

오딘은 우석의 한쪽 어깨에 손을 얹고 문으로 이끌었다. 우석은 저항 없이 그를 따랐다. 오딘이 문을 열자 그림자들이 우석을 바라보았다. 그 눈빛들이 더 이상은 두렵지 않았다.

"실종되었다던 사람들 모두, 여기 있는 겁니까."
"그렇습니다. 고맙게도, 제 손을 잡아 준 이들입니다."

오딘이 대답했다.

"외로움에 메말라 가다 보면 아무리 순수했던 이라도 누군가, 혹은 스스로에게 상처를 입히게 되곤 하지요. 하지만 진실한 친구가 옆에 있다면 조금은 상처가 아물지도 모릅니다."

오딘은 우석의 앞에 섰다. 그의 뒤로 도열한 그림자

의 무리 앞에서 가비야와 카베이로이 형제가 우석을
보며 미소 짓고 있었다.

"망각의 바다에 침몰한 이들을 찾는 여정이 형제들
을 거쳐 당신에게 이르도록 해 주었습니다. 당신은
우리가 새 세계와 연을 맺도록 도왔고, 제 뜻을 이
해해 주셨습니다. 그렇기에 당신은 중요한 사람입
니다."

오딘은 손을 내밀며 말했다.

"그러니 부탁하겠습니다. 함께 가시지 않겠습니
까?"

우석은 오딘의 손을 바라보았다. 신들의 수장이 내
민 손은 그 이름처럼 멀게만 느껴지지 않았다. 어머니
를 제외하고는 오랜만에 느끼는, 따뜻한 손길이었다.

"같이 가지? 안 가면 뜨거운 맛을 보여 줄 거야."
"주인 양반, 어서 오라고! 이 패거리가 생각보다 꽤
재미있다네."
"이놈의 바보짓이 엄청나게 웃기거든!"
"뭐가 어째, 이 바보놈아!"

가비야의 협박에 가까운 환영과 카베이로이 형제의
다툼이 귀청을 때렸지만 다리는 떨리지 않았다. 우석
은 웃으며 오딘의 손을 잡았다.

"감사합니다."
"환영합니다."

우석은 오딘의 손을 잡고 편의점 입구 앞 계단에 발
을 디뎠다. 두 단뿐인 작은 계단을 내려서기까지 참으

로 긴 시간이 걸렸다고 우석은 생각했다.

"까악."

오딘의 두 까마귀, 후긴과 무닌이 다시 우석의 어깨에 내려앉았다. 까마귀들의 날개 아래 그림자가 우석의 몸을 감싸기 시작했다. 포근한 감촉이었다.

우석은 마지막으로 편의점을 돌아보았다. 후긴과 무닌, 감정과 기억이라는 이름을 가진 까마귀들을 양어깨에 앉히고 우석은 떠올렸다.

처음 오픈하던 날의 긴장과 기대.

남은 재고와 장려금을 계산해 가며 발주를 넣던 아침 일과.

손님 응대를 하며 저녁 물류를 정리할 때의 부산함.

한결같은 표정으로 우석의 호소를 듣던 정환.

일일 매출 그래프를 보며 느꼈던 절망감.

짜증 나던 진상들.

웃으며 인사를 건네던 손님들.

어머니.

'안녕히 계세요.'

우석은 처음이자 마지막으로 편의점을 향해 작별 인사를 건네고 환영 인사를 받으며 그림자들 사이로 들어섰다.

처음 나타났던 날처럼, 우석이 합류한 그림자의 무리는 녹색 안개와 함께 거리를 내달리다 바람에 흩날리듯 사라졌다. 텅 빈 편의점만이 아무 일도 없었다는 듯 손님을 기다리는 상품들을 품고 어두운 주택가에 홀로 빛을 밝히고 있었다.

초대작

잃어버린
삼각김밥을 찾아서

이산화

화학을 전공하였고 SF를 쓴다. 사이버펑크 장편소설 《오류가 발생했습니다》와 단편집 《증명된 사실》을 출간하였으며, 이외에도 다수의 앤솔로지에 작품을 수록하였다. 단편 〈증명된 사실〉은 2018 SF어워드 중·단편소설 부문 우수상을 수상하기도 했다. 편의점에서 신제품 아이스크림을 발견하면 일단 집어 든 다음 먹으면서 후회하는 습관이 있다.

당시에 내가 비희와 사귀고 있었다는 사실을 아는 사람은 한 손으로 꼽을 수 있을 정도였다. 사람이 아닌 존재까지 합쳐야 겨우 여섯 명이 되었다. 그중에서 넷은 전 애인이었으며, 둘은 애인 사이까지 발전할 가능성이 제로라는 이유로 내 신뢰를 받는 친구들이었고, 직장 동료는 한 명도 없었다. 비희와 사귀는 동안 나는 연애 사실이 직장에 알려지지 않도록 최선을 다했다. 대화를 얼버무렸고, 휴대폰 화면을 감추었으며, 심리 상담을 앞두고선 예행연습까지 했다. 문화체육관광부 산하 기이현상청 소속의 공무원이 사람으로 변신하는 이족보행 파충류와 사귄단 건 그런 일이었다.

　음, 엄밀히 말해 비희가 변신 파충류 인간이라는 사실 자체는 그다지 문제가 아니었다. 대한민국 행정부를 구성하는 수십 개 정부 부처 가운데서도, 기이현상청은 이상하고 비인간적인 존재들에게 익숙하기론

(국세청과 더불어)둘째가라면 서러운 곳이니까. 귀신, 정령, 흡혈 괴물, 설명 불가능한 현상 등을 매일 같이 다루는 직장에서는 인간 이외의 존재와 사귄다고 공표해 봐야 "선배는 출장만 다녀오면 새 애인이 생기네요." 내지는 "제발 부탁이니까 지난번 매구 때처럼 소란 피우진 마라." 정도의 반응밖에 돌아오지 않는다. 아마 비희가 평범한 파충류 인간이었다면 굳이 비밀로 할 필요도 없었겠지. 진짜 문제는 한국 땅에 평범한 파충류 인간이란 존재하지 않는다는 사실이었다.

처음 만났을 당시에 비희의 표면적인 신분은 모 대형 식품제조업체 직원이었다. 직책은 경기도 광명시에 위치한 제3광명신제품연구소의 시니어 매니저. 주요 업무는 전국 대형 마트와 편의점 매대에 놓일 신제품 개발 프로젝트 관리. 하지만 연구소 소재지가 하필 광명시라는 데에서 알 수 있듯이, '제3광명신제품연구소'의 진짜 주인은 식품제조업체가 아닌 광명회 — 즉 일루미나티였다. 파충류 인간들의 카르텔로 악명 높은 일루미나티가 운영하는 연구 시설인 만큼 특히 주의할 필요가 있기에, 기이현상청에서는 해당 시설을 1급 지정기이단체로 분류해 매년 2회씩 담당 공무원에 의한 정기 실태 조사를 진행하고 있다.

그리고 당시의 정기 실태 조사 담당 공무원이 바로 나였다.

광명시까지 조사를 나가서, 매니저랑 면담부터 하고, 규정이 잘 지켜지고 있는지 이곳저곳 성실하게 검토한 다음, 커피나 한 잔 마시고 바로 돌아올 생각이었다. 그런데 커피를 마시는 동안 이야기가 "업무는 할

만하신가요?"에서 "언니 나랑 잠깐 사귈래?"로 진행
되고 만 것이다. 버릇처럼 하는 말이었지만 그땐 솔직
히 아차 싶었다. 평소에 기이들이랑 사귀는 거야 내 자
유라고 해도, 지정기이단체 직원이 상대면 이거 유착
되는 거 아냐? 조사의 공정성 문제도 있고, 비위 사건
으로 발전할지도 모르고, 지금이라도 빨리 농담이었다
고 해야….

"음, 잠깐 정도는 괜찮을 것 같네요. 모린 씨라고 부
르면 되나?"

상대가 두 눈을 빙글빙글 굴리면서 먼저 이렇게 나
왔기 때문에, 이다음부터는 뭐 어쩔 수가 없었다. 아슬
아슬한 비밀 연애를 시작하는 수밖에. 그 주 주말에 나
는 위장용 허물을 벗어 던진 비희의 모습을 처음으로
보았고, 렌즈를 끼지 않았을 때의 세로로 쭉 찢어진 동
공이 퍽 매력적이라고 생각했으며, 공기의 맛을 보듯
공연히 혀를 날름거리는 게 딱히 나 보라고 하는 행동
은 아니라는 사실을 배웠다. 다음 주와 다다음 주에는
좀 더 많은 걸 배우는 한편, 직장에서는 필사적으로 아
무런 일도 없었던 척을 했다. 그렇잖아도 포항에서 있
었던 일 때문에 징계를 겨우 피한 참이었으니까. 안정
적인 직장을 잃고 싶지는 않았으니까.

지금 와서 생각해 보면, 재난의 씨앗은 그때 이미 뿌
려져 있었던 셈이다.

*

지금까지 확인된 일루미나티 직영 연구소는 전 세계에 스물여덟 곳. 하지만 아직 드러나지 않았거나 간접적으로만 영향을 받는 연구소까지 포함한다면 100군데가 넘으리라는 것이 현재의 추산이다. 이들이 과연 어떤 연구를 진행하고 있는지 알고 싶다면, 일반 대중에게도 어느 정도 알려진 구글의 X 연구소나 미국 방성의 방위고등연구계획국(DARPA)을 보면 된다. 분야는 첨단 정보 기술과 신무기 연구로 각각 다르지만, '현재의 과학으로는 실현 불가능한 기술을 개발하기 위해 막대한 예산을 투자한다.'라는 점만큼은 동일한 곳이니까. 1776년 설립된 이래 지금껏 일루미나티는 그런 '미래의 기술'에 투자해 왔고, 또 그 결과물을 독점해 왔다. 인류 문명의 미래를 원하는 형태로 이끌어 가기 위해서.

　DARPA에서 연구 중인 신무기가 지금 당장 전쟁터에 등장하지는 않겠지만, 수십 년 후의 미래에는 분명 전쟁의 양상을 좌지우지할 것이다. X 연구소에서 만들어 내려는 전자기기 또한 가까운 미래에는 인류의 생활 방식을 바꿔 놓을지 모른다. 미래에 쓰일 그 모든 기술이 일루미나티의 주머니에 들어 있다면? 인류의 미래 전체가 일루미나티에게 저당잡힌 셈. 그리고 미래 기술을 한 발 앞서서 손에 넣기 위해서라면 일루미나티는 수단 방법을 가리지 않는다…. 비희가 다니는 제3광명신제품연구소 또한 마찬가지였다. 일루미나티 직영 연구소답게, 내 애인의 직장은 미래 인류의 먹을거리를 개발하기 위해 수단 방법을 가리지 않는 곳이었다. 본인에게 정말 그러냐고 물었을 땐 다소 신경질적인 대답이 돌아오긴 했지만.

"세상에, 기이현상청에선 그렇게 가르쳐요? 수단 방법이 어쩌고 하니까 되게 악당처럼 들리네. 근데 미래에도 뭔가 먹고는 살아야 할 거 아녜요. 세계는 점점 더 빨리 변화하고 있는데, 10년 후의 인간 사회에 과연 모린 씨가 아는 음식이 몇 개나 남아 있을 것 같아요? 미래의 휴대전화도 제대로 상상하지 못한 여러분이 과연 미래의 음식을 상상할 수 있겠어요?"

"떡볶이가 없어지는 거야? 와, 큰일 났네. 내일부터 매일 떡볶이 먹어야겠다."

"농담이 아니에요. 공장제 축산업이 얼마나 갈 것 같아요? 양봉은? 어마어마한 경작지를 필요로 하는 대규모 농업은? 이미 다른 연구소들에서는 현재의 사회 구조를 수백 번은 더 뒤집어 놓을 만한 혁신적 기술을 확보하고 있어요. 조만간 인류는 지금껏 먹어 본 적도 없는 식재료를 주식으로 삼아야 할걸요. 그리고 우리 연구소의 식품공학 기술이 여기에 발맞춰 나아가지 않는다면, 그런 식재료로 만든 음식들은 다양하지도 않고 맛도 없겠죠."

그러니까 비희의 설명에 따르면, 제3광명신제품연구소에서 진행되는 연구란 온갖 낯설고 기괴한 식재로부터 어떻게든 먹을 만한 음식들을 만들어 내기 위한 식품공학적 사투였다. 아니면 원숭이 떼한테 타자기를 던져 주고서 언젠가는 셰익스피어의 전 작품이 완성되어 나오길 기다리는 일에 더 가깝거나. 배양육, 식용 곤충, 스카이피시, 나노머신 향신료와 가향 엑토플라즘 등으로부터 마구잡이로 만들어진 시제품들의 대다수는 입에 댈 수조차 없는 실패작이라면서 비희는 한숨을 푹 쉬었다.

"DARPA에서 진행되는 연구의 90%는 목적 달성에 실패한다는 얘기 들어 봤어요? 당연한 일이죠. 실현 불가능한 기술을 연구한다는 건 결국 실패하고 깨지면서 배우는 과정이니까요. '실패를 통해 알아낸 게 하나라도 있다면 성공'이란 게 그쪽 모토죠. 우리도 마찬가지예요. 간신히 먹을 만한 게 나오면 신제품으로 내놓기도 하는데, 반응 보면 편의점 리뷰 블로그에 '괴식'이라고 낙인찍혀 있더라고요. 막 마시고 욕하는 영상 찍어서 올리는 게 유행 되고."

"어쩐지 편의점 신제품들 가끔 좀 이상하더라. 지난번에 요구르트 계란 샌드위치인가 뭔가는 먹어 보고 만든 게 맞나 싶었는데, 다 너네가 만드는 거였구나."

"거기 들어간 게 좀 특수한 알인데, 하도 맛이 이상하니까 아예 더 이상하게 조리해서 얼버무려 보자는 아이디어가 나왔거든요. 그렇게라도 시장 반응을 보지 않으면 얻을 수 없는 데이터가 있어요. 한국은 그런 면에서 특히 실험에 용이하죠. 대만 카스테라도 그렇고 치즈 등갈비나 흑당도 그렇고, 음식이 한번에 확 유행했다가 싹 사라지잖아요? 땅은 좁고 인구는 바글거리는데 유행 교체 주기는 빠르고. 유전학 실험에 초파리 쓰듯이 쓰기 좋… 이거 하면 안 되는 말이었나요?"

"내 앞에서만 해."라고 대답한 다음에 키스했던 것까진 기억이 난다. 제3광명신제품연구소의 업무에 대해 비희와 나눈 이야기는 이 정도가 전부였고, 더 깊이 파고들어 볼 생각도 딱히 없었다. 그야 일루미나티가 벌이는 일이니 꺼림칙한 건 사실이었지만, 안전 관련 규정만 빈틈없이 지켜 준다면야 결국 편의점에 맛없는 음식 푸는 게 전부잖아? 규정 위반 정황이 드러나지 않는 이상 기이현상청 공무원이 간섭할 사안은 아니었다. 나 개인으로서는 비밀 연애에나 집중하면 그만이었고.

그랬을 텐데, 연애 한 달째에 접어들 무렵의 화요일에 모든 상황이 바뀌었다.

"모린 씨, 큰일이 터졌는데, 말할 사람이 모린 씨밖에 없어요."

새벽 3시에 갑자기 집에 찾아온 애인이 이런 말을 하면, 대체로 모든 상황이 바뀌는 법이다.

*

자다 깬 나를 앉혀 두고서 도대체 무슨 일인지 설명하는 동안, 비희의 목소리는 알아듣기 힘들 정도로 바들바들 떨리고 있었다. 허물이 벗겨져 비늘이 다 드러난 손등도, 한쪽만 서클렌즈를 낀 눈동자도, 점액질이 허옇게 말라붙은 혀끝도. 평소답지 않게 흐트러진 그 모습만 보더라도 얼마나 심상찮은 사태가 발생했는지 감이 올 정도였다. 그리고 비희가 이야기를 마칠 무렵에는 나 또한 그 다급한 불안감에 사로잡힌 채였다.

"그러니까 네 말은, 심각한 문제 있는 상품을 시장에

냅다 풀어 버렸다고? 연구소에서는 무작정 은폐할 생각이고? 아니, 규정은 그렇게 잘 지키더니 어쩌다 그랬어?"

"실수였어요. 소각장으로 보낼 삼각김밥 박스가 없어졌다고 처리팀에서 연락이 왔길래 급히 확인해 보니까, 연구원 하나가 시장 실험 들어갈 제품으로 착각해서 본사로 보냈다네요. 내부 임상 실험에서 원인 불명의 심각한 부작용이 발견되는 바람에 전량 폐기하기로 결정한 물건이었거든요. 절차대로 회수하려고 했는데 상부에서 말하길, 그러니까,"

"절차대로 소란 떨다가 우리한테 들켜서 지정기이업체 면허 취소당하지 말고, 그냥 너네들 잘하는 정보 공작으로 덮으라고 했겠지. 작년에 삼성이터널테크가 사고 쳐 갖고 엄청 빡빡해졌으니까. 으, 이걸 어떡하냐."

모범적인 기이현상청 공무원이라면 여기서 "어떡하냐."라고 말해서는 안 된다. 지정기이업체 직원의 내부 고발이 들어온 상황이니, 이럴 땐 상부에 즉시 보고한 다음 대책 본부의 지시에 따라 기이회수과 사람들을 보조해 작전을 수행하는 것이 원칙이다. 다만 그러려면 제보 출처에 대해서도 보고를 해야 하는데, 내가 도저히 그럴 수 없는 처지였단 게 문제. '지난번에 조사 나갔던 업체 직원이랑 사귀는 중이라서'라고 곧이곧대로 말했다간 징계 확정일 터였다. '친해져서 개인적으로 들었다'라고 둘러대 봐야 들키기는 매한가지겠지. 하지만 혹시라도 일이 더 커진다면? 정보를 입수해 놓고도 입 닫고 있었단 사실을 들킨다면? 이래도 징계, 저래도 징계, 정말이지 진퇴양난이었다. 그런 내 고민을 읽은 듯 비희가 다시금 입을 열었다.

"불의의 사태부터 막는 게 우선이라고 봐요. 유출된 제품이 지금쯤이면 서울 시내 편의점 곳곳으로 나갔을 텐데, 누구 입에 들어가기 전에 조용히 회수할 수만 있으면 제일 깔끔하거든요. 내부 기밀을 최대한 공유해 줄 테니까, 기이현상청이 아니라 모린 씨 선에서 어떻게든 안 되겠어요?"

"삼각김밥이 서울 사방으로 흩어진 걸 내가 무슨 수로 찾아. 뭐 힘이 있는 것도 아닌데. 특채 애들이면 모를까, 난 공채로 뽑힌 거란 말이야."

"모린 씨 친구분들 많으시잖아요. 그분들께 도움 구해 주시면 좋겠는데…."

'친구분들'이라는 단어에 실린 묘한 뉘앙스를 눈치채기는 어렵지 않았다. 직장 동료들 얘기가 아니란 건 명백했고, 이 상황에 도움을 줄 만한 나머지 친구들은 엄밀히 말해 순수한 '친구'가 아니었으며, 그 사실에 대해서는 누구한테 딱히 숨긴 적도 없으니까. 내 예전 애인들이 어떤 애들인지에 대해서는 비희도 알 만큼은 알고 있었다. 그중 몇몇하고는 헤어진 후에도 좋은 친구로 지내는 것 또한 사실이었다. 아니, 그래도 그렇지, 갑자기 연락해서 새 애인 좀 도와 달라고 애원하는 건 웬만하면 안 하고 싶은 일인데.

"이거 진짜 다른 방법이 없나?"

"없으니까 여기까지 왔죠. 이젠 시간도 없고요. 제발 부탁해요, 모린 씨."

"알았어, 알았다고. 정확히 어떤 물건을 찾아야 하는

지, 유출된 게 어떤 식으로 위험한지, 그런 것들만
좀 알려 줘. 계획 잡히는 대로 연가 하루 내고서 좀
돌아다녀 볼게."

안도감에 힘이 풀려 쓰러지려는 비희를 안아 주면
서도, 내 머릿속은 지금껏 사귀었던 애인들을 하나씩
되새겨 보느라 분주했다. 당장 서울에서 만날 수 있고,
물건 찾는 데에 도움도 되고, 크게 안 싸우고서 헤어진
애가 설마 한 명도 없겠어? 다행스럽게도 마침 떠오르
는 얼굴이 있었다. 비희가 제공해 준 단서와 지워지지
않은 껄끄러움을 품에 안은 채, 역사상 가장 치명적인
삼각김밥을 찾아 서울의 새벽 속으로 발걸음을 옮긴
것은 그때로부터 약 두어 시간이 지난 뒤였다.

*

동틀 녘의 탑골공원은 고요했고, 기운찬 할아버지
한두 분만이 어스름을 헤치며 이른 조깅을 하고 있었
다. 팔각정이 있는 광장 쪽으로 들어가도 인적이 없기
는 마찬가지였다. 1919년에는 독립선언문이 낭독된 곳
이고 지금은 서울 노인들의 쉼터로 특히 유명하지만,
햇빛에 감싸이지 않은 공원은 사람의 영역이 아니었
다. 물론 원각사지 10층 석탑을 둘러싼 보호 유리관 안
에 갇힌 존재의 영역도 아니고. 유리관의 봉인 상태는
완벽했다. 비둘기 몇 마리가 그 위쪽에 올라앉아 태연
하게 나를 내려다보고 있었다. 어색한 침묵을 깨며 먼
저 인사를 건넨 것은 나였다.

"그, 잘 지내지? 급히 부탁할 게 있어서 왔는데."

"아이구, 드디어 뭔가 사건에 말려드셨구만."

비둘기들이 푸드덕거리며 말했다. 유리관 위에서, 정자 그늘에서, 풀숲 사이와 등 뒤에서 동시에. 각각의 비둘기는 단지 조금 묘한 울음소리를 낸 것이 전부였지만, 내가 서 있는 위치에서는 그 모든 울음소리가 절묘하게 겹쳐져 분명한 목소리로 들렸다. 허스키하고 조금 비아냥대는 익숙한 목소리로.

"무슨 일인지 맞혀 볼까? 연애 문제지? 우모린 넌 맨날 이상한 애들만 골라 사귀잖아. '삶에 자극이 필요하다.'라면서 별 두억시니 같은 놈들한테 집쩍대고 다녔으니 사고가 안 나고 배기겠냐. 이번엔 또 누구일지 듣기도 무섭다, 야."

"일루미나티 다니는 파충류 인간이야. 꽤 귀여워."

"돌겠네, 돌겠어, 파충류 인간이랜다. 넌 그 따위로 살면서 어떻게 아직 명줄이 붙어 있는지 모르겠다니까. 그래서, 내가 뭘 도와줬으면 하는데? 걔 눈이라도 쪼아 먹어 줘?"

사방의 푸드덕 소리가 점점 격해졌다. 머리 위에서는 이미 비둘기들이 무리를 이뤄 하늘을 위협적으로 빙빙 돌고 있었다. 하지만 그 살기등등한 무리조차도 더욱 거대한 존재의 일부분에 지나지 않았다. 서울에 서식하는 약 5만 마리의 비둘기 전체가 기이 제136호, '범서울 비둘기 군체의식'을 구성하는 신경세포나 다름없으니까. 1988년 서울 올림픽 개막식 때 성화대에 앉아 있던 비둘기 몇 마리가 화염에 휩싸였고, 의도치 않았던 이 거대한 번제 의식으로 인해 당시 방사된 비둘기들에게 모종의 힘이 깃들었으며, 그 후손들은 아직까지도 서울특별시에서 가장 거대한 두뇌이자 가장 많은 눈으로 기능하고 있다. 어쩌다 보니 나랑 3개월 정도 사귀기도 했고. 아무튼 요점은, 서울 시내에서 물건 찾고 싶으면 비둘기만큼 의지가 되는 애도 없다는 얘기다.

"너 냄새 잘 맡잖아. 이거랑 비슷한 냄새 나는 물건들 좀 알아봐 줬으면 하는데."

핸드백에서 작은 유리 바이알을 꺼내며 그렇게 말하자, 하늘을 날던 비둘기들이 일제히 내려앉아 내 주위로 몰려들었다. 바이알 안의 회색 가루가 아침의 첫 햇빛을 받아 불길하게 반짝였다. 이것이 바로 비희가 엄격한 통제를 뚫고 간신히 빼돌렸다는 이번 신제품의 핵심 원료, 제3광명신제품연구소의 초과학이 탄생시킨 공포의 삼각김밥 양념, '마르셀'이었다.

*

비희의 말에 따르면, '마르셀'은 신제품연구소의 최정예 연구진이 《보이니치 문서》의 기록을 참고하여 유전공학적으로 만들어 낸 아주 특수한 곰팡이로부터 추출한 성분이었다. 겉보기엔 고운 후추가루와 닮았고, 지독한 곰팡내가 풍기는 것이 입에 댈 생각조차 들지 않았지만, '마르셀'의 진가는 냄새나 맛이 아닌 환각 작용에 있었다. 맥각 곰팡이처럼 강렬한 환각을 유발하는 것은 아니다. '마르셀'이 불러오는 환각의 강도는 기존까지 알려진 환각 물질의 효과보다 훨씬 약하고 은근해서, 환각이라는 사실조차 눈치채기 힘들 정도라고 비희는 설명했다. 그리고 이 설명을 전해 들은 비둘기들의 반응은 이러했다.

"참 나, 밥에다 마약을 섞는댄다. 사람들 다 헤롱헤롱 취하게 만들어서 뜻대로 부려먹을 작정들이신가? 그럴 거면 왜 굳이 효과는 약하게 만들었대?"

그야 일루미나티의 목적은 사람들을 마약중독자로 만드는 게 아니니까. 단지 미래의 밥상이 상상할 수 없는 형태로 뒤집어지더라도, 설령 하루아침에 쌀밥과 된장찌개 대신 요구르트 계란 샌드위치가 주식 자리를 차지하게 되더라도 불만 없이 식사를 해 주길 바랄 뿐. 물론 쉬운 과업은 아니다. 사람은 기본적으로 낯선 음식을 꺼리도록 되어 있는데, 과연 평생 쌀밥만 먹어 온 사람이 생전 처음 보는 요리를 주식으로 먹으면서 만족할 수 있을까? 맛이란 미각으로만 구성된 체계가 아니다. 쌓이고 쌓인 기억의 힘은 때론 혀의 미각 수용체조차도 압도한다. 이 난제에 맞서고자 제3광명신제품연구소에서는 환각 물질의 힘을 빌려 보기로 했다.

"환각이란 건 외부 자극이랑 개개인의 내면 무의식이 합쳐져서 만들어지는 거잖아? 그러니까 밥을 먹는 동안 아주아주 약한 환각을 걸면, 낯선 음식을 먹으면서도 기억 속의 익숙한 음식을 먹는 듯한 기분이 들도록 유도해 낼 수 있다나 봐. 말하자면 어릴 때 먹던 집밥처럼 느껴진다는 거지."
"근데 실험이 실패했단 거 아냐. 무슨 부작용 터졌대며. 그래서 네가 이렇게 일찍 일어난 쥐새끼처럼 돌아다니고 있는 거고."

"추출물 상태로 섭취했을 땐 아무 문제도 없었는데, 실제로 제품에 섞어서 블라인드 임상 실험을 해 보니까 왠지 모르게 열 명 중의 여섯이 맛이 갔다더라. 갑자기 폭력적이 되고 말이 안 통해서… 아, 여기야?"

허공에서 릴레이처럼 이어지는 목소리를 따라 도착한 곳은 종로3가역 7번 출구 근처의 편의점이었다. 5만 마리의 비둘기 떼가 서울 전 지역의 냄새 지도를 그려 찾아낸, '마르셀'의 냄새가 나는 가장 가까운 장소. 과연 정확한 정보일까? 혹시 냄새만 남아 있고 물건은 팔렸다든가 그런 건 아니겠지? 걱정을 가득 안고서 편의점에 들어가 삼각김밥 매대를 봤더니, 음, 정말로 쓸모없는 걱정이었다는 사실이 한눈에 밝혀졌다. 제육볶음부터 간장게장까지 십수 가지 맛을 자랑하는 삼각김밥의 화려한 행렬 가운데서도, 제3광명신제품연구소의 피조물이 분명한 신제품만큼은 단 하나도 팔려 나가지 않은 채였으니까.

"아니, 야, 앙버터 삼각김밥이 도대체 뭐냐."

생각해 보면 당연한 일이었다. 아무리 낯선 음식도 집밥처럼 느껴지게 하지만, 그 역겨운 냄새와 맛을 감춰야 하는 식품첨가물의 효과를 실험하려면 어떤 음식에 집어넣는 게 가장 좋을까. 가능한 한 낯설면서도 맛이 강한 음식이어야 하지 않을까? 그런 면에서 달고 짜고 듣도 보도 못한 음식인 앙버터 삼각김밥은 연구를 위한 최선의 선택이었으리라. 팥앙금이랑 버터를 넣은 주먹밥을 도대체 누가 집어 들겠느냐는 아주 사소한 문제만 제외하면.

*

　제3광명신제품연구소의 연구진이 식품공학적으로 다소 무리한 수를 둬 준 바람에, 삼각김밥 회수 작전은 아주 순조롭게 진행되었다. 비둘기들은 서울 전역에서 '마르셀'의 냄새가 나는 편의점 총 일곱 군데를 찾아내 주었고, 나는 현대 문명의 기적인 지도 앱의 길 찾기 기능을 총동원해 가며 각 편의점을 최단 시간 내에 들를 수 있는 대중교통 경로를 알아냈다. 그다음부터는 그저 발품을 팔 뿐이었다. 편의점에 들어가서 앙버터 삼각김밥을 있는 대로 집어 들고, 점원의 경악에 찬 시선을 애써 회피하고, 버스 정류장에서 다음 목적지까지 걷는 동안엔 비둘기랑 수다도 떨고. 무선 이어폰의 발명 덕택에 길에서 아무리 떠들어도 이상한 눈초리를 받지 않는다는 건 소소한 기쁨이었다. 얘랑 지금 와서 사귀었으면 좀 더 오래 가지 않았을까?

　"진심 아닌 거 다 알거든. 너 지금껏 반년 넘겨서 연애한 적 있긴 해? 없지? 남한테서 자극을 찾아다니니까 쉽게 질리는 거야. 뭐, 일루미나티 애하곤 잘해 보든가. 적어도 비싼 건 원 없이 얻어먹고 다니겠네."
　"김영란법."
　"얼씨구. 평소에 어길 수 있는 규정은 죄다 어기면서, 밥값은 또 각자 계산해? 하기야 넌 매번 이상한 데에서 칼 같지. 그래서 이날 이때껏 모가지 붙어 있는 걸 수도 있겠다. 아무튼 저 골목에 있는 편의점이 마지막이야."

예전 애인이랑 간만에 노닥거리는 것도 생각보다는 훨씬 즐거웠지만, 삼각김밥 몇 개만 더 사면 이제 그런 시간도 끝. 서울을 동서남북으로 바쁘게 가로지르다 보니 어느덧 점심시간도 훌쩍 지나 있었다. 헤어지기 전에 같이 밥이나 먹을까? 아니면 저녁 약속 잡을까? 그렇게 멍하니 생각하며 최후의 목적지에 들어섰는데… 앙버터 삼각김밥이 매대에 없었다.

"어, 어, 분명히 있다고 해서 왔는데, 이거 다 팔렸어요?"

이렇게 다급히 물어보면 내가 진짜 그 말도 안 되는 음식을 좋아하는 것 같잖아! 하지만 지금은 체면 따질 때가 아니었다. 갑작스러운 질문에 점원도 나만큼이나 당황했는지 잠깐 머뭇거렸지만, 곧 대답 대신 편의점 구석의 테이블을 가리켜 주었다. 늦은 점심을 챙겨 먹으려는 젊고 마른 남자가 앉은 곳이었다. 그리고, 점원이 고작 몇 초 머뭇거려 준 덕택에, 남자가 삼각김밥을 한 입 깨무는 모습이 기어이 내 눈에 들어오고 말았다. 다음에 할 일은 정해져 있었다.

"아이 씨, 미치겠네! 그 쓰레기 당장 뱉어!"

여기서 미래의 기이현상청 공무원들을 위해 한 가지 밝혀 두자면, 기이현상청은 경찰청이나 소방청 못지않게 임용 시 체력 시험 비중이 높은 부서이다. 아무리 내근직이라고 해도 근무하다 보면 별 괴상망측한 일에 한 번쯤은 말려들게 되어 있으니 당연한 일. 그러니 당신이 나처럼 특채 선발 요건을 만족하지 못하는 일반인이라면, 신체라도 최대한 단련해 두는 게 좋을 것이다. 기왕이면 좀 더 실전적인 싸움 경험이 있으면 금상첨화고. 다시 말해서, 나도 저렇게 근육도 없는 남자 하나쯤이야 어렵잖게 제압할 수 있다는 뜻이다. 분명히 그랬어야 하는데,

"으어우워어어어어!"

남자가 괴성을 지르며 붙들린 팔을 휘두르자, 순식간에 몸이 과자 진열대까지 붕 날아갔다. 기습 공격이었는데? 관절을 꺾어 김밥을 빼앗을 작정이었는데? 상황을 미처 파악하기도 전에 이번에는 남자가 내 쪽으로 주먹을 휘둘러 대기 시작했다. 마구잡이로, 무시무시한 힘을 담아, 망할 놈의 삼각김밥을 입안 가득 우물거리면서. 과자 봉지가 날아가고 안주와 빵이 엎어지는 동안 내가 할 수 있는 일이라고는 필사적으로 공격을 피하는 것뿐이었다.

"악! 아악! 아뇨 괜찮아요 경찰 부르지 마세요!"

갑자기 폭력적이 된다고 했지, 괴력이 생긴다고는 안 했잖아! 이대로라면 속절없이 당하고만 있겠다 싶었던 순간, 편의점 안으로 비둘기 떼가 화살처럼 날아들었다. 정교한 비행이라기보단 부리를 세운 채 남자를 향해 토실토실한 몸을 내던지는 질량 병기의 무차별 투척. 하지만 구석에 몰려 있던 불쌍한 나를 구원해 주기에는 충분한 공격이었다. 할퀴고 쪼아 대는 날짐승들의 무리에 쫓겨 남자는 이내 편의점 바깥으로 도망쳤다. 남은 서너 마리가 다급하게 구국구국 울었다.

"야, 괜찮냐? 꼴 보니까 어디 부러지진 않았나 보네. 쟤는 도대체 뭐길래 네가 쪽도 못 쓰냐?"

"몰라. 지금 중요한 건 그게 아니야. 일단 쫓아가서 잡아야 돼."

놀란 편의점 직원은 나중에 생각할 일이었다. 혹시라도 기이현상청에 알려지면 큰일이지만, 이 정도 스케일의 일은 내가 인맥 동원해서 어떻게든 무마할 수 있으니까. 하지만 기이현상에 사로잡힌 민간인이 도심 한복판에서 초인적인 힘으로 난동을 부린다면 얘기가 전혀 달라진다. 그래서 고통을 참으며 삐걱이는 몸을 일으켰고, 비둘기들이 남자를 몰아가는 방향으로 힘껏 달렸다. 가능한 한 인적이 드문 골목 안쪽으로. 도망칠 길이라고는 없는 곳으로.

"겨우, 겨우 따라잡았네."

비둘기들에게 몇 분이나 시달린 남자의 눈에는 핏발이 잔뜩 서려 있었지만, 그래 봐야 막다른 구석까지 몰렸다는 사실에는 변함이 없었다. 더는 두 발로 서 있기조차 힘든지 바닥에 엎어져서는 이쪽을 향해 그저 그르릉거릴 뿐. 저런 상태라면 둘이서 어떻게 해볼 수 있을 것 같았다. 일단은 셋을 세고서 동시에 덮친다, 하나, 둘, 셋!

그러려는 찰나 남자가 펄쩍 뛰었다. 양손과 양발로 지면을 힘껏 박차면서, 오른쪽 건물 2층 외벽에 달린 에어컨 실외기 위로. 덕분에 내 혼신의 발차기는 허공을 갈랐고, 남자는 외부 배관과 창틀을 능숙하게 붙잡아 가며 점점 더 위쪽으로 올라갔다. 무슨 암벽등반 선수처럼. 아니, 그보다는 좀 더 짐승에 가까운 움직임으로. 이 상황을 채 이해해 보기도 전에 남자의 몸은 이미 6층 건물의 옥상 너머로 사라졌다.

"뭐야, 저게."

이런 말밖에 나오지 않았다. 그야말로 닭 쫓던 개 지붕 쳐다보는 꼴이었으니까. 지금껏 뒤쫓던 게 과연 닭이기는 했는지도 알 수가 없었으니까. 다만 한 가지 확실한 건, 지금 가진 정보와 인력만으로는 아무래도 사태를 깔끔하게 해결하기 힘들겠다는 사실이었다. 일단은 단서가 더 필요했다. 그리고, 영 내키지는 않지만, 조력자도 하나 더 구해야 할 것 같았다.

*

"세상에, 예상보다 부작용이 훨씬 심각하네요."

수화기 너머에서 비희는 한동안 내가 전달해 준 이야기를 곱씹어 보는 듯했다.

"연구소에서는 문제 발생하자마자 바로 임상 중단했거든요. '마르셀' 복용 시에 과도한 폭력성이 나타나는 것까진 확인했지만, 설마 시간이 경과하면서 증세가 오히려 악화될 줄은 몰랐죠. 복용자가 꼭 빙의된 사람처럼 움직였다고 했던가요?"

"그래, 그것도 아주 특출하게 강하고 질 나쁜 동물령한테. 환각 효과가 좀 강했던 거 아냐? 영감 있는 사람이 환각제 잘못 먹으면 종종 접신 작용 일어나고 그러잖아."

"접신일 리는 없어요. 내부 임상은 영적으로 확실히 차폐된 공간에서 진행했으니까요. 아직 추측 단계이

긴 한데, 제 생각엔 드물게 일어나는 자가 빙의 사례
가 아닐까 싶어요."

자가 빙의라고 하면 체외의 영체가 몸에 들어오는
통상적인 빙의와 달리, 몸 안에 잠재되어 있던 영체가
어떤 계기로 본래 인격을 밀어내고 전면에 드러나는
사례를 말한다. 한국에서 가장 유명한 사례라면 역시
가문 대대로 유전되어 온 조선 시대 사대부의 영혼이
제례를 통해 깨어나는 염부 박씨 종가(기이 제37호, 종
친회는 2급 지정기이단체)의 경우. 하지만 동물령에
의한 자가 빙의는 보고된 바가 없을 텐데? 연구소의
임상 실험 대상자들과 길 가던 민간인의 내면에 전부
같은 동물령이 잠재되어 있었을 리도 없고.

"아뇨, 전부 잠재되어 있죠. 유전자 속에 말이에요.
몇 세기 전 조상의 영혼이 후손에게까지 유전될 수
있다면, 더 먼 조상의 영혼들도 가능하지 않겠어요?
생각해 봐요. 여러분은 고작 수백만 년 전에는 털북
숭이 원인이었고, 수천만 년 전에는 나무를 타는 짐
승이었잖아요."

"… 집 밥 한번 먹으려다가 수천만 년 전 조상님들
까지 죄다 깨웠다고? 잘은 몰라도, 그 시절 잠재의
식이면 일부러 각성시키기도 힘들 것 같은데."

"환각이 너무 약한 게 문제였던 것 같아요. 추출물
상태로 실험했을 땐 피험자들도 자신들이 뭘 먹고
있는지 아는 상태였으니, 표층 의식의 영역에서만
환각이 작동해서 기껏해야 어릴 적 기억이나 끌어
냈겠죠. 하지만 음식에 섞어서 모르는 새 섭취했을
때에는 더 깊은 무의식까지도 약효가 저항 없이 도

달해 버린 거예요."

그렇게 떠오르는 기억은 아마도 태곳적의 식사 시간. 사냥한 고기를 뜯어 먹을 때의, 나무 위에서 벌레를 잡아먹을 때의 강렬한 감각이 차례로 되살아나 정신을 사로잡는다. 방을 정리하다가 옛날 일기장 무더기를 발견하면 하루 종일 학창시절의 환상 속에서 헤매게 되듯이. 홍차에 적신 마들렌의 향기로부터 장장 일곱 권짜리 이야기가 줄줄이 사탕처럼 끌려 나오듯이. 문제는 그다음의 일이다. 겨우 몇 분 만에 나무타기 포유류까지 퇴화했다면, 저녁 무렵에는 도대체 뭐에 씌는 거야?

"아무래도 서두르는 게 좋겠네요. 이쪽은 지금 도무지 움직일 수가 없는 상황인데, 대책은 있나요? 설마 복용자를 그냥 놓친 건 아니겠죠?"
"걱정 마. 비둘기들이 지켜보고 있는데, 아직까진 큰 소란은 없대. 사람 눈 피해 가면서 무작정 이동 중인 모양이야. 나는 이 분야 전문가 만나러 가는 중이고."

정확히 어떤 존재에게 빙의되었는지 알아냈으니, 다음으로는 빙의 문제에 가장 밝은 지인한테 가서 상담을 해 봐야겠지. 물론 목적지는 명동성당이나 봉은사가 아니었다. 지금부터 만날 애는 그쪽하곤 정반대 편에 살고 있으니까. 에스겔서 38장에 언급되길 이스라엘의 적국, 요한계시록 20장에 따르면 사탄이 최후의 결전을 위해 군대를 끌어오는 곳, 강서구에서 가장 위험한 행정구역인 마곡동. 5호선 지하철역 바깥으로 발을 내딛자 희미한 유황 냄새가 벌써부터 코를 간질이는 것만 같았다.

"행운이나 빌어 줘. 네 애인 지금부터 지옥 다녀올 거니까."

저 멀리 상가 건물 꼭대기에서는 십자가가 기묘한 붉은빛으로 물든 채 이글거리고 있었다. 그 종말론적인 광경을 바라보는 동안 내 머릿속에 떠오르는 생각은 오직 하나뿐이었다. 다시 이곳에 찾아오게 될 줄 알았더라면, 하다못해 헤어질 때 말이라도 좀 더 부드럽게 해 둘걸.

*

동네 상가 6층에 자그맣게 위치한 마곡세상교회의 문은 굳게 잠겨 있었지만, 그 안쪽에서는 인기척과 함께 감출 수 없는 오싹함이 느껴졌다. 조심스레 벨을 눌렀더니 곧 눈이 퀭한 중년 남자가 문을 열어 고개를 내밀었고, 말없이 이쪽을 몇 초간 쳐다본 다음 들어오라는 손짓을 해 보였다. 어두컴컴한 교회 안에는 남자 이외에도 신도 몇 사람이 더 돌아다니고 있었다. 혼이 나간 듯한 표정으로, 시체 같은 걸음걸이로.

안내를 받아 응접실에 앉으니, 신도들이 차례로 인스턴트 녹차와 깎은 사과를 내왔다. 하지만 입을 여는 사람은 한 명도 없었고, 사과에 앉은 파리를 쫓는 사람 또한 없었다. 선풍기 머리가 좌우로 윙윙 돌아가며 뜨뜻한 공기를 방 전체로 퍼뜨렸다. 무거운 침묵 속에서 겨우 정신을 가다듬어 테이블 위의 성경책을 펼치자, 바람에 팔랑이는 얇은 종이 위로 파리가 확 날아와 앉았다. 정확히는 누가복음 15장 21절, 집을 나갔다가 돌아온 탕아가 아버지에게 용서를 구하는 구절 위에. 아들이 이르되 아버지 내가 하늘과 아버지께 죄를 지었사오니….

"알았어, 알았다고. 미안해. 나도 염치없이 여기까지 오긴 싫었어."

선풍기 바람이 다시 돌아왔다. 시편 10장 14절. 주는 재앙과 원한을 감찰하시고 주의 손으로 갚으려 하시오니. 옛날에는 저 페이지가 아가서에서 벗어나지 않았던 적도 있었건만, 지금은 가슴 아프게도 이 꼴이었다.

"복수하고 싶은 마음은 이해해. 그땐 내가 너무 감정적으로 굴었던 거 인정하고. 차라리 성모 마리아랑 사귀는 게 더 재밌겠다고 말한 것도 진심으로 사과할게."

창세기 22장 13절. 아브라함이 가서 그 숫양을 가져다가 아들을 대신하여 번제로 드렸더라. 이건 그나마 예전에 본 적 있는 구절이었다. 마곡의 악마는 결코 말만으로 움직여 주는 법이 없었다. 언제나 제물을 요구했다.

"오케이, 콜. 죄지은 건 나니까 뜯어 갈 만큼 뜯어 가. 그런데 그 전에 지금 일 해결하는 것만 도와주면 안 될까? 일만 끝나면 아주 무한 리필로 뜯어 가게 해 줄게."

한동안 성경책의 페이지는 바닥에 못 박힌 듯 미동조차 하지 않았다. 그러다가 펄럭, 휘리릭, 에스겔 27장 21절. 어린 양과 숫양과 염소들, 그것으로 너와 거래하였도다. 간신히 교섭 성립이었다.

"그럼 도와주는 거지? 정말이지? 진짜 너밖에 없다니까! 상황 알려 줄 테니까, 어떻게 하면 좋을지 명령만 내려 줘."

말이 끝나기가 무섭게 신도 여섯 명이 커다란 화이트보드를 끌어오더니, 각자 양손에 유성 매직을 들고는 일사불란하게 서울 지도를 그리기 시작했다. 주요 민간인 거주지와 심령 스팟부터 대중교통 노선까지 전부 포함된 정교하기 그지없는 지도였다. 맨 위쪽에 화려한 장식 서체로 적힌 잠언 24장 6절 구절이 지금은 그 어느 때보다 든든하게 다가왔다.

'너는 전략으로 싸우라 승리는 지략이 많음에 있느니라.'

*

동물령 퇴치는 결코 간단한 일이 아니다. 왜냐하면 동물이란 게 결코 만만한 놈들이 아니니까. 길고양이가 작정하고 도망치면 잡을 방도를 못 찾는 게 인간이란 생물이다. 북한산 멧돼지 한 마리가 아파트 단지까지 내려오면 기동 포획단이 총까지 들고 출동해야 한다. 퇴마 또한 마찬가지다. 조선 후기의 실학자 유득공이 저술한 《속백호통》에는 고명한 무당 수십 명을 역으로 집어삼킨 호랑이 귀신 이야기가 기록되어 있으며, 1997년 지리산 칠선계곡 큰다람쥐 사건 때에는 당시 기이현상청의 숙련된 동물령 퇴치 전문가들조차 목숨을 걸어야 했다. 하물며 지금은 수백만 년 묵은 동물령을 비전문가의 힘만으로 몰아내야 하는 상황. 많은 인력이나 최신 장비를 동원할 수 없다면, 역으로 가장 고전적인 방법에 기대는 것이 최선이었다.

"네가 그 사람 정신에 억지로 들어가서 폭주해 버린 동물령을 내쫓으면, 그걸 근처에 있는 제일 만만한 동물 안에 봉인하자는 얘기지? 예수가 악마를 돼지 떼에 몰아넣은 다음에 호수에 빠뜨려 살처분한 것처럼. 그럼 인적 드물고 적당한 동물들 많은 쪽으로 목표를 유도해야겠네."

사람의 영혼을 곤충에 봉인하기는 힘들지만, 개의 영혼을 고양이 안에 집어넣는 건 훨씬 간단하다. 봉인 과정이 수월하려면 목표의 몸속에서 날뛰는 동물령을 분류학적으로 최대한 가까운 동물에게 이끌어야 한다. 문제가 있다면 그 동물령이 실시간으로 진화 단계를 거슬러 올라가고 있다는 점. 남자의 현재 위치와 상태를 고려해, 가장 적합하면서도 신속하게 확보 가능한 생체 그릇을 찾아내야 했다.

"두어 시간쯤 지나면 양서류나 어류까지는 되돌아가지 않을까 싶은데. 그러면 물고기 떼에 몰아넣을 수 있잖아. 일할 땐 보통 석촌호수를 쓰지만 지금 그랬다간 걸릴 것 같고… 방향을 살짝 틀어서 잠실대교 남단으로 유도하면 어떨까?"

잠실 수중보로부터 50미터 이내의 구역은 한강에서 유일하게 수영을 할 수 있는 곳으로, 헤엄쳐서 한강을 건너려는 사람들을 위해 물가까지 이어 놓은 길도 있다. 한편 수중보로 인해 끊긴 물길을 우회하는 어도를 통해선 여러 물고기들이 오가기도 한다. 급한 대로 의식을 집행하기엔 부족함이 없는 장소. 남은 일은 준비물을 조금 사고, 비둘기들한테 사냥감 몰이를 부탁하고, 혹시라도 자기네들 구역 도는 기이순찰대한테 들키는 일이 없도록 가까운 장소 몇 군데에 작은 사건을 일으켜 놓는 정도였다. 어려운 일은 없었다. 오후 5시 25분, 약속 장소에 돗자리를 깔아 두고 악마의 지시에 따라 마법진을 그리는 것으로 모든 작업은 마무리되었다. 얼마 지나지 않아 잠실대교 아래의 그늘로부터 비둘기들이 푸드득 날아올랐다. 옷이 여기저기 찢어진 남자가 뒤이어서 비척비척 모습을 드러냈다. 입을 뻐끔거리면서, 세차게 경련하면서.

"어류까지 갔나 봐. 딱 좋네. 그럼 시작할까?"

편의점에서 산 차가운 편육 위로 날파리들이 우글우글 꼬였다. 주변의 공기가 묘하게 소용돌이치자 마법진 사방에 켜 놓은 촛불이 흔들리며 그림자를 드리웠다. 이내 피라미와 작은 붕어 따위의 물고기들이 어도로 몰려들기 시작했다. 이제는 응원하는 마음을 담아 주문만 똑바로 잘 외우면,

"하늘은 둥글고 땅은 모나니 하늘에서 이룬 것같이는 땅에서 되지 않으리라. 각항저방 심미기 두우여허 위실벽, 규루위모 필자삼 정기유성 장익진, 떨어진 별을 제자리에 되돌리니 나라와 권세와 영광이여기 이때에만큼은 네게 있도다! 급급여율령 아멘 파이팅!"

나머지는 마곡의 악마가 알아서 해 주겠지. 주문이 끝나는 것을 신호 삼아 파리 떼가 남자에게로 우르르

몰려갔다. 날벌레들이 코와 입으로 쏟아져 들어가자 거세게 저항하나 싶었지만 그것도 잠시. 교회에 있던 신도들처럼 눈이 풀린 채, 남자는 터덜터덜 물가 쪽으로 걷기 시작했다. 얕은 물속에서는 이미 물고기들이 우글우글 몰려들어 쫓겨난 영혼이 떨어지기만을 기다리고 있었다. 찰박, 찰박, 비싸 보이는 운동화가 물에 잠기고,

다음 순간 촛불이 전부 꺼졌다. 죽은 파리 떼가 남자의 입에서 주르륵 흘러나왔다.

"뭐야? 야, 야, 너 튕겨 나왔어? 아무리 오래 묵었다고 해 봐야 동물령인데 어떻게…"

있을 수 없는 일이라고 생각했다. 하지만 물가에 선 남자의 발치에 시선이 닿는 찰나, 이 사태가 단순히 '있을 수 없는 일'만은 아니라는 사실을 나는 즉각 깨달았다. 저물어 가는 햇빛을 받아 주황색으로 반짝이는 물 위로 드리워진, 도무지 이해하기조차 힘든 형상으로 꿈틀거리는 남자의 그림자. 오징어와 쥐며느리와 새우와 해파리를 마구잡이로 섞어 놓은 모습의 저 환영이 정확히 무엇인지는 알 길이 없었지만, 직감컨대 지금 일어나려는 사태는 틀림없이 '있어서는 안 되는 일'이었다.

*

자기 자신의 기괴한 그림자에게 부름이라도 받는 듯, 남자는 한강 물을 향해 천천히 나아가기 시작했다. 그럴수록 물 위의 형체는 점점 더 뚜렷하게 일렁였다.

남자의 발목이 물에 잠기자 몰려들어 있던 물고기들이 혼비백산해 도망치며 사방에 물을 튀겼고, 그 뒤를 쫓아 희미한 기운이 촉수처럼 뻗어 나갔다. 머리가 지끈거리며 환상이 언뜻언뜻 스쳤다. 촉수와 이빨이 달린 괴물들, 낯선 바다의 풍경, 꼭 자연 다큐멘터리에서 캄브리아기의 해저 생태계를 재현해 보여줄 때의 CG 비슷한…. 등줄기를 달리는 오싹함에 무심코 뒤로 물러나려는데, 귓가가 간질거리는가 싶더니 전신에 힘이 들어가며 걸음이 정반대로 향했다. 몸이 제멋대로 눈앞의 남자에게 달려드는 이 감각이 어쩐지 익숙했다.

"지금 너 설마 나한테 들어왔니? 와, 다신 못 느껴볼 줄 알았는데!"

사랑할 때가 있고 미워할 때가 있으며 전쟁할 때가 있고 평화할 때가 있느니라. 나를 수렁에서 건지사 빠지지 말게 하시고 나를 미워하는 자에게서와 깊은 물에서 건지소서! 붕붕거리며 들끓는 목소리가 머릿속을 가득 메웠다. 동시에 마곡의 악마에게 조종당하는 양팔이 남자의 가슴께를 붙들고서 필사적으로 끌어당기기 시작했다. 이대로 물에 들어가게 두었다간 큰일이라도 난다는 듯이. 멧돼지라도 능히 제압할 수 있을 만한 힘이었건만, 남자는 끌려 나오기는커녕 묵묵히 발을 내디딜 뿐이었다.

"도대체 뭐에 씐 거야? 인류의 조상은 피카이아인가 뭔가 하는 곰장어 닮은 놈 아니었어? 그게 저렇게 힘이 세?"

마곡의 악마조차 여기에는 명쾌하게 답할 수가 없

는 모양이었다. 그저 길 가다 예수라도 맞닥뜨린 것처럼 겁을 집어먹고는 혼란스럽게 중얼거릴 뿐. *크고 넓은 바다가 있고 그 속에는 생물 곧 크고 작은 동물들이 무수하니이다, 지느러미와 비늘 없는 모든 것은 너희에게 가증한 것이라, 그것의 모습을 보기만 해도 그는 기가 꺾이리라.* 아무래도 어릴 때 본 자연 다큐멘터리가 거짓말을 한 모양이었다. 저런 무시무시한 오징어쥐며느리새우해파리가 우리 조상이란 사실을 알았더라면, 명절마다 차례라도 꼬박꼬박 지내 드렸을 텐데.

"아무튼 간에, 뭔지는 몰라도 물에 잠겼다간 다 끝장이란 건 나도 감이 오는데, 너 조금만 더 힘낼 수 없어? 벌써 애 종아리까지 담겼거든?"

소용없는 질책이었다. 물이 깊어질수록 남자의 힘은 점점 더 강해졌고 환상이 보이는 빈도도 잦아졌으며, 캄브리아기의 풍경이 밀어닥칠 때마다 내 다리에서는 기운이 쭉쭉 빠져나갔다. *모든 손이 약하여지며 각 영이 쇠하며 모든 무릎이 물과 같이 약해지리라 보라 재앙이 오나니….* 이대로라면 방도가 없었다. 지금이라도 누굴 더 부르기에는 시간이 부족했고, 그렇다고 당장 동원할 만한 장비나 기술이 있는 것도 아니었다. 답이 나오질 않으니 짜증만 괜스레 치밀었다. 오래 묵은 애들이 이래서 문제야! 1.4 후퇴 때 죽은 원혼하고 사귈 때도 무슨 이런 꼰대가 다 있나 싶었는데, 안압지 출토 오각십면주령구나 울주 수중 암각화는 그보다도 한술 더 뜨고, 5억 년 전 조상님께서 행차하시니까 이젠 말도 안 통하잖아! 삼각김밥 하나로 이 꼴인데 집밥 두 번만 더 탐냈다간 ―

*지혜가 부르지 아니하느냐 명철이 소리를 높이지
아니하느냐.*

— 순간 놓치고 지나갈 뻔한 머릿속의 번뜩임을 악
마가 제때 붙잡아 주었다. 대단찮은 발상이었다. 망할
놈의 '마르셀' 때문에 원시인, 나무 타는 포유류, 물고
기를 거쳐 캄브리아기 괴물까지 튀어나와서 이 꼴이
났지만 생명의 역사는 거기서 끝이 아니잖아? 오래됐
다고 무작정 더 급이 높아지는 건 아니다. 골동품을 더
쳐 주는 경향이 있는 기이현상청에서조차 컴퓨터와
휴대폰은 신품을 선호한다. 마찬가지 원리로, 다큐멘
터리 내용이 통째로 창작이었던 게 아니라면, 캄브리
아기에 온갖 기기묘묘한 생물들이 폭발적으로 등장하
기 이전에는 훨씬 고요하고 심심한 시기가 있었다. 그
러니까 만일 과거 회상이 이것보다도 더 진행된다면,
캄브리아기의 주마등이 지나갈 때까지 버티기만 한다
면?

"우모린 얘는 뭔 소리래. 그게 대책이냐? 30초도 못
버티게 생겼구만!"
"그럼 너도 날아다니지만 말고 힘을 보태든가! 아니,
아니지. 나 핸드백에 삼각김밥 있어!"

겨우 짜낸 한 수를 파악한 비둘기들이 일제히 급강
하했다. 몇 마리가 남자의 주의를 흩트리려 세차게 퍼
덕거리는 동안, 다른 한 마리는 핸드백을 뒤적여 아까
사 놓은 양버터 삼각김밥을 꺼냈고, 그대로 하늘로 치
솟아 오르더니 발톱을 툭 놓았다. 동시에 양옆에서 날
아온 비둘기가 김밥 비닐 양쪽을 붙잡고 힘껏 당겼다.

난해한 포장으로부터 깔끔하게 탈출한 삼각김밥이 남자의 좌측 2미터 지점으로 낙하했다. 물 위의 형체가 왼쪽으로 고개를 홱 돌린 것은 그 직후였다.

"효과가 있어! 좀 더 유인해 봐!"

하나, 둘, 하늘에서 삼각김밥이 차례로 떨어지자 묵묵히 한강으로 향하던 걸음걸이가 틀어졌다. 심연의 부름과 본능적인 허기 사이에서 갈팡질팡하는 듯 남자가 머리를 좌우로 뒤흔들었다. 아무리 두렵고 이해할 수 없는 고대의 존재라고 해도, 결국엔 밥 먹겠다고 기어 올라온 조상 귀신이었다. 그것도 5억 년 뒤에 한국인으로 진화할 귀신. 너도 역시 제사보단 젯밥이다 이거지?

"네, 네, 차린 건 없지만 공신전헌하니 흠향하시옵소서!"

식탐을 못 이긴 남자가 바닥에 떨어진 삼각김밥을 향해 기어이 몸을 날리는 순간, 나도 팔의 힘을 풀고서 함께 콘크리트 바닥 위로 데굴데굴 굴렀다. 핸드백 가장 깊은 곳에서 꺼낸 최후의 무기를 한 손에 쥔 채로. 김밥에 든 '마르셀'만으로는 혹여 사태가 일시적으로 더 악화될지도 모르는 일이었다. 하지만 김밥을 먹겠다며 쩍 벌어지는 저 아가리에다가, 바이알 안에 든 회색 가루를 한 방에 털어 넣는다면 얘기가 달라지겠지! 이성이 진화되기도 전에 살았던 괴물은 입에 뭐가 들어갔는지도 모르고 그저 밥을 우적우적 씹어먹다가, 채 삼키기도 전에 서서히 그 자리에 엎어졌다. 죽은 건 아니었다. 캄브리아기보다도 더 오래전에 살았던 조상님들의 조상님, 그러니까 아마도 원시 미생물의 기억 속에서 추억의 '식사'를 즐기고 있을 뿐.

"끝났다아⋯."

지금까지 겪은 중에서 가장 익스트림했던 제사를 마치자마자, 나 또한 스트로마톨라이트처럼 그대로 바닥에 엎어졌다. 귀에 들어갔던 파리가 날지도 못하고서 기어 나왔고, 불안하게 하늘을 빙빙 돌던 비둘기들도 죄다 내려앉은 지 오래였다. 일루미나티의 손에서 유출된 삼각김밥을 둘러싼 긴급사태는 오후 6시, 잠실대교 남단의 강변에서 기이현상청에 들키는 일 없이 성공적으로 마무리되었다. ─ 그렇게 믿으면서 비로소 긴장을 놓으려는데, 비탈 위 주차장 쪽으로부터 서서히 다가오는 무리가 있었다.

"야, 우모린. 이거 들킨 거 아니냐? 저거 네 직장 동료들 아녀?"

정장을 차려입은 사람이 열두어 명, 거기에 실험 가운이며 방호복을 입은 사람이 서넛. 과연 기이현상청에서 나온 요원들이 아닐까 생각하게 될 만한 모양새였다. 하지만 그 무리의 필두에 선 사람은 기이현상청 소속이 아니었다. 미끄러지듯 느릿느릿 걸어오면서, 박수까지 짝짝 치면서 비희가 태연히 입을 열었다.

"수고 많았어요, 모린 씨. 덕분에 귀중한 데이터를 손에 넣었군요."

파충류의 샛노란 눈동자가 저녁 햇살을 받아 선명한 황금빛으로 빛났다. 여전히 매력적인 눈이었다. 하지만 피라미드 위의 눈처럼 위압적이고도 소름 끼치

는 시선을 가리기엔 그 특유의 매력조차 턱없이 부족
했다.

*

흩어졌던 비둘기들이 다시 구름처럼 모여들었다. 온
갖 벌레와 쥐 떼가 사방에서 기어 나와 적의를 곤두세
웠다. 척 보기에도 비희의 태도가 너무 수상했으니까.
자기네들 실수 덮어 주겠다고 새벽부터 지금까지 이
고생을 했는데, 정작 자기는 우리가 괴생물체 붙들고
낑낑대는 꼴을 바로 코앞에서 지켜보고 있었던 거야?
부하들까지 잔뜩 끌고 온 주제에? 이 상황을 설명 가
능한 시나리오는 하나뿐이었다. 처음부터 전부 계획되
어 있었다는 것.

"혹시나 해서 물어보는 건데, 정말로 실수로 유출됐
다든가 내부 고발이라든가 하는 얘길 믿었어요? 모
린 씨도 보기와는 다르게 순진한 구석이 있네. 물론
저는 인간의 그런 면을 정말로 사랑해 마지않지만
요. 우리 일에 이렇게나 도움이 되는걸요."
"잠깐, 잠깐잠깐, 말이 안 되잖아. 일부러 실패작을
시장에 푼 거야? 그래 놓고서 나한테는 회수를 부탁
하고? 도대체 왜 그런 쓸데없는 짓을 한 건데?"
"쓸데없는 짓이라뇨. 말했잖아요? '실패를 통해 알
아낸 게 하나라도 있다면 성공'이라고. '마르셀'은
우리가 의도한 대로 작동하지 않았지만, 그러니 실
패라고 결론짓고서 싹 잊어버릴 수는 없어요. 실패
한 실험에서도 뭔가 유의미한 사실을 하나쯤은 알

아내야 한다고요. 이를테면 아무것도 모르는 민간인을 자가 빙의 상태에 노출시켰을 때, 과연 어디까지 거슬러 올라가서 어떤 사태를 일으킬지 같은 것 말이죠."

방호복 입은 사람들의 손에 질질 끌려가는 남자를 가리키며 비희가 아무렇지도 않게 말했다. 마음 같아서는 반박하든 맞서든 하고 싶었는데, 막상 뱀 같은 눈빛을 정면에서 맞으니 몸이 딱딱하게 굳어 목소리조차 나오지 않았다. 말을 할 수 있었다 한들 일루미나티를 상대로 뭘 해볼 수는 없었겠지만. 제길, 전 애인이 둘이나 있는 앞에서 이게 무슨 한심한 꼴이람.

"그렇게 겁먹으실 필요는 없는데. 우리가 뭐 입막음이라도 하러 온 줄 알아요? 감사를 표하러 온 거예요. 실험을 진행하려면 기이현상청에 들키지 않도록 뒤처리를 해 줄 사람이 필요했는데, 마침 당신이 간단하게도 넘어와 주셨잖아요."
"야, 마비희, 너 내가 회수 못 했으면,"
"그랬으면 다른 친구분들도 부르셨을 거 아녜요? 우리로서는 사태가 커지면 더 유의미한 데이터를 얻을 수 있었겠지만, 그랬다간 뒷감당이 쉽지는 않겠네요. 만족할 만한 결과를 관측하는 데에는 성공했으니 이제 그만 물러갈까요? 아, 그 전에 이거나 받아 두세요."

그렇게 말하면서 비희는 품에서 작은 종이 상자를 꺼내 이쪽으로 툭 던졌다. 상자 안에는 암녹색 디지털 손목시계가 하나 들어 있었다. 일루미나티의 전시안 문양이 전면 유리에 아주 당당하게도 새겨진, 일루미나티 기념품점이란 게 있다면 팔고 있을 법한 싸구려 시계였다.

"실험에 큰 도움 주셨으니까 이쪽에서도 사례를 해야죠. 원래대로라면 더 비싼 선물을 드려야 예의일 것 같은데, 김영란법 때문에 액수 5만 원 넘기면 안 되죠?"

한 달 전에 새로 사귄 애인은 그 말을 마지막으로 등을 돌려 한강변을 떠났다. 정장을 입은 무리도 비희를 경호하듯이 함께 계단을 올라 주차장 너머로 사라졌다. 허탈감에 젖어 시계를 멍하니 내려다보고 있으려니, 다음으로는 비둘기들이 꼴 좋다는 듯 한마디 던지고서 우르르 날아갔다.

"우리 모린이 좋은 경험 하셨네. 이젠 제발 좀 골라가면서 사귀고 그래라."

틀린 말도 아니었다. 줄곧 재미있는 상대, 자극을 주는 상대만을 찾아다닌 결과가 이 꼴이었으니까. 좀 오래 갈 수도 있겠다고 생각했건만 이렇게 대대적으로 뒤통수를 얻어맞다니. 사귀자고 말을 꺼낸 그 순간부터 지금껏 내내 놀아나고 있었다니! 그렇잖아도 울화통이 터지는 와중에 선물이랍시고 받은 시계는 고장까지 나 있었다. 배터리도 충분하고 전원도 들어오는 주제에 아까부터 계속 5시 8분에 멈춰서, 깜박깜박, 깜박깜박.

"아, 이건 네가 한 거구나. 베드로전서 5장 8절. 슬슬 제물을 내놓으란 소리네."

근신하라 깨어라 너희 대적 마귀가 우는 사자 같이 두루 다니며 삼킬 자를 찾나니. 그때서야 잊고 있었던 중대한 사실 하나가 스멀스멀 떠올랐다. 마곡세상교회에서 생각 없이 내뱉은, '일만 끝나면 무한리필로 뜯어가게 해 주겠다'라는 약속. 마곡의 악마는 항상 아브라함의 제물을 요구했고, 한번 계약한 일에 대해서만큼은 결코 물러서는 일이 없었다. 사귀던 당시에는 좀 짜증 났지만 지금은 차라리 다행스럽기도 했다. 정신을 놓아 버리고 싶은 기분이었으니까.

"건대 쪽에 괜찮은 무한 리필 양꼬치집 하나 알아. 술 마실 건데, 늦게까지 어울려 줄 거지?"

시계의 문자판이 삑 하는 소리와 함께 바뀌었다. 12시 20분. 신명기 12장 20절. 내가 고기를 먹으리라 하면 네가 언제나 마음에 원하는 만큼 고기를 먹을 수 있으리니. 도대체 얼마나 먹어 치울 생각인지 걱정하면서도, 내 몸은 어느새 일어나 본능적으로 기지개를 쭉 켰다. 저 멀리 빌딩 숲속으로 저물어 가는 태양이 보였다. 지나치게 다사다난했던 하루가 어떻게든 끝나 가고 있었다.

*

결과적으로 말하자면, 비희와는 결국 헤어졌다. 그날의 일로부터 한 달쯤 지난 뒤에. 술을 마시면서 곰곰이 생각해 보니 비희가 내게 필요한 자극만큼은 충분히 선사해 주었다는 생각이 들었고, 그래서 좀 더 사귀어 보기로 작정했는데, 아무래도 비희에게는 그런 내

기대가 부담으로 다가왔던 모양이다. 어쩔 수 없는 일이었다. 한 명이 제공해 줄 수 있는 자극에는 이러나저러나 한계가 있으니까.

그러면 어떻게 하느냐? 물론 다음 자극을 찾아 나서야지. 마침 비희 덕분에 좋은 정보도 하나 얻어 낸 참이었다. 그 정보를 손에 쥐고서 주말을 이용해 향한 곳은 청룡과 백룡이 세력 다툼을 벌였다는 전설의 배경, 《정감록》에 따르면 흉년도 병마도 들지 않는 이상향 '오복동'으로 가는 문이 있다는 장소, 낙동강 첫 절경인 태백산의 구문소였다. 한쪽에 굴이 뚫린 야트막한 연못 주변에는 물살에 깎인 하얀 석회암 덩어리가 뼈처럼 깔려 있었다. 감이 좋은 직장 동료들이라면 이곳 풍경 속에서 오랜 자연의 정령이라도 찾아낼 수 있지 않을까. 하지만 내가 찾는 건 조금 다른 존재였다.

"음, 경험이 없으니까 역시 잘 모르겠네. 일단 되는 대로 해 봐야 하나?"

연못 둘레와 황지천 줄기를 따라 걸으며 나는 석회암 덩어리들을 하나하나 들추고, 내던져 깨뜨리고, 때론 망치로 후려쳐서 조각 내 보기도 했다. 한 손에는 《초보자를 위한 화석 발견 가이드북》을 든 채로. 흙이나 오래된 나무를 잘못 건드리면 귀신의 벌을 받아 동티가 나는 법인데, 그럼 천연기념물 제417호에 빛나는 태백 구문소 전기고생대 지층 및 하식지형을 훼손해도 비슷한 효과가 있지 않을까? 나무 좀 베었다고 모든 사람이 신벌을 받는 건 아니다. 세상에는 귀신, 원령, 악마, 그 외 알아서도 만나서도 안 될 온갖 삿된 것들이 특히 잘 꼬이는 부류의 사람이 있다. 이번에도 민을 건 타고난 체질뿐이었다.

그리고 역시나, 이번에도 내 체질은 어김없이 기대를 충족시켜 주었다.

무심코 집어던진 돌이 깨지자, 그 틈으로 기이한 촉수 같은 자국이 드러났다. 비전문가가 봐서는 무엇인지 알기 힘든 형태였다. 저렇게 생긴 고생물이 있었나? 아니면 더 큰 화석의 일부분일까? 책을 한번 펼쳐 보려는데 손가락 끝이 어쩐지 차가웠다. 보이지 않는 오한이 다리를 타고 휘감듯 기어 올라왔다. 흐르는 물 위로 형언 불가능한 모습의 그림자가 문득 떠올랐다. 캄브리아기의 존재. 알려지지 않은 우리의 옛 조상. 지난번에는 비록 좀 껄끄러운 만남을 갖긴 했지만, 혹시라도 단둘이 보게 된다면 인상이 좀 달라질지도 모르는 일이었다. 생전 처음 보는 짜릿한 자극의 원천 앞에서니 가슴이 콩닥콩닥 뛰었다. 하지만 이럴 때일수록 정신 차리고, 미소를 짓고, 얼어붙어 가는 혀를 놀려서 뻔뻔하게 나가 봐야겠지.

"언니, 깨워서 미안한데 잠깐 나 상담 좀 해 줄래?"

강바닥의 돌들이 무수히 많은 이빨을 드러내며 비웃듯이 꿈틀거렸다. 지금까지의 경험으로 미루어 보건대, 이 정도면 시작이 아주 좋았다.

작가 후기

유기농블셰비기

대학원 발제에 치여 살던 어느 날, 학교 도서관의 종교 섹션에서 샤머니즘에 대한 연구 자료를 찾다가 창조 과학과 지적 설계론에 대한 책을 발견했습니다. 호기심에 책장을 펼치고 날아가는 정신 줄을 붙잡으려 노력을 다하며 읽다 보니까 순간 이런 생각이 들더라고요. 이 세상과 인류가 신적인 존재에 의해서 그렇게나 정성스럽고 아름답게 창조된 존재라고들 하는데, 그렇게 정성스럽고 완벽하게 창조되었고 신의 의지로 움직인다는 이 세상은 대체 왜 이 모양 이 꼴인가? 하는 의문이었죠.

이렇게 허술하고 이상하고 부조리하게 돌아가는 세상을 만든 이들이 존재한다면, 합리적으로 생각해 보았을 때 그들의 정체는 '대단하고 위대하고 전지전능하신 존재'가 아니라 사실 우리처럼 불완전한 존재일 확률이 높지 않을까요. 어차피 과학적 사실을 부정하고 인간의 경험적 지식으로는 감히 알 수 없는 세계(진화론을 부정하시는 분들에게 생명의 창조는 영원한 신의 신비일 테니까요.)를 그릴 거라면 아무래도 꼭 우리 같은 놈들이 이 세상을 만들었다고 믿는 쪽이 더욱 평화롭고 타인을 존중하며 자연과 동물 친구들을 사랑하는 신앙심을 가질 수 있는 길이 아닐까 싶더라고요. 인류가 그런 신앙을 품는다면 '전지전능하신 분'의 이름으로 사회적 소수자와 약자들에게 해가 되는 언행을 하는 일은 많이 줄어들 수 있지 않을까요?

그래서 이 세상의 만듦새에 대해 곰곰이 상상하고 고찰하며 글을 써 보았습니다. 지구는 사실 우리처럼 불완전한 이들이 만든 가장 불완전하고 엉터리 같은 창작물 — 즉 조별 과제의 산물이고, 우리를 창조한 이들조차도 사실은 우리처럼 자신들의 실수에 당황하고 불안해하는 존재들이지 않을까? 이 작품은 그런 발상에서 출발한 이야기입니다. 귀엽고 어벙한, 물개와 물범을 닮은 미대 신입생 창조주들. 상상만 해도 정말 귀엽고 정감 가지 않나요? 개인적으로, 주인공인 조장의 얼굴은 웨델물범을 닮았을 것이라 생각합니다. 왜냐고요? 웨델이는 세계 최강의 귀여움을 보유한 남극 아이돌이니까요. 세상은 넓고 귀여운 물범과 물개들은 많으니 다들 저와 같이 기각류를 덕질하며 토실토실하고 귀여운 바다 포유류 친구들의 귀여움에 빠져 보셨으면 좋겠어요. 제 장래 희망은 사실, 창작으로 돈을 매우 많이 벌어서 미국 플로리다의 오렌지 농장과 뉴질랜드의 아보카도 농장주가 된 다음에 오렌지와 아보카도를 팔아 얻은 수익으로 남극의 웨델물범 연구를 후원하고 웨델이들과 친구가 되어 그들을 부둥켜안고 남극을 뒹굴거리며 노는 것입니다. 안전가옥의 이번 편의점 앤솔로지 공모전에 당선됨으로써 제 꿈에 한 발짝 더 다가간 것 같아 매우 기쁩니다. 좋은 기회를 주신 안전가옥에 남극의 빙붕만큼 거대한 부와 명예가 산더미처럼 쏟아져 내리길 바랍니다. 감사합니다!

류연웅

작가 후기 · 294

2019년 봄. 한국에서 '블루보틀' 열풍이 불었습니다. 개점 여덟 시간 전부터 사람들이 줄을 서기 시작했다는 기사를 보니 궁금했습니다. 저들은 무슨 생각을 하고 있었을까. 고작 카페 가려고 몇 시간 동안 줄을 서다니!

그러던 차에, 안전가옥 여름 공모전의 주제가 '편의점'이라는 소식을 들었고, 문득 이런 생각이 들었습니다.

언젠간 편의점 가려고 줄 서는 시대도 오지 않을까?

과거에는 제조 업체들이 산업 주도권을 가졌다면, 이제는 유통업자들이 시장을 통제합니다. 플랫폼 기업의 시대이지요. 이에 따라 각계각층의 산업이 형태를 바꾸는데, 저는 분명 편의점도 이 루트를 따라갈 거라고 생각합니다. 그래서 제가 그리는 미래의 편의점을 소설로 만들어 봤습니다.

초고에는 특정한 기업이 등장했으나, 지적재산권, 초상권 등의 문제로 인하여 수상 이후 편집 과정에서 원고를 수정해야 했습니다.
그렇게 카라마조프가 탄생했습니다.
초고의 맛이 살지 않으면 어쩌나, 걱정했는데, 굳이 그 기업이 없어도 제가 전하려던 느낌은 그대로 유지가 되더라구요. 성난 도시. 그 가운데 믿음을 가지고 줄 서 있는 사람들. 저는 그 세계를 만들었고, 나머지는 이제 여러분의 몫입니다. 결말을 어떻게 해석하셨을지 새삼 궁금하네요. SNS나 블로그에 감상을 남겨 주시면 몰래몰래 확인하겠습니다. :)

이 소설을 쓰는 내내 우원재의 〈Noise〉를 들었습니다. '미안해야 되는데 화를 먼저 냈지 인간이기에… 라는 말로 퉁 치고 발을 뻗고 잤고'라는 가사에서 시작된 소설입니다.
돌아보면 미안한 일이 많아요. 특히나 뭉개, 말랑이에게 말이에요. 저는 언제나 그 미안함을 집에 가는 길, 편의점에 들러 강아지 간식을 사는 걸로 해결하려 했는데, 어쩌면 과자를 사 오던 제 어머니도 같은 기분이었을까요.

끝으로 저는 '가스파르와 리사 시리즈'를 참 좋아합니다. '가스파르와 리사 시리즈' 팝업 스토어가 재오픈하는 날이 오기를 간절히 바라며 이 글을 마칩니다.

이 소설의 시작은 지극히 개인적이었습니다.

제주도로 가족 여행을 갔던 밤, 저는 렌터카 뒷자리에 앉아 있었고 막냇동생은 제 무릎을 베고 잠들어 있었습니다. 동생이 아파서 여행 일정이 잘 풀리지 않았는데 아직 한참을 더 달려야 했습니다. 다들 피곤에 지쳐 말이 없는 가운데 멍하게 바깥을 내다보는데 문득 어둠 속에서 멀리 한라산의 실루엣이 보이더군요.

'저게 신을 베고 누운 거대한 여자였으면 좋겠다.' 문득 그런 생각이 들었습니다. 공상에 빠지기 딱 좋을 정도로 차 안이 어둡고 조용해 숙소까지 가는 동안 섬 한가운데에 누운 여자와 그 여자의 입에서 나온 작은 여자, 그리고 그것과 만나는 사람들에 대한 상상을 하며 시간을 보냈습니다.

'편의점'이라는 안전가옥 공모전 주제를 보고 나니 그때 생각했던 이야기가 떠올랐습니다. 다음으로 떠오른 것은 어둠 속에 홀로 덩그러니 자리한 불 켜진 편의점 매장의 이미지였어요. 그렇게 가닥이 잡히자 제 안에서 점차 질문이 생겨나고 이야기의 뼈대가 잡히기 시작했습니다.

'이미지가 굉장히 외롭다. 그 안에 있는 주인공도 외로운 상황이야. 외로운 주인공이 여자와 만나는 이야기? 거대한 여자는 아마 이 세상의 존재가 아닐 텐데, 어디서 왔을까? 제주도에 있는 여성 거인이라면 설문대 할망 신화, 신화의 변형. 주인공 이름은 '선'이라고 하자. 인간이 아닌 존재와 사랑에 빠지는 이야기. 선은 범성애자이려나? 이야기의 배경은 현대. 선이 지금 여기에 사는 성소수자이고 외롭고 고립된 상황이라면 과거에 어떤 일을 겪은 걸까? 어떤 사건을 겪어야 할까….'

그렇게 살을 붙여 완성된 이야기가 〈여자의 얼굴을 한 방문자〉입니다. 소설은 어느 정도 현실과 연결되어 있다고 생각합니다. '해리포터 시리즈'와 '나니아 연대기 시리즈'에 푹 빠져 살았던 어릴 적엔 책 속 세계는 현실과 상관없이 존재할 수 있는 세상이기 때문에 매력적이라고 생각했어요. 하지만 지금에 와서 생각해 보니 실은 그 반대였습니다. 좋은 소설은 대부분 현실의 모습을 반영하죠. 직접적으로든, 비유적으로든요. 사실 이건 〈여자의 얼굴을 한 방문자〉의 첫 문단과 마지막 한 문장에 대한 변명이기도 해요. 거대한 여자가 달 위에서 나타나 우리에게 윙크를 던질 때, 지구는 어떻게 행동할까요? 소설이 현실에 삽입되는 걸 감수하면서라도 그것을 물어보고 싶었습니다.

〈여자의 얼굴을 한 방문자〉를 쓰는 것은 즐겁고 힘들고 흥미롭고 의심을 품게 되는 경험이었습니다. 독자분들도 그런 경험을 하실 수 있다면 좋겠습니다. 결국 신은 여자의 모습을 하고 있다고, 누군가 그러지 않던가요.

글을 쓰는 동안 곁에 있어 줬던 가족과 친구들에게 고맙다고 말하고 싶습니다.

후기란 어렵습니다. 끝낸 이야기에 대한 술회란, 술자리 한 담으로는 좋을지 몰라도 글로 풀자면 어린 시절 몰아 쓰던 여름방학 일기 숙제처럼 느껴집니다. 자칫 잘못하면 번드르르한 단어를 엮어 쓴 말잔치가 되기 쉽기에 미리 거리를 두고픈 심정이기도 합니다. 그럼에도 쓰는 이유가 있다면, 이 단편이 제가 써 온 변변치 못한 글들 중 가장 개인적인 경험에서 비롯한 이야기이기 때문일 것입니다.

밥벌이의 지난함은 누구나 겪습니다. 그 와중에 이런저런 상념들을 떠올리며 일터를 탈출하길 꿈꾸는 분들도 많을 것입니다. 이 단편은 그러한 특별할 것 없는 경험에, 언제나 제 동경의 대상이었던 닐 게이먼에 대한 헌사를 담아 풀어낸 글입니다.

몇 가지 불운과 게으름, 잘못된 판단의 결과로 하게 되리라 생각지 못했던 일을 하며 많은 이들을 만났습니다. 돈과 물건을 교환하는 짧은 순간 안에서도 패나 다양한 표정과 행동들을 볼 수 있었습니다. 이제 일을 마무리한 지금, 제게 남은 뭔가가 있다면 그러한 기억들이리라 생각합니다.

힘겨울 때도 많았습니다만, 어쨌든 살아온 덕에 남은 기억들을 재료로 이야기를 썼고 분에 넘치는 평가도 받을 수 있었습니다. 앞으로 얼마나 많은 분들이 보아 주실지는 모르겠으나 한 분이라도 이 이야기를 읽으며 카운터에 선 누군가의 삶에 대해 짧은 공감이나마 느껴 주신다면 그것으로 충분합니다.

저는 약 3년간 편의점을 경영했던, 글 쓰기 좋아하는 사람입니다. 제 이야기가 즐거우시기를 바랍니다. 결국 이야기의 목적은 재미니까요.

집 앞 편의점이 문을 닫았습니다. 열 걸음도 안 되는 거리라 편했는데 안타깝네요. 요즘은 편의점 음식들이 꽤 맛있어져서 애용하고 있었는데 말이죠. 도시락도 화려하게 나오고, 디저트 퀄리티도 굉장히 올라갔고요. 하지만 역시 편의점의 대표 음식이라고 하면, 편의점이라면 어디든 팔지만 다른 곳에선 보기 힘든 삼각김밥이 아닐까 합니다. 그래서 삼각김밥 이야기를 썼어요. 여기에다가 평소대로 이상한 소재를 마구 던져 넣었고, 이런 소재들을 편리하게 묶어 보려 만든 설정 꾸러미인 '기이현상청'을 어김없이 가져왔습니다. 다른 단편에 이따금씩 등장한 적은 있어도 소속 인원이 직접 주연으로 나선 건 이번이 처음이네요.

대망의 첫 주연이 그다지 모범적인 공무원이 아닌 점에 대해서는 기이현상청 관련자 여러분의 깊은 양해를 구하는 바입니다. 하지만 이야기 진행을 위해 못된 인물을 제물 삼아 괴롭히는 건 재밌잖아요? '우모린'이라는 이름은 전통 제사상에 올리는 탕과 구운 고기의 재료인 날짐승(羽), 들짐승(毛), 물고기(鱗)를 일컫는 말로부터 가져왔습니다. 제물을 맛보려는 존재들이 꼬이는 체질이란 뜻이니 앞으로도 삶이 순탄하지는 않겠네요. 한편 '비희'는 원래 용생구자 중 첫째의 이름이고, 파충류 인간은 존재하지 않으며, 광명시는 결코 일루미나티의 관할이 아님을 밝힙니다.

또한 본 단편과 콜라보하여 앙버터 삼각김밥을 실제로 출시할 생각이 있으신 기업 관계자께서는 따로 연락을 부탁드립니다. 간장버터밥도 팥밥도 있는데 앙버터 삼각김밥이 안 될건 뭐죠? 혹시 맛있을지도 모르잖아요? 실험을 해 보기도 전에 결과부터 속단하면 안 되죠. 물론 실패할 가능성도 있겠지만, 실패를 통해 하나라도 새로운 사실을 알아낼 수 있다면 실험에는 의미가 있는 법이랍니다…. 이 뒤로는 아무 내용도 없으니까 이제 그만 읽으셔도 돼요! 진짜로 별 얘기는 아니고요, 예레미야 8장 17절의 때가 가까웠으니 둥지의 무리는 준비하라는 메시지인데 다들 안 읽으셨죠? 그럼 남은 시간 즐겁게 보내시길!

편의점 안전가옥 앤솔로지 04

지은이	유기농볼셰비키·류연웅·이아람·정세호·이산화
펴낸이	김홍익
펴낸곳	안전가옥

기획	안전가옥
프로듀서	김신·박혜신·윤성훈·이은진·정지원
편집	이혜정
디자인	금종각 Golden Bell Temple Graphics
마케팅	최다솜
사업개발	이기훈
경영지원	홍연화

출판등록	제2018-000005호
주소	(04779) 서울특별시 성동구 뚝섬로1나길 5, 헤이그라운드 성수 시작점 203호
대표전화	(02) 461-0601
전자우편	marketing@safehouse.kr
홈페이지	safehouse.kr
ISBN	979-11-90174-71-8
초판 1쇄	2020년 3월 1일 발행
초판 2쇄	2021년 10월 21일 발행